KB236797

하얀
혁명

하얀 혁명

김헌종 소설집

새미

책 머리에

　이 책은 크게 동학혁명을 다룬 중편소설 한 편과 일반적 소재의 단편소설 일곱 편으로 구성되어 있다.

　중편소설 『하얀 혁명』은 1894년 동학혁명 발발 당시 경기도 지방에서 일어난 경기 동학군의 전쟁사를 다룬 역사소설이다. 역사는 골치 아프다고들 하지만 역사를 알면 진실이 보인다. 이 작품은 정사正史를 배경으로 한 역사소설로 인물이나 플롯, 디테일은 허구다. 실패한 혁명이기에 승리의 기쁨보다는 패배의 아픔으로 가득하고, 쓰라린 과거사가 핏빛으로 선연하다.

　일곱 편의 단편소설은 동학과 관련 없는 순수소설이다. 소설의 내용은 허구지만 내면을 잘 들여다보면 삶의 진실이 담겨 있다. 이들 작품 속에는 여행을 떠났다가, 길을 걷다가, 운동하다가, 엘리베이터를 타고 가다가 만난 사람들과 나눈 삶의 이야기가 들어있다. 이것은 내 이야기이기도 하고, 당신의 이야기일 수도 있다. 스포일러지만 갈수록 꽤 재미있고 웃기는 이야기가 많다.

차례

책 머리에   5

중편 소설

하얀 혁명   9

단편 소설

민달웽 씨를 이용하는 방법   97

에어백에 대한 두서없는 생각   125

문디팍 사람들   147

족구가 축구에게   175

이각형(二角形)   205

가을이와 고양이의 시간   227

태고사 가는 길   249

중편소설

하얀 혁명

하얀 혁명

출진

"이보게, 규석이. 소식 들었는가?"

이창진은 접소 안을 민틋하게 정리한 후 청수상淸水床을 닦아 선반 위에 올리며 물었다.

"무슨 소식?"

"해월선생께서 드디어 기포령을 내리셨다네."

"전봉준의 호남동학군이 기포했다는 소식은 들었네만 우리 경기 동학군에서도 기포를 했단 말인가?"

"그렇다네."

"경거망동하지 말라 하신 게 칠월 아니었던가?"

"그랬었지."

"그런데 왜 이리 경황이 없으신 게야?"

"오늘은 접주接主와 접사接司들만 은밀히 모이라 했으니 도소都所에 가면 자세한 내막을 알 수 있을 걸세. 어서 서두르세나."

이천포의 이창진 접주와 한규석 접사는 교인들이 빠져나간 접소의 문을 꼼꼼히 닫아걸고 길을 나섰다.

들판 가득 누렇게 일렁이던 벼가 아름 단으로 묶여 누워 있는 논두렁길로 접어들었다. 늦장마가 길어진 탓에 개울물이 벙벙하게 흐르고 있었다. 논바닥 쩍쩍 갈라질 때는 코빼기도 뵈지 않던 비가 거푸 사흘돌이로 쏟아지는 바람에 베어둔 낟가리에서 싹이 틀 지경이었다.

이천의 도소까지는 걸어서 한 시간 거리. 둘은 마음이 바빠져 볏단 거둬들일 생각 대신 동학의 주문을 소리 내어 외우며 걸음을 재촉했다.

"시천주조화정侍天主造化定 영세불망만사지永世不忘萬事知"

이천의 도소에 당도하니 평소에 보이지 않던 도인들이 여럿 모여 있었다. 인근의 여주와 안성, 지평, 양근 쪽에서 온 사람도 보였다. 그들의 눈에 묘한 불안감과 기대감이 뒤섞여 있었다. 불안감의 원인은 아무래도 경기동학군에 내려진 기포령 때문으로 짐작되었고, 기대감은 작년 보은 취회聚會 이후 늘어난 동학 입도자의 증가세에 힘입은 것으로 보였다. 특히나 지난 4월, 전봉준 장군의 전주성 입성과 전라도 각지에서의 집강소執綱所 개소 소식은 오랜 세월 가렴주구苛斂誅求에 시달려왔던 경기도 지역 농민들에게도 칠년대한七年大旱에 쏟아진 단비였고, 지주나 마름들까지 동학도 되기를 서슴지 않을 정도였다. 그래서인지 아직 가을걷이가 끝나지 않은 농번기였지만 각 접에서 모여든 도인들로 도소 안이 그득했다.

좌중이 갈라지며 이천포 수접주가 도소의 임원을 대동하고 접소 안으로 들어서자 곧바로 회의가 시작되었다.

"모시고, 강녕들 하셨는지요? 추수하느라 분주하실 텐데 왕림하신 동덕님께 감사 말씀드립니다. 오늘 오전에 각 접소에서 제례를 올리셨을 터이니 지금은 청수를 모시는 것으로 식전 의식에 갈음하겠습니다."

수접주가 인사의 서두를 떼자 도인 하나가 청수상을 모셔왔다. 수접주가 잔을 높이 들어 절하고는 곧바로 말을 이었다. 서두르는 기색이 역력했다.

"각설하고, 작년 봄, 서울 광화문에서의 수운대선생 신원伸冤을 위한 복합 상소伏閤上疏와, 보은 취회에서 기치로 내걸었던 척왜양창의斥倭洋倡義를 기억하실 겁니다. 그 당시 서울에 모인 동학도의 통곡이 백악白岳과 인왕仁旺을 흔들었고, 보은 장내리에 모인 동학도의 숫자가 무려 3만 명 이상. 그런데 조정에서 약속한 서정쇄신庶政刷新의 언약은 어찌 되었습니까? "무리를 풀고 집에 돌아가 그 업을 편안히 하면 소원에 의하여 실시하리라." 하던 임금의 칙교勅敎는 간데없이 사라지고, 오히려 그 일이 있은 후 제읍諸邑의 수령과 토호들은 우리 동학도를 죄없이 붙잡아 가두고, 가솔들까지 화적의 패당으로 몰아 함부로 능멸하고 있으니 그 원성이 하늘을 찌를 듯합니다.

다행히 전봉준 장군의 전주성 입성을 계기로 다시금 서정庶政

을 쇄신하겠다는 언약을 하였기에 이제야 도탄에 빠진 민생을 구제할 기회가 왔다 싶었는데, 그러나 이 또한 어찌 되었습니까? 조정의 탐학한 무리들이 동학도와 맺은 맹약을 깨고 외국 군대를 끌어들이는 우를 범하고 말았습니다. 그 결과 조선은 어찌 되었습니까? 청군과 왜군이 전쟁을 벌여 청국은 쫓겨나고, 날카롭게 벼려진 일본의 독수毒手가 조선의 목에 칼을 들이대고 있지 않습니까?

본시 조선과 일본은 빙탄氷炭의 관계라 과거 임진壬辰과 정유丁酉의 묵은 원한을 모르는 이 없건마는, 근간 들어 일본은 조선의 개화와 내정개혁을 구실삼아 더욱 오만방자하게 굴고, 야밤에도 경복궁을 침탈하여 주상主上 능멸하기를 공깃돌 굴리듯 한다 하니, 우리가 애초에 혁명의 기치로 내걸었던 보국안민輔國安民과 광제창생廣濟蒼生보다 당장 발등에 떨어진 불티인 왜군倭軍을 몰아내는 일에 골몰하지 않을 수 없게 되었습니다.

애초 복술福述께서 무극대도無極大道를 깨달아 동학을 창도하시고 한울님을 모시게 된 것은 사인여천事人如天을 실천하여 만민이 평등한 세상을 만들고자 함이었건만, 그가 순도하신 지 30년이 지난 지금까지도 교조 신원敎祖伸冤은커녕 풍전등화 조선의 국운처럼 우리 동학도 역시 광대한 시련에 봉착하게 되었습니다.

이미 소문을 들어 알겠지만, 지난 구월 열여드렛날 최시형 법헌法軒께서 햇곡 갈무리를 마치는 즉시 작년에 모였던 보은 대도소로 출정하라는 기포령起包令을 발하셨습니다. 이에 따라 우리 이천포에서도 전량錢糧과 무장武裝을 갖추어 광혜원廣惠院에 모이기로 하였으니 촌각을 다투어 기병하시기 바랍니다. 곧 엄동설한이 닥칠 것이니 출진을 서둘러야 합니다.

생生의 말은 이상으로 줄이고, 다수의 논의가 있을 듯하니 각자 품은 생각을 가감 없이 드러내기 바랍니다.”

유학자 출신인 수접주의 진서眞書 풍 언변에 평생을 농투성이로 살아온 사람 중에 더러 못 알아듣는 이도 있었으나 어조의 비장함으로 말미암아 그의 말이 끝나자 곳곳에서 분분함이 일었다.

수접주가 유건儒巾을 고쳐 쓰고 좌정하는 사이 나이 지긋한 지평砥平 고을의 이재현 접주가 좌중을 살피며 입을 뗐다.

“자고로 기포라 함은 무장을 갖추어 일어남을 뜻하거늘, 한갓 농촌에서 들고 나설 것이라곤 쇠스랑이나 낫, 삽자루가 고작일 터인데 과연 무슨 강단으로 총 든 일본군을 대적한단 말이오?”

지당한 말이었다. 신식 총은 고사하고 구식 화승총 하나 변변히 없는데 무슨 수로 싸움을 하겠다는 것인가? 수접주의 연설을 듣는 동안 다들 말은 안 했어도 미구에 곧 닥칠 일인지라 질문이 끝나자마자 옳거니 소리가 절로 쏟아져 나왔다. 그러자 수접주의 대답보다 빨리 황산의 강용구 접주가 냉큼 나섰다. 입도入道한 지는 오래되었어도 나이는 제법 젊은 접주였다.

“작년 보은 취회 당시 해월선생께서 마음이 굳고 뜻이 독실하면 능히 대업을 성취할 수 있다 하셨습니다. 우리가 지금은 무장이 없다 하나 우리와 뜻을 같이하는 이가 기호畿湖와 호중湖中만 하여도 수백, 수천이라 인ㅅ으로 무장한 것이나 진배없습니다. 듣건대 음죽과 안성 관아의 방비가 허술하고 병기가 많다 하니 야음을 틈타 불시에 짓쳐 들어가면 능히 무기를 탈취하여 무장할 방도가 나설 것입니다. 다행히 우리 황산접에 천보조총千步鳥銃 가진 날랜 포수가 다수 있으니 제가 이들과 도모해 두 곳 관아를 깨뜨려서 병기 부족의 근심을 덜어볼까 하옵니다.”

황산 접주의 말에 여기저기서 우리 접에서도 십시일반 나설 테니 힘을 모으자는 의견이 빗발쳤다. 지평 접주의 질문이 다시 이어졌다.

“관아의 군기고軍器庫에는 어떤 것들이 있다 하오?”

“화승총火繩銃과 궁전弓箭, 창, 죽창이 무수하다 들었소.”

“화승총이라 함은 노끈에 불을 붙여 화약을 터뜨리는 총을 말하오?”

“그렇소이다.”

“그렇다면 일본군이 갖고 있는 총은 무엇이오?”

“주력은 스나이더 소총이라 들었소. 무라타 소총을 가진 자도 있고.”

“명중시킬 수 있는 거리는 몇 보步나 된답디까?”

“자세히는 모르오나 삼백 보는 장히 난다 하오.”

“그렇담, 화승총은?”

“오십 보쯤 되겠지요.”

“삼백 보에 오십 보라? 어허, 오십보백보도 아니고…… 이래서야 어찌 싸움이 되겠소? 화승총, 활, 창이 아무리 많다 한들 스나이더 한 자루만도 못할 터인즉."

"대신에 우리는 수효가 많소이다. 일시에 달려들면 중과부적이라 능히 대적할 자신이 있습니다."

"아무리 수가 많아도 멀리서 날아오는 탄환을 어찌 피한단 말이오. 활이나 창이 가당키나 하오?"

"접주께서는 어찌 싸워보지도 않고 질 궁리부터 한단 말입니까?"

황산 접주 강용구가 젊은 기운을 다스리지 못해 말꼬리를 가파르게 올렸다.

분위기가 초장부터 심상치 않게 돌아가자 수접주가 말막음을 하고 나섰다.

"두 접주의 말씀이 모두 옳소. 왜군은 무장이 우량하고, 우리는 인재人才가 우량하오. 그런 점을 염두에 두면서 다른 의견이 있으면 개진들 해보시오."

이때 양지陽智 마을의 오세당 접주가 빈 장죽을 목깃에 꽂으며 일어섰다.

"무릇 전장에서 이기려면 군사를 부리고 먹일 금전과 군량이 있어야 하오. 이에 대한 방도는 어찌 갖추려 하시오?"

이에 대해 즉답을 하고 나서는 이가 있었다. 익히 보았던 인물이 아니었다. 좌중의 시선이 일제히 그에게로 쏠렸다.

"각 고을 접주님께 인사 올립니다. 소생의 자는 일섭이라 하오며, 미력하나마 도소에서 전량도감錢糧都監의 소임을 맡고 있습니다. 제가 연전에 작청作廳에서 아전衙前 일을 보았던 바 있어 감히 사뢰옵니다.

전량의 중요함은 비단 전장뿐 아니라 관가나 민가의 살림살이에서 가히 으뜸이라 할 만합니다. 지금은 햇곡이 그득하여 연중 가장 풍요한 때인지라 거사를 도모하기에 적기로 사료되옵니다. 또한 각 관아의 곳간에는 환곡還穀이 즐비하게 쌓여 있고, 백성에게 늑탈한 전엽錢葉이 가득 들어차 있어 관아 한두 군데만 탈취해도 능히 천 리를 운행할 만하옵니다.”

그러자 양지마을 접주의 질문이 이어졌다.

“우리가 관아를 공성攻城하려 들면 관군들이 수어守禦에 진력할 것은 불 보듯 뻔할 터, 동학도의 기포 연유가 장차 왜군과 대적하려 함이거늘 되레 우리끼리 접전하는 꼴이 되는 게 아니겠소?”

“우리가 갖춘 무장이 없으니 별도리가 없을 듯하옵니다.”

일섭이 쓴 입맛을 다시며 곰삭은 말을 입속에서 우물거렸다. 오세당 접주가 답답한 듯 목깃에 꽂았던 장죽을 칼처럼 빼 들고 일섭의 눈자위를 겨누었다.

“내 말의 진의는 우리가 상대해야 할 적이 일본군에서 관군을 더해 곱절로 늘어난다는 것이오. 하나도 감당키 어려운데 둘은 말해 뭣 하겠소? 게다가 기포에 동참한 우리 동학도가 아무리 심성수련의 내공이 깊다 한들 군율이 엄중한 군대가 아닌 바에야 이들과 대적하기 난감하고, 이에 더해 양반이나 유생 또한 우리 동학도를 사교邪敎로 보고 있어 필시 민보군民補軍을 조직해 싸우려 나설 것인즉, 우리가 대적할 상대가 도합 셋으로 늘어날 것이오. 하나도 당키 어려운데 셋을 어찌 감당하겠소?”

생각지도 않았던 민보군 얘기까지 나오는 통에 전량도감의 소임을 맡은 일섭이 할 말을 잃고 머뭇거리자 다시 수접주가 갈라서며 나섰다.

“그 말도 장히 옳소. 허나 양반이나 유생들 역시 조선 백성이 분명한 터, 열에 칠팔은 우릴 돕지 않겠소? 어찌들 생각하시오?”

수접주의 간곡한 되물음에 초치고 나서는 사람은 없었다. 그러나 그것은 수접주의 말에 동의해서가 아니라 솔직히 일본군이나 관군, 민보군을 이겨낼 자신이 없음에서 기인한 침묵이었다. 투지 하나만 믿고 기포하기에는 너무 지난한 싸움이 되리라는 고심의 결과였다.

접주들의 속이 타들어갔다. 심기를 일전할 획기적인 방책이 나서길 고대하며 침만 꼴깍거리고 있을 즈음 이창진 접주가 한 걸음 썩 나서며 큰 소리로 말했다.

“우리가 동학에 입도하여 한울님을 모시게 되었다함은 곧 한울님의 뜻에 한 치도 어긋남 없이 살기로 맹약했다는 것입니다. 곧 나와 한울님이 동화同化를 이루어 하나가 되었음을 깨닫고, 신인합일神人合一의 경지를 실천하여 천심天心을 회복하기로 언명했다는 뜻입니다. 천심이란 무엇입니까? 사람 섬기기를 한울님 섬기듯 하여 사인여천의 세상을 만드는 것, 나라의 잘못을 바로잡고 빈부 귀천이 없는 평등한 세상을 만드는 것, 임금을 핍박하고 국권을 유린하는 왜양倭洋을 몰아내어 보국안민輔國安民의 나라, 후천개벽後天開

闢 세상을 만드는 것입니다.

그러나 벼린 무기가 미흡하고 쌓인 전량이 부족하다 하여 천심을 회복하려는 한울님의 뜻을 저버리고 출진을 망설여서 되겠습니까? 철성鐵聲 소리만 듣고서도 떨쳐 일어서는 기백이 있어야 천지가 돕고 신명이 동할 것입니다. 이미 호남의 전봉준 장군이 일어섰다 하고, 해월선생께서도 기포를 명하셨는데 무얼 더 주저한단 말입니까? 내 안에 한울님이 모셔져 있음을 아직도 믿지 못한단 말입니까?”

이창진 접주의 절명絶命이라도 불사할 만한 토로가 있자 의기소침해 있던 좌중에 일순 생기가 돌기 시작했다. 한규석은 평소 이창진의 척왜양에 대한 소회를 잘 알고 있었기에 성심을 다해 동의했고, 다른 접주들도 우레 같은 박수로 격려를 보냈다. 특히나 호남 동학군이 기포했다는 소식에 경기동학군도 가만히 있을 수 없다는 당위성이 더해져 회의장 분위기가 일변 출진하는 쪽으로 울흥하게 일었다.

수접주가 다시 나섰다.

“이창진 접주의 고변高辯을 듣자니 묵우默祐의 기운이 출중하여 후천개벽이 멀지 않은 듯합니다. 그럼 우리 이천포도 기포하는 것을 기정사실로 하고, 이제부터는 도소의 육임六任을 중심으로 서로 뜻이 맞는 접주들끼리 모여 출진을 위한 세부 사항을 논의해주시기 바랍니다. 이상으로 도소 회의를 모두 마치겠습니다.

일동 심고. 한울님 감사하옵니다. 한울님의 은덕으로 오늘 이천포 동덕이 일심으로 기포를 결의하게 되었습니다. 육신의 안위보다는 한울님의 섬김에서 기쁨을 찾고, 광제창생한 나라에서 평등한 백성 되기를 간구하오니, 척왜양의 기치가 한울님께 닿아 사해만민이 한울사람과 더불어 살게 해주시기 바라옵나이다. 이천포 접주들 모두 엎드려 기도드렸사옵니다.”

수접주의 심고가 끝나자 각 고을의 접주와 도소의 육임이 삼삼오오 모여앉아 향후의 계획을 논의하기 시작했다. 당장 시급한 것은 무기와 전량의 확보였다. 이미 황산의 강용구 접주가 음죽과 안성의 관아를 깨뜨릴 방도를 제시하고 나선 터라 젊은 접주들은 자연스레 그의 곁으로 모여들었다. 강용구 접주가 먼저 말머리를 잡았다.

“아까두 말씀드렸다시피 음죽과 안성은 저의 세거지世居地인 황산과 지척이라 내부 사정을 잘 알고 있습니다. 이 두 관아는 방비도 허술하고 제가 익히 알고 지내는 별감과 좌수가 여럿 있어 미리 연통을 넣어두었습니다. 더하여 향청鄕廳의 담이 높지 않아 월장越墻하기로 친다면 여반장이나 다름없습니다. 게다가 군사의 숫자도 몇 안 되고 기강도 무뎌 동학군의 철성 소리만 들어도 삼십육계 줄행랑칠 것이 분명합니다. 특히 안성은 신임군수가 부임하기 전이어서 가히 최적의 기회라 할 만합니다. 화승총이나 활을 든 인원 200인이면 능히 성사할 수 있으리라 봅니다.”

강용구의 말에 용기를 얻은 접주들이 자기 접에서 힘을 보탤 만한 인원수를 어림해 숫자를 내놓았다. 삽시간에 400인이 모여졌다. 강용구는 화선지를 꺼내 접별로 제시된 인원수를 적고 물건 실어 나를 달구지 숫자도 추렴해 함께 적었다. 화선지 가득 숫자가 적혀나가자 젊은 접주들은 일본군과 맞붙어 싸우기도 전에 벌써 승리를 쟁취한 듯 흐뭇하게 양팔을 겹쳐 겨드랑이 밑에 고였다.

출진에 앞서 비축할 물건의 목록을 만들어두자는 건의가 나와 즉석에서 현물 없는 오일장이 열리기도 했다. 화선지를 따로 꺼내 쌀이나 콩, 동아줄, 푸른 대나무, 삼 줄기, 볏짚, 소금, 석유, 화약, 대동목大同木 등 비축해야 할 물품의 목록과 수량을 세세히 적어나갔다.

드디어 거사 날짜가 정해졌다. 정확히 닷새 후인 9월 25일, 오포가 울리는 정오. 민정民丁을 200인씩 둘로 나누어 음죽과 안성의 두 관아를 동시에 공격하며, 탈취한 무기와 전량은 즉각 광혜원으로 옮겨 본격적인 출진에 대비키로 했다.

공격은 의외로 쉽게 진행되었다. 어디서 비밀이 누설되었는지 막상 당일이 되자 동학군이 당도하기도 전에 곡괭이와 쇠스랑, 거릿대를 든 농민들이 관아 앞에 구름처럼 몰려와 꽹과리를 치고 고함을 지르자 혼비백산한 관군이 무기를 집어던지고 삼십육계 줄행랑치기 바빴다. 동학군은 죽창 한번 휘두르지 않고 쉽사리 관아를 점령했다. 싸움이라기보다는 마을 축제 같았다. 그만큼 동학군에 거는 기대가 크다는 방증이기도 했고, 탐관오리를 징치하는 일이라면 농민들이 쌍수를 들어 소매를 걷고 나선 결과였다.

탈취한 물건은 달구지에 싣지 못할 만큼 많았다. 화승총이나 창,

장검 같은 무기류도 많았고, 곡식이나 피륙은 몰려든 백성에게 아낌없이 나누어주고도 넘쳐났으며, 노비문서나 채무문서 등을 샅샅이 찾아내 불살라버림으로써 애초에 동학이 기치로 내걸었던 폐정 개혁안 12조를 실천했다. 이 정도 무기와 군량이면, 특히나 이렇게 들끓는 민심이면 출진을 머뭇거릴 이유가 전혀 없었다. 관아 공격을 성공적으로 마친 각 접은 접주를 중심으로 바삐 움직여 무기와 전량을 싣고 애초에 모이기로 했던 광혜원으로 속속 모여들었다.

그러나 승리의 기쁨도 잠시, 허연 옷을 입고 구름같이 몰려든 인파를 보자 이천 수접주는 일이 크게 잘못되어가고 있다는 생각이 들었다. 정작 모일 사람은 관군이나 일본군을 상대로 싸울 젊은이들이어야 하거늘 막상 인원을 점고해보니 어린애까지 동반한 식솔 전체가 떨쳐나섰고, 새로운 정착지를 찾아 떠나는 유랑민 차림의 농부가 부지기수였다. 이런 무리를 이끌고 싸움을 벌인다는 건 숫자만 요란했지 오히려 방해꾼이 더 많다는 사실에 기가 차지 않을 수 없었다.

전혀 예상치 못한 일이었다. 급히 몇몇 접주를 불러 자초지종을 물었다.

"가속家屬을 대동하고 나서면 어찌 총 든 일본군과 대적한단 말이오?"

수접주가 물고 있던 장죽을 뽑아 놋재떨이를 탕탕 치며 힐난하자 접주들이 돌아가며 한 마디씩 답했다.

"가장이 떠나고 나면 남은 식솔이 받을 핍박이 극심한지라 함께 나선 것이지요."

"작년 보은 취회 때도 온 식구가 따라나선 바 있습니다. 죽어도 같이 죽고 살아도 같이 살자 하니 막을 재간이 없었습니다."

"소문에 의하면, 연초年初에 고부에서 일어난 봉기 이후 안핵사가 지역 인민을 동학패당이라 지칭하고 겁박하기를 부지기수, 당사자가 없으면 처자를 붙잡아 대살代殺까지 행하였다 들었습니다. 사정이 이럴진대 누가 남고자 하겠습니까?"

"전장에 나가더라도 밥은 먹어야 할 터, 불 때고 밥 짓는 일을 어찌 허투루 보냐며 아녀자들이 팔 걷고 나서는 통에 떼어놓을 수가 없었습니다."

들고 보니 접주들의 말이 구구절절 옳은지라 수접주는 장죽에 담긴 담뱃가루가 줄줄 새는 것도 모르고 생각에 잠겼다. 오합지졸도 이런 오합지졸은 다시 없었다. 유탄이 날고 포환이 떨어지는 전쟁터에 사패지賜牌地 경작하러 떠나는 작인들처럼 가속을 대동하고 나섰으니 복장이 터질 노릇이었다. 아무리 생각해도 이런 무리를 이끌고는 전투는커녕 보은까지 행군해 갈 자신이 없었다. 가는 도중에 맞닥뜨리게 될 일본군과 관군과의 교전을 생각하면 머리칼이 쭈뼛 섰다. 동학군을 보면 굶주린 담비처럼 덤벼들 게 분명한데 이런 오합지졸로는 제대로 싸워보지도 못하고 흘리게 될 피의 강이 눈앞에서 벙벙하게 흘렀다.

"아무래도 아니 되겠소. 전장에 나가는 사람이 식솔을 대동한다는 건 있을 수 없는 일이오. 내 한 가지 제안하리다. 무기 없는 사람은 인원에서 제외합시다. 화승총이나 장창, 최소한 궁시를 든 자 이상만 추리자 이 말이오. 어떻소?"

"그 말씀이 장히 타당합니다. 그렇게 합시다."

즉석에서 동의가 나왔다. 그러나 이의를 제기하는 접주도 있었다.

"아무리 그래도 한사코 고집을 꺾지 않는 자가 있을 것인즉."

중구난방이 이어졌다.

더 듣자 해도 뻔한 말들이라 수접주가 단호하게 오금을 박았다.

"군율로 그리 정했다 하면 필시 마음을 돌릴 것이오. 엄중한 군율로 말이오."

손사래 치며 나서려던 자들이 세웠던 무릎을 도로 개고 주저앉았다. 수접주가 윽박지르던 기세를 몰아 말머리를 다른 곳으로 돌렸다.

"일단 그 일은 그렇게 하십시다. 그보다 먼저, 이번에 관아에서 탈취한 병장기를 다룰 훈련이 필요할 텐데 말이오?"

수접주가 어디서 들은 말이 있었던 듯 군사 훈련의 필요성을 언급했다.

"그 일이라면 각 접에 포수 노릇하는 도인이 상당수 있을 것이니 이들에게 포술을 가르치게 함이 어떻겠소?"

"좋소. 당장 내일부터 훈련을 시작할 수 있도록 포수를 모이라 연통을 넣으시오."

얘기가 여기까지 진행되자 더 뭉개고 앉아 있을 여유가 없었다.

서둘러 회의를 마친 접주들이 본거지로 돌아가 결과를 알렸다. 무수한 반대가 일었으나 결사코 참여하겠다는 사람에 한해 죽창이라도 가졌다면 끼워주는 선에서 무마하고 포수 교관을 선발하여 화승총 사격훈련에 돌입했다. 그러나 말이 훈련이지 심지에 불을 붙이다가 손가락을 태워 먹기 일쑤였고, 화약 쟁이는 손놀림이 허술해 쏟는 게 태반이었으며, 총알 튀어나가는 시간을 가늠하지 못해 헛방을 놓기 일쑤였다. 한나절 씨름한 끝에 겨우 탄환 장전 기술은 익혔으나 과녁 맞추는 일은 또 다른 연찬이 필요한지라 능숙해지기까지는 하세월이었다.

사격훈련이 지지부진한 이유는 정작 따로 있었다. 그것은 군사의 숫자에 비해 턱없이 부족한 총기 탓이었다. 총이 많으면 한꺼번에 여러 명을 훈련시킬 수 있지만, 워낙에 숫자가 부족한지라 언발에 오줌 누기였다. 게다가 화승총은 명중률이 떨어져 조준 사격이 쉽지 않았고, 재장전하는 시간이 오래 걸려 일제사격을 할 수도 없는 상황이었다.

총은 칼이나 창과 달리 직접 만들 수 있는 무기가 아니어서 관아나 적병에게 탈취하지 않고서는 구할 수 없는 물건이었다. 기왕에 지니고 있던 것과 음죽과 안성에서 빼앗은 화승총을 합친다 해도 일본군이나 경군京軍이 지닌 신식무기를 당해낼 재간이 없을 게 뻔했다. 이 문제를 해결하기 위해서는 무기가 있는 다른 관아를 습격하여 탈취하는 것 외에 다른 도리가 없었다.

이창진 접주가 진천鎭川 관아를 기습하자는 안을 내놓았다. 사격

훈련을 마친 동학도를 중심으로 특공부대를 편성해 야습하자는 계획이었다. 그의 계획에 찬동하는 도인이 대거 몰려들었다. 예상치 못하게 많은 인원이었다. 엄선을 거친 후 1개의 주공 부대와 2개의 협공 부대를 편성해 맹훈련에 돌입했다.

습격 계획은 성공적으로 이루어졌다. 비록 무기는 빈약할지라도 워낙 많은 숫자가 야음을 틈타 일시에 달려드니 진천 관아의 관군은 총 한 방 쏘지 못하고 줄행랑치고 말았으며, 현감과 아전을 포박해 꿇리고, 군기고에 보관되어 있던 다수의 무기와 탄환을 노획하는 전과를 올렸다. 음죽과 안성에 이어 진천에서도 연전연승을 거두자 동학군의 사기는 하늘을 찔렀고, 이제는 신식무기를 가진 일본군을 상대해도 이길 수 있다는 자신감이 생겼다.

이천포가 진천 관아 습격에 성공한 직후 경기포 본진으로부터 광혜원에서 황산으로 이동하라는 군령이 내려왔다. 이천 수접주의 지휘 아래 큰 짐은 소달구지에 싣고, 멜 수 있는 짐은 등에 지고 길을 나섰다. 만 하루가 걸리는 거리였다. 황산에 도착하니 원주, 횡성, 홍천 지역의 강원도 군과 충청도 북부에서 기포한 동학군이 구름처럼 몰려들어 족히 1만은 넘어 보였다. 의암 손병희 대접주가 경기동학군의 수장으로 나선 것도 큰 힘이 되었다. 한울님의 옹위와 보살피심이 황산에 모인 동학도의 신심을 부추겨 주문 외우는 소리가 낭자하게 울려 퍼졌다.

다시 이동 명령이 떨어졌다. 황산은 지세가 협소해 사소한 움직임에도 목화송이 휩쓸리는 형국이라 인근의 무극 장터까지 주둔지를 확장하여 북새통을 이룬 후 드디어 동학군은 보은을 목표로 남하하기 시작했다. 연도에 구경 나왔다가 빗겨 깎은 죽창이나마 꼬나들고 끼어드는 인원이 늘어나는 통에 대열은 열두 발 상모 끈처럼 장사진을 이루며 꼬리에 꼬리를 물었다. 대열은 크게 선봉군과 중앙군, 후위군의 셋으로 나누고, 중앙군은 다시 손병희 대접주가 이끄는 중군과 좌, 우군의 셋으로 공격대형을 갖추었다. 진천 관아 공격을 성공적으로 수행한 이천포는 후위군의 주력으로 편성되었다.

경기동학군은 소걸음으로 꾸준히 움직여 증평을 거쳐 괴산을 향해 짓쳐 나아갔다. 괴산은 동학군이 섬멸해야 할 1차 목표 지점이기도 했다. 괴산을 공격 목표로 삼은 데에는 두 가지 이유가 있었다. 하나는 아직도 부족한 무기와 군량을 확보하기 위함이었고, 다른 하나는 괴산 관아에서 이 지역의 동학 접주 2명을 붙잡아 처형한 것을 응징하기 위함이었다. 괴산 일대는 삽시간에 몰려드는 동학군으로 북적였고, 공격 정보를 입수한 관아의 수성군守城軍 역시 횃불을 치켜들고 여장女牆을 두텁게 덧쌓아 방비하고 있었다.

한편 괴산은 일본군이 동학군의 움직임에 촉각을 세우는 지역이기도 했다. 일주일 전, 경기동학군 선발대의 습격으로 괴산과 지척에 있는 안보安堡 병참부가 공격을 당해 군용전신이 끊기는 피해를 입은 적이 있었다. 군용전신은 일본군이 보호 1순위에 놓는 군사 장비로서, 만약 괴산이 점령되면 인근에 위치한 가흥可興 병참부 역시 위협받을 처지에 놓이기에 일본군은 이미 이 일대에 정찰병까지 내보내 첩보를 수집하고 있었다.

전투는 뜻밖에도 일본군의 기습으로부터 시작되었다.

경기동학군의 선봉이 괴산 못미처의 작은 고개를 넘기 위해 접근하는 도중 이곳에서 정찰 활동을 벌이던 일본군 정찰병과 조우하게 된 것이다. 일본군 2개 분대 30명의 정찰대가 2개 조로 나뉘어 1개 조는 선봉군의 정면을 파고들었고, 다른 1개 조는 측면으로 우회하여 중앙군을 공격하기 시작했다. 일본군과의 첫 전투가 벌어졌다. 그러나 결과는 처참하기 그지없는 결과를 낳고 말았다. 기습 공격을 받은 동학군은 많은 사상자를 남긴 채 뿔뿔이 흩어졌고, 고작 2개 분대의 공격으로 선봉군과 중앙군이 속수무책 당하고 만 것이었다.

이번에도 전세를 유리하게 이끈 이는 이창진 접주였다. 일본군 숫자가 많지 않은 걸 알아차린 그가 후위군 화승총 부대를 지휘해 일제사격을 가한 결과 실탄이 바닥난 일본군이 퇴각하기 시작했고, 사상자가 발생하자 군용품까지 버린 채 충주 쪽으로 달아나버렸다. 이렇게 괴산 초입에서 치른 일본군과의 첫 전투가 승리로 끝나자 동학군은 일본군을 물리쳤다는 기쁨에 사기가 하늘을 찌를 듯했다.

경기동학군은 승리의 여세를 몰아 청산에서 북상하여 올라온 동학군과 세를 합쳐 괴산 관아로 쳐들어갔다. 철성을 신호로 동학군이 벌떼처럼 달려들어 성벽에 운제雲梯를 걸치고 불화살을 날리며 통나무수레로 성문을 깨뜨렸다. 이를 본 관군이 대군의 숫자에 놀라 감히 대적할 엄두도 못 내고 도망쳐버렸고, 관군과 함께 저항하던 부락민 삼십여 명을 붙잡아 도륙 내자 괴산 일대는 일순간 걷잡을 수 없는 화염과 함성으로 뒤덮여 동학군 세상이 되고 말았다. 중앙군 손병희 대접주의 행렬이 성문을 지나 관아에 도착하는 것을 끝으로 괴산전투는 막을 내렸다.

한규석은 이창진과 함께 관아로 들어가 손병희 대접주에게 승리 축하 인사를 드리고 나오는 길이었다.

"대접주께서 무척 기뻐하셨어. 이번 전투에서 자네의 공로가 지대하다는 걸 잘 알고 계시더군."

한규석은 이창진의 무공을 추켜세우며 진중한 웃음을 지어 보였다.

"어디 칭찬이나 듣자고 한 일이겠나?"

"아무튼 장한 일을 했어. 그런데 말일세. 우리가 승리했다고는 하나 죽거나 다친 자가 무수하다 들었네. 그 수가 얼마나 된다던가?"

"아직 다 수습된 건 아니지만 죽은 자가 족히 백 명은 넘는다 들었네. 자세한 것은 곧 알게 되겠지."

"관군과 일본군은 몇이나 죽었다던가?"

"관군의 숫자는 지금 파악 중이고, 일본군은 한 명이 죽고 네 명이 부상당했다 들었네."

"어허, 낭패로고."

"낭패라니?"

"관군의 사상자는 빼더라도 일본군 한 명을 죽이는 동안 동학군

 중편선

백 명이 죽었다면 이 어찌 승리한 전투라고 할 수 있단 말인가?”

“가진 무기가 열세다 보니 어쩔 수 없는 일 아니겠는가?”

“아무리 그래도 이건 아니다 싶네. 이 어찌 제대로 된 전투라 할 수 있겠나? 그리고 앞으로가 더 문젤세. 고작 일본군 정찰병 삼십 명이 우리 동학군 일만 명을 업신여기고 달려들 정도인데 장차 일본 히로시마 대본영에서 파견했다는 후비보병後備步兵 19대대를 만나면 어찌 되겠나? 게다가 죽산 부사 이두황李斗璜의 장위영壯衛營 군과 안성 군수 성하영成夏泳의 경리청經理廳 군이 지난번 우리가 지나왔던 광혜원과 안성에 들이닥쳤다는 소식을 듣지 않았나? 일본군과 관군이 우리 동학군만 보면 진멸하러 달려들 것이 불 보듯 뻔한데 항차 이를 어찌하면 좋단 말인가?”

“그래서 괴산 관아를 공격한 게 아니었나? 노획한 무기도 상당하고 환곡 사백 석에 공전公錢도 팔천 금이나 확보했다네.”

“앞으로 날은 더 추워질 테니 입성도 두툼히 갖추어야 하고, 많은 인원에 먹성 대기도 쉽지 않을 거야. 게다가 걱정이 하나 더 생겼네. 자네도 괴산 읍내 불타는 것 보지 않았는가? 탐관오리들이 끼친 패악을 참지 못해 당장 개벽 세상을 만들 것처럼 날뛰는 사람들 말일세. 이들이 관가나 민가 지붕에 불쏘시개를 찔러 넣어 소실된 가옥만도 오백 채가 넘는다네.”

“나도 기실은 그게 걱정일세.”

둘은 전화戰火의 참상이 채 가시지 않은 읍내를 둘러보며 품었던 소회를 풀어냈다. 외적의 침탈과 모리배의 악행을 징치하기 위해 기포한 동학군이건만 이 중에는 시정잡배, 협잡꾼까지 묻어 들어와 약탈과 방화를 일삼는 이가 있으나 이들을 추려낼 방도가 마땅히 없었기 때문이었다. 이들로 인해 화란禍亂이 더욱 극심해질 게 염려스러웠다.

이창진은 가던 길을 멈추고 행전을 조여 매며 말했다.

"아무래도 안 되겠네. 이제부터라도 군율로 더욱 엄히 다스리고 전량을 철저히 단속함은 물론, 무리 중에 동학교에 입도하지 않은 자들을 솎아내지 않으면 안 될 것이야. 그렇지 않으면 우리가 화적 떼와 다를 것이 무언가? 우리 이천접이 먼저 솔선하여 경기포의 모범을 보이세."

한규석이 동의한다는 뜻으로 고개를 끄덕이며 덧붙였다.

"전투 결과를 세밀히 분석하고 기록해 차기 전투에 대비하는 일도 생각해봐야겠어. 허투루 병력을 낭비하여 1대 100으로 동학군이 죽어서야 쓰겠는가? 전황의 유불리와 진퇴를 결정하는 데 도움이 될 만한 전투상보戰鬪詳報를 꼼꼼히 기록하는 것도 엄중한 일일 걸세. 내가 이 일을 자청해서 맡아 할 터이니 그리 알게나."

한규석은 이천접 진중으로 돌아오는 즉시 한지 두루마리를 한 채 사서 마름질하여 지니고 다니며 난중 세사亂中細事를 꼼꼼히 적어나가기 시작했다.

혁명

　괴산전투가 끝난 후, 경기동학군은 큰물 들어오듯 척양척왜의 깃발과 지역별 포접을 알리는 깃발을 앞세워 보은을 향해 진군해 나아갔다. 워낙 많은 숫자의 이동이라 정해진 길은 따로 없었다. 이천포는 청안, 미원을 지나 보은의 지경으로 접근해 들어갔다. 행군 도중 여장을 푼 숙영지마다 흰옷 입은 동학군이 밀려들어 수천 마리 백로가 날아든 듯 가을 들판을 뒤덮었고, 밥때를 알리는 호군장犒軍將의 징소리가 가마솥이 풍기는 밥 냄새와 어우러져 산야로 퍼져나갔다.

　보은 장내리 대도소에 도착하기 하루 전, 이천포는 마지막 숙영지로 보은군 산외면과 내북면 사잇길로 접어들어 학림리鶴林里라는 작은 마을에 당도했다. 학림이라는 이름처럼 마을 뒤편 소나무 군락지에는 보청천을 먹이터 삼아 둥지를 튼 백학과 왜가리 떼가 평화롭게 새끼를 키우고 있었다. 여기서 장내리까지는 반나절 거리였다.

　이천포 대열이 마을에 당도하자 동네사람들이 밥 짓던 연기를 부지깽이로 다스리며 고개를 내밀었다. 대군의 기세에 눌려 썩 나서는 사람은 없었다. 아무 집이나 헛기침 없이 들어간다 해도 막아설 사람은 없겠으나 이창진과 한규석은 민폐를 염려해 촌장 집을 물어 찾았다. 마을 안쪽 솟을지붕으로 대문을 얹은 기와집이었다.

　탕건을 쓴 주인이 나왔다. 초면이었으나 어디서 본 듯한 얼굴이라는 생각이 들었다. 둘이 합장의 예를 갖추어 인사하자 주인이 손님을 사랑채로 안내했다.

"우리는 경기도 이천에서 기포한 동학군이오. 마침 길이 저물어 이 마을에서 하룻밤 유숙을 청하오니 무례를 허하여 주시기 바랍니다."

이창진이 손을 맞잡고 허리를 숙여 유숙을 청하자 주인이 같이 허리를 숙이며 말했다.

"무례라니요? 당치 않습니다. 몇 날을 유하여도 하등 신세 될 것 없습니다."

"그리 말씀해주시니 감사합니다. 어떠한 민폐도 끼치지 않을 것임을 약속드리옵니다."

"그것도 너무 괘념치 마시오. 사람이 살다보면 피차 신세를 지기도 하고 갚기도 하는 것, 더욱이 침식寢食의 신세는 항차 큰 인연으로 이어진다고도 하더이다."

주인의 손님맞이가 예사롭지 않아 보였다. 만일 유숙을 거절하면 억지로라도 밀어붙일 생각을 하고 있던 참이라 이창진의 낯빛이 무뎌졌다.

"인사가 늦었습니다. 소생은 경기도 이천에 사는 이창진이라 하옵고, 이녁은 한규석이라 하옵니다."

"경주김가 김교무라 부릅니다. 가난한 유생의 처지라 내세울 것이 없습니다."

한규석의 눈에 안쪽 벽에 걸린 족자가 들어왔다. 예서체로 또박 또박 써내려간 족자의 글귀와 말미에 찍힌 낙관을 눈여겨보면서 물었다.

"이 마을이 경주김씨 세거지인 듯하오만?"

"그렇습니다. 보은에는 본시 경주김가 터전이 많이 있습니다. 이 마을 역시 경주김가의 오랜 세거지로 속리산 한 자락을 늘여 펴서 누대로 농사를 지으며 살아왔지요. 타성바지는 스무 집 남짓합니다. 보은을 잘 아시는지요?"

"주인장 얼굴을 뵈니 초면이 아닌 듯하여 묻습니다."

"대처에 나가본 바가 드물어 경기도 이천은 낯선 곳입니다."

이창진도 주인의 얼굴이 낯익은 듯 미간을 좁혀 말했다.

"하오면 우리가 보은에 왔을 때 뵈었다는 것일 터."

"보은에 온 적이 있다는 말입니까?"

"작년 3월 보은 취회 때 장내리에서 한 달을 유하다 간 적이 있습니다."

"옳거니. 그렇다면 거기서 만났을 겝니다. 소생도 거기에 간 적이 있으니까요."

김교무가 작년에 있었던 기억을 냉큼 끌어와 화답했다.

"어쩐지 낯이 익는다 싶었는데 내 눈이 틀림없군요. 입도는 하셨는지요?"

"동학도를 말씀하시는 게지요?"

"그러하오."

"입도는 하지 않았으나 만민은 평등하고 사람을 하늘같이 여기라는 시천주, 사인여천의 동학도 교리는 익히 들은 바 있습니다.”

“입도하지 않았다면 우리 취회에 오실 일이 없었을 터인데?”

“외월猥越스럽지만 제 집안에서 누대로 살아온 가솔 서넛을 면천免賤해 주었다 하여 동학 교주 해월선생께 초빙되어 문안드린 바 있습니다.”

이창진과 한규석은 그제야 주인의 얼굴이 기억났다. 이 댁의 주인인 김교무가 솔선해 양반 가문인 경주김씨 집안에서 대대로 종살이하던 노비들의 면천에 앞장섰기에 해월선생이 광제창생의 모범이라 하여 그를 취회에 모셔온 적이 있었다. 그의 진력으로 노비 문서가 소각되고 면천된 자가 부지기수였던바 교주의 칭송이 자자했던 일이 선하게 떠올랐다.

“그런 인연이 있었습니다그려. 다시 한번 면천을 베풀어주심에 감읍하옵니다.”

“부끄럽습니다.”

둘이 한사코 만류하는데도 김교무가 안채에 기별을 넣어 저녁상을 보도록 일렀다.

“누옥陋屋에 소찬素饌이라 입맛에 맞을지 모르겠습니다.”

“불청객을 이리도 환대해주시니 몸 둘 바를 모르겠습니다.”

“보은 땅에 민보군이 결성되었다는 소식은 없으니 야습 걱정은 않으셔도 좋을 듯합니다. 하룻밤이라도 편안히 객고를 푸시기 바랍니다.”

“거듭 감읍할 따름입니다. 기왕 말씀 나온 김에 한 가지 묻습니다. 우리는 보은이 객지인지라 이곳 사정에 밝지 못합니다. 혹여 꼭 알아두어야 할 인물이나 관군의 동태에 대해 알고 계신 바가 있으면 듣기를 청합니다.”

“제 말씀보다는 보은에서 기포한 충경포忠慶包의 도인 한 사람을 알고 있으니 그를 만나 물으심이 빠를 듯합니다. 장내리에 당도하여 대도소에 연통을 넣으시면 쉬 만나실 수 있을 겝니다. 호협하고 믿을 만한 사람이니 큰 도움이 될 것입니다. 이름은 신재길이라 합니다.”

때마침 밥상이 들어왔다. 기름 찬 없는 푸성귀 밥상이었으나 방짜 며느리가 지은 듯 찰지고 오달진 저녁상이었다. 둘은 주인이 일러주는 이름을 새기며 식사를 마치고 집을 나섰다. 삐뚜름하게 뜬 상현달이 조족등照足燈 되어 밤길을 비춰주었다. 사흘 후면 보름이다. 군사들은 벌써 객지에서의 곤궁함도 잊은 채 서둘러 저녁을 마친 후 탈곡한 볏단을 보료 삼아 논바닥에 펴고 깊은 잠에 빠져 있었다.

이튿날, 이천포 군은 보은 읍내를 멀리 돌아 장내리로 향했다. 장내리에는 동학군의 총 지휘소 역할을 하는 대도소가 마을 뒤 옥녀봉을 배경으로 서 있었고, 그 앞의 너른 공터에는 초막 사백여 채가 즐비하게 늘어서 있었다. 아무리 터전이 넓다 해도 그곳에는 이미 충청, 경상, 강원도에서 온 동학군들로 바늘 하나 꽂을 틈 없이 초만원을 이루고 있었다.

이천포는 급한 대로 청산 쪽으로 향하는 보청천 강변의 논배미

몇 군데를 정해 야영지를 마련하는 한편, 그길로 이창진과 한규석은 수접주를 모시고 해월선생을 만나기 위해 대도소를 찾았다. 그러나 해월은 거기에 없었고, 접사나 서기, 집사 등의 직분을 맡은 교도들이 분주히 움직이고 있었다. 한규석이 바쁜 일손을 막아 세워 신재길의 거동을 묻자 떠꺼머리 도동道童 하나가 길 안내를 자청하고 나섰다.

"접주님을 만나시려면 저를 따라오시어요."

"신재길이라는 사람이 접주이신가?"

"그렇사옵니다."

아이를 따라간 곳은 대도소 뒤꼍의 싸리나무 사립문을 단 야트막한 초막이었다. 삼베적삼에 청색 전대戰帶를 두른 남자가 손에 쥔 총을 기름종이로 닦다 말고 일행이 들어서자 돌아섰다. 못 보던 총이었다.

"소생이 신재길이오만 뉘신지요?"

"초면에 실례가 많소이다. 이분은 경기도 이천의 수접주 어른이시고, 저희는 이천접의 접주와 접사의 직분을 맡고 있는 도인입니다."

한규석이 같이 온 일행을 소개했다.

신재길이 황망히 총을 치우고는 고개를 숙이며 말했다.

"먼 길 오셨습니다. 인사 여쭙니다. 보은 사는 신재길이라 하옵니다. 괴산에서 이천접의 전공이 눈부셨다 들었습니다."

"한울님이 도우셨지요."

"하온데 소생의 이름은 어찌 아셨는지요?"

"오던 길에 학림리에서 유숙하였던바 김교무라는 선비에게서 접주님의 고명을 들었습니다."

"고명이라니요? 당치 않습니다. 김교무 어르신이라면 제가 잘 압지요. 덕망이 높아 보은 땅에서는 모르는 이가 없습니다. 저를 면천해주신 분도 바로 그분이십니다."

한규석은 신재길의 말을 듣고 놀라지 않을 수 없었다. 노비를 면천해준 김교무도 대단하지만, 그런 신분의 사람을 접주로 임명한 해월선생의 파격적 인사에 혀를 내두르지 않을 수 없었다. 실로 신분제를 타파하고 평등한 세상을 열고자 하는 그의 '다시 개벽' 정신을 일깨워주는 산 증거가 되기에 충분했다. 그러나 더욱 놀라운 것은 자신이 예전에 노비였다고 스스럼없이 말하는 신재길 바로 이 사람이었다. 제 입으로 면천되었다고 밝히기 쉽지 않을 텐데 그는 거침없이 자기 신분을 말했다. 놀라기는 수접주도 마찬가지였는지 기름을 만져 손이 더럽다며 한사코 물러나는 신재길의 손을 붙잡고 마냥 흔들어댔다.

수접주가 신재길의 손을 놓지 않은 채 말했다.

"해월도 대단하고, 김교무도 대단하고, 신접주 당신도 대단하오."

수접주의 칭송에 신재길이 눈 둘 곳을 몰라 뚜렷거리며 말했다.

"혹여 제가 무슨 도울 일이라도 있으신지요?"

"초면에 너무 경황이 없었구려. 우선 해월선생께 문안 인사를 드리고자 하는데 어디 가면 뵈올 수 있을까요?"

수접주의 말에 신접주가 잠시 대꾸를 미루다가 입을 뗐다.

"저희도 선생님 종적은 모릅니다. 워낙 조심성이 많은 분이라 행차 말씀을 하지 않으시지요. 하오나 모레 이곳에서 출정을 위한 치성식致誠式이 열릴 예정이오니 아마 그때 뵈올 수 있을 겝니다."

"이틀이야 못 기다리겠소. 하오면 충경포의 수접주 어른은 뵈올 수 있는지요?"

"마침 출타 중인데 곧 오신다는 전갈이 있었습니다. 오시면 뵈올 수 있도록 말해놓겠습니다."

"감사하기 이를 데 없군요. 그런데 아까부터 손에 든 그것은 무엇이오?"

신접주가 기름종이에 싼 물건을 풀어 보여줬다.

"이건 일본군이 메고 다니는 스나이더 소총입니다. 제가 소싯적부터 방포 놓는 것을 좋아해 화포에 관심이 많았습니다. 속리산에 들어가 포수 노릇도 좀 했었구요. 이 총도 그래서 구한 것입니다. 그간 모아둔 병장기가 좀 있는데 구경이라도 하시겠습니까?"

신접주가 몸을 돌려 초막 안을 가리켰다. 셋이 흔쾌히 그를 따라 들어갔다. 집 안에는 여러 겹 단을 쌓은 선반이 놓여 있었고, 그 위에 많은 화포가 진열되어 있었다. 신접주가 하나하나 짚어가며 설명해주었다.

"이것은 포의 일종으로 극려백포克慮伯砲, 회선포回旋砲, 불낭기포佛狼機砲, 대완기大碗器, 천황포天黃砲라 부르는 대포이며, 저쪽은 궁시弓矢와 시석矢石 같은 활이나 화살, 죽창, 마름쇠입니다. 이 앞에 모아둔 것은 화승총이라 부르는 천보총과 조총입니다.”

셋은 생전 처음 보는 화포에 눈이 휘둥그레져 물었다.

“이만한 무기라면 천하라도 얻을 수 있겠습니다그려.”

수접주의 말에 수집품을 자랑할 겸 수긍할 법도 한데 신접주의 대답은 의외였다.

“전혀 그렇지 않습니다. 겉보기엔 대단해 보여도 대포는 무게가 무거워 기동이 불편하고, 화승총 역시 신식 양총에 비한다면 목총이나 다름없습니다. 아시다시피 동학군이 갖춘 무장이라고 해봐야 화승총이나 활과 창이 고작인데, 관군이나 일본군이 가진 총은 독일제 모젤 총, 영국에서 만든 스나이더 총, 최근에 일본에서 개발한 무라다 총입니다. 화승총과는 성능 면에서 비교할 수 없는 총이라 할 수 있습니다.”

“도대체 얼마나 차이가 나길래 그리 말씀하십니까?”

이창진이 믿기지 않는다는 듯 물었다.

“한마디로 하늘과 땅 차이입지요. 토총土銃인 화승총은 유효사거리가 고작 일백 보 남짓인데 이런 양총洋銃은 일천 보가 넘고, 화승총은 비바람이 불면 심지에 불이 붙지 않아 쏠 수 없지만, 이 총은 총알을 뒤에서 집어넣어 쏘는 후장식後裝式이라 하등 날씨에 구애받지 않습니다. 더군다나 파괴력도 출중해 황소의 대퇴골도 흔적 없이 부숴버릴 수 있다 하옵니다. 한마디로 토총 백으로 양총 하나를 당해내지 못한다 합니다.”

수접주가 기가 막혀 물었다.

"지금 들고 있는 총이 바로 그 양총이란 말이지요?"

"저도 양총의 성능이 믿기지 않아 어렵게 한 자루를 구해 살펴보는 중입니다. 다른 것은 대충 알겠는데 이것 한 가지는 아무리 봐도 모르겠습니다."

신접주가 들고 있던 총을 세워 총구를 들여다보며 말했다. 수접주가 궁금증을 이기지 못해 재우쳐 물었다.

"뭐가 그렇다는 말입니까?"

"이 총구 안을 자세히 보십시오. 나선형으로 홈이 파인 것이 보이지요? 도대체 왜 이렇게 만들었을까요? 화승총은 전혀 이런 모양이 아닌데 말입니다."

셋이 돌아가며 총구 안을 들여다보았다. 과연 총구 안에는 나선형의 줄이 여러 겹 새겨져 있어 오래 보고 있자니 눈알이 뱅글뱅글 돌았다. 아무리 궁리해도 이유를 찾을 수 없었다. 신접주가 총을 선반에 얹으며 말했다.

"나선형 줄을 새겼다는 것은 총알이 돌아나가도록 만들었다는 것인데 왜 그렇게 했는지 도무지 이유를 모르겠습니다. 이 총에 맞는 탄환이 있다면 한번 쏴보고 싶지만 그게 없으니 답답할 따름입니다."

넷은 무거운 마음으로 초막을 나섰다.

"접주의 말이 정 그렇다면 지난번 괴산전투에서는 어찌하여 우리 이천포가 양총을 든 일본군과 관군을 이겼다 생각하시오?"

이창진이 은근히 치밀어 올라오는 부아를 눅이며 묻자 신접주가 진작부터 속에 쟁여둔 생각인 듯 쉽게 대답했다.

"일본군의 숫자에 비해 동학군의 수가 월등히 많았다는 게 첫째 이유일 것이고, 둘째는 꽹과리와 징을 치며 달려드는 소리에 겁먹은 비루한 관군이 황급히 성을 비운 탓이겠지요."

신접주는 속리산을 누비던 포수답게 앞서 말했던 이천포 군의 괴산전투 승리가 말치레 공치사였음을 숨기지 않았다. 그를 탓할 수만은 없는 노릇이었다.

이창진이 괴산전투에서 총에 맞아 죽어가던 동학군을 떠올리며 다시 물었다.

"맞는 말씀입니다. 사람의 수가 아무리 많다 해도 어찌 총을 당할 수 있겠소? 그렇다면 정녕 일본군을 이길 수 있는 방도는 없는 것이오?"

"물론 방도야 있겠지요. 기습이나 매복으로 양총을 탈취하는 방법도 생각해볼 수 있겠고, 산세를 이용해 불붙은 장태를 굴리는 것도 좋은 방법일 것이오. 동학군은 지역 실정을 잘 아니까 천문지리를 이용하는 방법도 있겠고. 하지만 문제는 총이오. 그리고 더 큰 문제는 설령 총을 구한다 해도 탄환까지 구하기는 매우 어렵다는 점이오. 화승총에 들어가는 납탄이야 저 같은 포수도 얼마든지 만들 수 있지만, 이런 후장식 총의 탄환은 그럴 수가 없습니다."

셋은 신접주의 뒤를 따라 걸으며 막힌 속이 더욱 답답해짐을 느꼈다. 무기의 열세를 절감하는 순간이 아닐 수 없었다. 마침 도동이 달려와 보은 수접주의 도착 소식을 알렸다. 신접주가 뒤따르는 일행을 돌아보며 말했다.

"모레 있을 치성식 때 해월선생께서 큰 비방을 내놓으실 테니 너무 심려치 마십시오. 천지신명이 돕고 한울님이 보살필 것입니다."

넷은 무거운 발걸음을 끌며 보은 수접주를 만나기 위해 대도소로 향했다.

보은 충경포 수접주 윤경신은 눈자위와 상체가 헌헌한 중년의 남자였다. 청수잔을 올려 한울님께 심고하는 것으로 상견례를 대신한 후, 신재길은 구해온 총을 더 살펴보겠다며 일행을 남겨두고 자리를 떴다.

윤경신이 두루마기를 벗어 횃대에 걸고는 나달나달해진 짚신을 잔솔가지로 털어 한쪽에 밀어놓았다. 사려 깊음이 몸에 밴 사람처럼 보였다.

"경기도에서 예까지 오시느라 여독도 안 풀리셨을 텐데 이리 찾아주심에 감읍할 따름입니다."

"작년 보은 취회 이래 전국 각지에서 솔병해 모여드는 도인들을 치르시느라 되레 노고가 많으실 듯하옵니다. 이곳 보은 사정은 어떠하온지요?"

"동학군을 돕는데 너나가 따로 없지요. 보은 땅에서 동학군에 반대하는 민보군이 조직되었다는 말은 아직 들은 바 없습니다."

"과연 보은이야말로 대도소가 들어서기에 손색이 없는 고장이로군요."

"하지만 워낙 농촌이다 보니 전량과 무기를 마련하는 데 애로가 많습니다. 곧 겨울이 닥칠 것이기에 월동 준비만으로도 벅찹니다. 이번에 나갔다 온 연유도 바로 이 때문이었습지요."

"성과는 있었는지요?"

"삼 년 가뭄 뒤끝이라 몇몇 부농과 지주들의 성의만으로는 신통치가 않습니다."

"하오면?"

셋이 약속이라도 한 듯 이구동성으로 물었다.

"향리 도처를 뒤져보면 고부 봉기를 초래케 한 조병갑 같은 탐관이나, 납속納粟하여 얻은 관직으로 늑봉勒捧을 일삼는 무리가 상당수 있습니다. 이번에는 옥천포, 영동포의 접주와 함께 영동에 행차하여 이용직을 만나고 왔습니다."

"이용직이라 하오면?"

"백만 냥을 상납하고 경상감사를 제수받았던 인물인데 지금은 파직되어 영동에 살고 있습지요. 그자를 닦달해 겨울옷 일천 벌을 받기로 약속했습니다."

"큰일을 하셨군요. 순순히 내놓지는 않았겠지요?"

"목숨은 하나인지라 면전에서야 협조했지만 돌아서서는 우릴 화적 취급했을 겁니다."

보은 수접주가 이 말을 하고는 망나니 칼처럼 손날을 넓게 펴서 목에 대고 긋는 시늉을 하는 바람에 좌중에 폭소가 터졌다. 이천 수접주가 모처럼 피어난 웃음기를 만면에 가득 담으며 말했다.

"허허, 수접주님의 배포가 참으로 호협하십니다그려. 그나저나 해월선생의 기포령이 너무 늦은 건 아닌지요? 하루가 다르게 날이 차가워지고 있습니다."

"기포령을 내리시던 날도 그런 얘기가 나왔습니다만, 가을걷이를 마친 후에 일어나자는 것이 중론이었습지요."

"기포령을 내리던 날 수접주께서도 그 자리에 함께 계셨단 말씀입니까?"

"그러하옵니다."

"그날의 얘기를 듣기 청합니다. 해월선생께서 뭐라 하셨는지요?"

이창진과 한규석이 입을 모아 간청했다.

"어허, 낭패로고. 내 어찌 한울님의 천어天語를 들으신 해월의 말씀을 감히 옮긴단 말이오. 당치 않소."

"해월선생께서 기포령을 발하실 때는 다 그만한 연유가 있었을 것이고, 신교神教도 함께 전하셨을 터, 간곡히 듣기를 청합니다."

이번에는 수접주까지 나서서 간청하자 보은 수접주가 더는 물리치지 못하고 말문을 열었다.

"그리 말씀하시니 제 부족한 언변을 탓하지 않는다면 몇 말씀 사뢰어보리다. 해월선생께서 청산에 모인 접주들에게 이렇게 말씀하셨지요."

보은 수접주가 풀 먹인 적삼 깃을 정갈히 훑어내려 반듯이 펴고는 헛기침으로 목을 고른 후 그날에 있었던 이야기를 해토머리에 얼음 풀리듯 풀어내기 시작했다.

“그러니까 지난달 보름에서 하루가 지났을 무렵이었습니다. 해월선생으로부터 접주들만 은밀히 청산 대도소로 모이라는 전갈이 당도했습니다. 당시는 해월께서 관군의 눈을 피해 그곳에 계시던 때였지요. 각 고을 접주에게 황급히 연통을 넣어 앞서거니 뒤서거니 길을 나섰습니다. 가는 도중에 보니 큰 고을은 물론이고, 작은 마을도 출진을 준비하는 동학군으로 가득했고, 군량과 무기를 실은 우마차가 길을 막아 동학군 세상이 되었음을 실감할 수 있었습니다. 민초들 모두 가만히 팔 개고 있다가는 왜놈의 손에 나라가 넘어가겠다고 생각하는 듯했습니다.

청산에 도착해 안내된 곳은 허름하게 위장한 초가였습니다. 거기서 하루를 유하고 이튿날 문바위골로 향했지요. 문바위골은 계곡이 깊어 사람이 은거하기에 안성맞춤인 곳이고, 청산 평야는 바다처럼 넓어 대군을 먹이기에 충분한 터전이었습니다. 게다가 앞은 탁 트이고 뒤는 막혀 있어 인마의 움직임은 물론, 작은 기척도 울림통 속처럼 크게 들려 외적의 방비가 능한 곳이기도 했습니다.”

보은 수접주가 음성을 낮추어 깔았어도 기실은 말주변이 상당해 당시의 정황을 그림 그리듯 소상하게 들려주었다. 그의 말이 계속 이어졌다.

“문바위는 형상이 마치 사람이 드나드는 문처럼 생겼다 하여 붙여진 이름인데 실제로 가보면 대단한 영험이 깃들어 있다 느끼실 겁니다. 그 문을 들어서면 속세와는 홀연히 다른 신령스러운 땅에 들어섰다는 느낌, 지금껏 품어왔던 생각을 온전히 바꾸지 않고서는 다가설 수 없는 다시 개벽의 세상, 천 년의 웅지를 펼 도량에 들어섰다는 감동이 절로 솟아날 것입니다.

문바위 앞에 서 있는 소나무 또한 속리 정이품이 환생한 듯 자태가 엽엽하고, 길가에 늘어선 빨간 남천 열매에 눈을 빼앗겨 한 마장쯤 걷다 보면 이번에는 수령이 족히 오백 년은 됨직한 느티나무가 나옵니다. 나무가 어찌나 실하고 울창한지 초열焦熱의 폭염에도 가을의 너와집 같고, 세 가지로 나눠 뻗은 줄기 한가운데는 장정 서넛이 둘러앉을 만하고, 나무 아래의 너럭바위 또한 선방 서너 개는 꾸밀 만큼 넓습니다. 이 너럭바위에 누워 하늘을 보면 온 세상이 평평해지고, 만인이 평등하게 살아가는 모습이 절로 그려진다고도 합니다. 동학이 꿈꾸는 세상처럼 말이지요."

수접주가 없는 정경을 부러 꾸며 말할 리는 없겠으나 곧이듣기에는 너무도 출중한 지세인지라 셋은 언젠가 문바위골에 꼭 가봐야겠다며 속마음을 다졌다.

듣는 이의 수긋한 귀 기울임에 신명이 났던지 수접주가 연달아 말을 이었다.

"삼면에 휘장을 친 너럭바위에 앉아 아래를 내려다보니 도레방석처럼 너른 훈련장에는 무예를 다듬느라 여념 없는 군사들이 그득했고, 산비탈을 다듬어 지은 초막에서는 숯불 태워 밥 짓는 연기가 자욱했습니다. 잠시 있자니 흰 무명 두루마기를 입은 해월께서 들어오셨습니다. 접주들이 일제히 일어나 복배伏拜로 예를 갖추자 해월은 우리보다 더 깊숙이 허리를 숙여 답례하고는 좌정하셨지요. 그리곤 이렇게 말씀하셨습니다.”

수접주의 말투가 일순 해월의 목소리인 양 중저음으로 깔리면서 너른 호수처럼 벙벙해졌다. 수접주는 그날의 해월을 상기하려는 듯 청산 쪽으로 머리를 돌려 버성긴 수염을 한 차례 쓸어내린 후 해월의 말씀을 들려주기 시작했다.

“먼 길 오시느라 노고가 많았소이다. 접주들을 뵈러 내가 직접 보은으로 가야 마땅하나 그곳은 이미 관군이 우리 동학군의 주둔 사실을 아는 장소인지라 거사를 앞두고 혹여 일을 그르칠까 싶어 이리로 모신 것이니 크게 나무라지 마시기 바랍니다.

수운대선생님께서 무극대도를 받아 동학을 창도하신 이래 올해로 꼭 삼십 년이 흘렀습니다. 그동안 나는 이 나라 방방곡곡을 다니면서 사람이 곧 하늘이라 그 본성에 인내천人乃天 한울님이 있음을 알게 하였고, 만민 모두가 골고루 평등하다는 시천주의 가르침, 사람을 한울님같이 대하고 섬겨야 한다는 사인여천을 실천하며 살아왔습니다. 내가 오늘 접주님들께 드리고자 하는 말씀은 이런 믿음을 실현하기 위해 우리가 할 수 있는 일이 무엇인가를 고하고자 함입니다.

무릇 모든 생명은 스스로 존귀한 가치를 지니며, 우주 만물과 더불어 조화와 균형을 이루어 살아가는 것이고, 우리가 사는 세상은 다시 개벽의 세상, 즉 모두가 평등하게 사는 세상이 되어야 합니다. 우주 만상이 다 한울님이고, 어린이나 아녀자, 관노나 사노, 하다못해 들판에 나는 새 한 마리, 풀 한 포기조차 한울님 아닌 것이 없습니다. 하오나 지금 이 나라의 모습은 어떻습니까? 일본이나 청 제국이 서로 취당聚黨하여 조선을 겁박하고, 탐학한 관리나 토호들이 반상, 적서, 남녀의 차별에, 토색질, 분탕질까지 저질러 선한 백성 한울님의 목에 칼을 들이대고 있습니다.

소외와 핍박을 천형天刑으로 알고 사는 건 살아도 사는 게 아니며, 그릇됨을 알고도 모른 채 묵과하고 굴종하는 건 다시 개벽의 뚜껑을 닫는 일입니다. 묵묵히 참기만 하고 변화를 도모하지 않는 건 자기 안에 갇힌 기망欺罔일 뿐이며, 앉아서 죽을 날만 기다리는 것 외에 다른 묘책이 없다고 자탄하는 것과 다를 바 없습니다.

혁명이란 무엇입니까? 원악元惡에게 머리 조아리지 않고, 내 믿음을 철석같이 믿어 불가능을 가능케 하는 힘입니다. 모든 혁명은 분노에서 비롯하며, 인내가 끝나는 곳에서 열리는 새로운 개벽 하늘입니다. 백성의 궁핍과 치욕이 하늘을 찌르고, 외적의 침탈로 나라가 쇠멸하는 이 마당에 마냥 팔 괴고 앉아 상제님의 강림만을 기다린다면 어찌 우리가 축원하는 세상, 혁명의 하늘이 열리겠습니까?

자고로 민심은 천심이라 했습니다. 우리가 창의하는 것은 곧 온 나라 백성이 창의하는 것이며, 한울님이 도모하는 천운의 기회가 도래함이니, 오늘의 기포를 통해 수운 스승님의 무고함을 바로잡고, 외군外軍을 이 땅에서 몰아내어 조선의 대원大願을 실현해야 할 것입니다.

중편선

무릇 생명은 한울님이 주신 것이고 죽어도 한울님의 세상으로 가는 것이니 성령으로 장생하심을 믿어야 합니다. 호랑이가 들어오면 참나무 몽둥이라도 들고 나가 싸워야 하는 것처럼, 이제 나는 우리 동학도 모두가 함께 떨쳐 일어나 죽기를 다해 싸우자는 창의倡義의 기포령起包令을 발하는 바입니다. 이를 계기로 풍전등화처럼 스러져가는 조선을 되살리고, 한울님의 목숨을 호기롭게 일으켜 세우는 단초가 되기를 앙축仰祝하옵니다. 이상으로 내 말은 줄이고 여러 접주님 모두에게 천지신명의 보살피심과 한울님의 가호가 창대하기를 축수하옵니다.

불초 충경포 수접주 윤경신, 한울님의 천어天語에 기대어 해월선생의 말씀 대신 전해 드렸습니다."

보은 수접주가 받은 숨을 다독여 해월선생의 기포령을 전하고 말문을 닫았다.

수접주가 들려준 해월의 말은 듣는 이로 하여금 생생한 울림으로 다가왔다. 특히 불가능을 가능케 하는 것이 혁명이며, 스스로 분노하여 일어서는 것이야말로 진정한 혁명의 시작이라는 말에 가슴이 떨렸다. 그것은 일본군이 쏘아대는 총소리 앞에 썩 나서며 울려대는 동학군의 철성 소리였고, 그들의 화력에 기죽어 있던 가슴이 뻥 뚫리는 한울님이 목소리이기도 했다.

셋은 숙연한 심정으로 해월선생이 창의하며 품었던 늠연한 기상과 기포령의 의미를 되새기면서 장내리 대도소를 나섰다. 보청천 강물에 드리워진 윤슬이 길게 이어졌다. 일행은 이천접이 야영하

고 있는 숙영지를 향해 걸음을 재촉했다. 단정학, 왜가리 들의 귀
소가 강을 따라 잔잔히 너울져 함께 흘렀다.

중편선

전투

이틀 후, 보은 장내리 대도소에서 출정을 위한 치성식이 열렸다.

전날 밤 은밀히 당도한 해월선생이 의암 손병희에게 통령기를 전수하는 것으로 치성식이 끝나고 출정이 시작되었다. 통령으로 임명된 의암 대접주가 각 포를 사열한 뒤 3만 대군을 원정군과 수비군으로 나누어 2만의 원정군은 논산으로 이동해 전봉준의 호남 동학군과 합류토록 하고, 1만의 수비군은 장내리 대도소, 문바위골 대도소를 비롯한 충청도 지역을 방비케 했다.

이동 편의성을 위해 원정군을 다시 둘로 나누어 1대인 영동과 옥천포는 회덕을 거쳐 공주 장기의 대교大橋로 이동했고, 2대는 경기포를 주축으로, 강원, 충청, 경상포와 연합해 심천과 진산을 거쳐 논산으로 향했다. 2대의 주력은 괴산전투에서 경험을 쌓은 이천포가 맡았다.

황색기를 든 손병희 통령의 중군을 중심으로 청색기의 선봉, 백색기의 좌익, 흑색기의 우익, 홍색기의 후군이 논산을 향해 진군하기 시작했다. 오색 깃발을 치켜든 2만 대군이 진군해 나가자 연도의 산과 들녘은 온통 흰옷 입은 동학군으로 넘쳐났고, 군량과 무기를 실은 우마차의 행렬이 끝도 없이 이어졌다.

수접주로 승진한 이창진과 전량도감이 된 한규석은 충경포의 신재길 접주와 함께 후군에 편성되어 보무도 당당하게 앞으로 나아갔다. 행군 도중 간혹 만나는 소읍의 관군은 대군의 이동에 혼비백산해 무기를 버리고 도망치기 일쑤였고, 그 덕에 적으나마 신무기와 탄약을 습득할 수 있었다. 그중 회선포 두 대를 노획한 것은 동학군의 사기를 높이는 데 큰 힘이 되었다. 총신이 돌아가면서 총알이 나가도록 고안된 회선포는 기왕에 가지고 있던 한 대와 합쳐져 대열의 선두를 이끌었다.

논산에서 2만의 호남동학군과 만난 경기동학군은 도합 4만의 대군으로 진용을 갖춰 공주를 향해 짓쳐나가기 시작했다. 노성을 지나면서부터는 공주를 포위 공격하기 위해 대군을 둘로 나누었다. 손병희 통령이 지휘하는 경기동학군은 좌측의 이인利仁 쪽으로 향했고, 전봉준 장군이 지휘하는 호남동학군은 우측으로 돌아 경천을 지나 우금치와 효포孝浦 방면으로 이동했다. 한편, 공주의 동쪽으로 진군해 들어간 영동과 옥천포는 금강의 북쪽 강안인 대교에 진을 치고 주력인 호남동학군의 공격 개시 파발이 당도하기를 기다리며 세 방면에서의 일제 공격을 위해 무장의 고삐를 바짝 틀어쥐었다.

이인에 당도한 경기동학군은 회선포 3대를 돌출된 형태로 앞세운 뒤 논배미를 두둑하게 쌓아 총안을 만들었고, 너른 이인 평야에 볏짚을 깔아 진지를 구축했다. 호남동학군과의 연합전선을 형성하기 위해 만든 임시 전진기지인 셈이었다. 하지만 어찌된 영문인지 날은 점점 추워지는데 전봉준의 호남동학군으로부터 개전을 알리는 파발이 나흘째 감감무소식이었다.

이인의 평야 진지는 금방 이동할 것으로 예상해 임시방편으로 구축한 것이라 허허벌판의 추위와 칼바람을 견디지 못했다. 궁여지책으로 화톳불을 피웠다. 그 탓으로 낮에는 매캐한 연기가 종일 진지를 맴돌았고, 밤에는 멀리서 보아도 대군이 주둔해 있는 게 빤히 들여다보일 정도로 불빛 속에 환했다.

손병희 통령은 출진이 미뤄지는 것에 조바심이 일어 접주들을 한자리에 모이도록 통문을 돌렸다. 갑주甲冑를 떨쳐입은 통령이 먼저 입을 열었다.

"일전이 임박했습니다. 공주는 천혜의 군사 요충지인바 이곳을 점령하지 못하면 승리를 보장할 수 없습니다. 아직 호남동학군으로부터 개전 파발이 당도치 않아 답답하기 이를 데 없으나, 언제 공격이 시작될지 모르니 무기와 군량을 세세히 점검하고 출진에 대비해야 할 것입니다. 오늘은 조만간 있을 공격을 앞두고 접주들의 의견을 수렴코자 하니 기탄없이 말씀하시기 바랍니다."

통령의 말이 떨어지기 무섭게 맨 앞줄의 젊은 접주 하나가 큰 소리로 말했다.

"호남동학군을 기다릴 것 없이 우리가 먼저 쳐들어가 성문을 깨부숩시다."

여기저기서 '그럽시다'라는 호기로운 목소리가 울흥하게 일었다.

신중하자는 의견이 나왔다.

"독불장군이 나서면 백전필패란 걸 모르시오? 원래의 계획대로 동, 서, 남 삼면에서 동시에 공격하면 수성군이 도망칠 곳은 금강뿐이라 독 안에 든 쥐 격입니다. 서둘러서는 절대로 아니 됩니다."

다른 의견도 나왔다.

"우리는 타지에서 이동해 왔기에 이인이나 공주의 지세를 잘 알지 못합니다. 무릇 병서에 이르길 지장智將은 지세와 산세, 수세를 우선 살핀다 했습니다. 먼저 동리 사람을 불러 지세를 소상히 들어본 후 움직이는 게 좋을 듯합니다."

이 말에 모두 고개를 끄덕였다. 마침 근동의 지리를 잘 아는 접주가 있어 그가 자진해 나섰다.

"그렇지 않아도 마침 도스르고 있던 참이었습니다. 보다시피 이인은 땅이 넓어 사방이 트여 있습니다만, 이인부터 공주까지는 산과 능선만이 즐비합니다. 비록 산은 높지 않으나 봉우리가 무수히 많고 산록은 가파르며, 반대로 골이 깊어 대군이 지나가기 쉽지 않습니다. 우마가 다닐 수 있는 길은 하나뿐이며, 고개를 대여섯 개 연이어 넘어야 공주성에 당도하는 오르막 험로입니다."

접주의 이 말에 앞으로의 전투가 쉽지 않을 거라는 웅성거림이 일었다. 돌멩이 하나를 굴려도 아래보다는 위가 나을 텐데 공주성 공격은 아래에서 위로 치받는 형상이라 승리가 쉽지 않겠다는 계산 때문이었다.

또 다른 의견도 나왔다. 말한 이는 충경포의 신재길 접주였다.

"지금 당장 진지를 옮겨야 합니다. 보다시피 우리 진지는 평야에 포진하여 사방이 노출되어 있습니다. 게다가 우리가 가진 화승총은 사정거리가 짧아 멀리 있는 적을 맞추기 어렵고, 바람막이 하나 없는 허허벌판인 까닭에 화승에 불을 붙이기도 쉽지 않습니다. 속히 산봉우리로 진지를 옮기고 몸을 숨겨야 합니다.”

다들 동의했지만 금방이라도 호남동학군의 파발이 당도할지 모르는 상황이었고, 당장 애써 만든 진지를 버리고 새로운 진지를 구축해야 한다 생각하니 엄두가 나지 않는 눈치들이었다. 신재길 옆에서 묵묵히 듣고만 있던 나이 지긋한 접주 하나가 허리부터 세우고 일어나 추임새를 넣었다.

“무릇 정병精兵이라 함은 전투를 잘하는 병사가 아니라 방비를 잘하는 병사를 말합니다. 오늘의 수고가 내일의 승리를 약속한다는데 무얼 주저합니까? 군사의 숫자만 믿고 지세가 불리한 평지에 머물렀다가는 화를 키우는 꼴이 될 것입니다. 속히 서둘러야 합니다.”

좌중에 침묵이 흘렀다. 정적을 깨고 또 한 사람이 일어나 조심스레 말했다.

“어제 해 질 녘, 좌측방의 초봉리 산마루에서 원조경遠眺鏡으로 주위를 살피는 자가 있었습니다. 멀어서 확실하진 않았으나 그 시간에 산야를 누빌 사람이 누가 있겠습니까? 필시 관군이나 일본군이 우리를 염탐하러 보낸 세작이 아닐는지요?”

이 말이 떨어지자 좌중에 술렁임이 일었다. 당장 진지를 옮기자는 의견과 어차피 하루 이틀 후면 진격할 터이니 쓸데없이 전력을 낭비할 필요가 뭐 있겠냐는 의견이 팽팽하게 맞섰다.

손병희 통령이 양측의 의견을 다 듣고 난 후 무겁게 입을 뗐다.

“진퇴양난이란 필시 이를 두고 하는 말인 듯합니다. 이렇게 합시다. 어차피 오늘은 늦었으니 내일 아침 일찍 기병하여 하루를 진군한 뒤 적당한 봉우리를 물색해 진을 치도록 합시다. 오늘은 급한 대로 선봉군인 안성포에서 전방에 보이는 옥녀봉에 척후를 보내 경계초소를 마련하고 적병의 기습을 살피는 것이 어떻겠소?”

타협안이 그럴듯했다. 진지를 옮기자는 의견과 산봉우리에 진을 치자는 의견 모두를 수렴했을뿐더러 옥녀봉은 이인 들판이 한눈에 내려다보이는 요충인지라 통령의 중재안에 반대하는 사람은 없었다.

회의가 끝나고 돌아가는 참에 이창진과 한규석, 신재길은 짧게 이야기를 나누고 각자의 포로 총총걸음을 옮겼다.

“동학군의 수가 많다 하나 병법을 아는 이가 드무니 걱정이오. 당장 오늘 밤에 야습이 있다면 속수무책으로 당할 수밖에 없지 않겠소?”

“백수의 왕 호랑이도 여우에게 꽁무니를 보이지 않는다고 하였소. 적이 허를 찌르고 달려든다면 낭패가 될 터인데.”

“그러게 말입니다. 불침번을 갑절로 세워 방비를 튼튼히 하는 수밖에 별도리가 없습니다. 오늘 밤이 무사히 지나길 바랄 뿐입니다.”

걱정을 여러 겹 쌓는다고 하여 행운이 찾아오지는 않는 모양이었다. 고작 하루를 더 넘기지 못하고 그날 밤 평야에 주둔해 있던 경기동학군이 관군과 일본군의 기습을 받아 심각한 타격을 입는 불상사가 발생한 것이었다.

 중편선

야습은 엉뚱하게도 전방이 아닌 후방에서 비롯되었다.

서둘러 옥녀봉에 경계초소를 마련한 안성포 군이 전방과 측방의 방비는 튼튼히 했지만, 후방에서 접근하는 적을 예상치 못했다. 인근 야산에 몸을 숨기고 있던 적병이 동학군이 피운 시초柴草 더미 불기운이 사그라드는 새벽 시간을 노려 일시에 총을 쏘며 달려든 것이었다. 선잠에서 깨어난 동학군 진영은 화승에 불붙일 새도 없이 혼비백산 이리 뛰고 저리 뛰는 아수라장으로 변했고, 포진해둔 회선포의 방향을 돌려 응사하기도 전에 진지는 난장판이 되고 말았다. 그나마 불침번을 선 경비병이 화승총으로 응사했지만, 벌판을 건너온 새벽 된바람에 총은 불땀을 잃고 헛방을 놓기 일쑤였다.

전방에 나가 있던 안성포도 당황하기는 마찬가지였다. 적병이 후방 근거리에 매복해 있다가 일시에 달려드는 통에 병장기를 추슬러 구원하러 달려올 틈도 없이 한 식경가량 이어진 전투에서 동학군은 궤산潰散에 궤산을 거듭하고 있었다.

날이 희뿌옇게 밝아 주변 형상이 드러나면서부터 논바닥에 엎드려 있던 동학군이 전열을 가다듬어 반격에 나섰다. 전방에 나가 있던 안성포 군이 도착하는 발소리가 요란해지자 적병은 홀연히 미명의 운무 속으로 자취를 감추고 말았다. 매복과 기습으로 동학군을 타격하고는 귀신병처럼 사라져버린 것이었다.

날이 밝아 전장을 살펴본 결과 심대한 타격을 입은 전투였음이 드러났다. 관군과 일본군의 시체는 별로 없고, 무더기로 쓰러져 죽은 동학군 시신 사이로 부상자의 비명만이 낭자할 뿐이었다. 인원과 무기, 전량을 점고한 결과는 더욱 참담했다. 시신의 숫자는 일일이 세기 어려울 정도였고, 함부로 쏘아댄 회선포 탄환은 초반에 동나버렸으며, 쌓아두었던 군량미에 불기운이 옮겨붙어 홧홧한 열기와 연기가 자욱하게 맴돌았다. 한순간의 방심이 부른 패전치고는 육단肉袒으로 옷을 벗고 땅을 칠 노릇이었다.

그러나 이것으로 끝이 아니었다. 적군은 인근 야산으로 퇴각했다가 총탄을 보충해 재차 공격해 들어왔다. 반면에 동학군은 불땀이 일지 않는 화승총을 붙잡고 엎드려 헛헛한 입김만을 부싯깃에 불어넣고 있었다. 완벽한 무기의 열세였다. 적군의 공격은 해그림자가 짧아질 때가 되어서야 칠점사의 꼬리를 감추고 사라졌다.

전투가 일단락되었다.

급선무는 시신을 묻는 일이었다. 벌써부터 얼어붙기 시작한 땅은 곡괭이로 내리찍고 삽날로 후벼도 쉽사리 파지지 않았다. 애먹는 와중에 진동하는 피비린내는 두억시니처럼 머리를 헛돌게 했고, 시신은 온전한 것 하나 없이 뭉개지고 구멍이 뚫려 팔다리를 잡아당기면 헛소매 관절이 쑥 빠져나왔다. 어쩔 수 없이 땅을 얕게 파 토감土坎한 자리에 시신을 홑지게 눕히고 흙을 덮었다.

혈해血海의 전장은 이곳만이 아니었다. 이인의 동학군이 채 토감을 마치기도 전에 대교에 진을 쳤던 영동과 옥천포 군으로부터 피습 소식이 들려왔다. 그곳 역시 관군과 일본군의 기습을 받아 참살을 면치 못했다는 전갈이었다. 동학군의 중구난방과 달리 적들의 군사 지휘 체계는 일사불란하게 작동하고 있다는 명백한 증거였다.

중편선

이로써 공주를 삼면에서 포위 공격하기로 한 애초의 계획은 수포로 돌아가고 말았다. 헛되이 땅을 치는 소리가 이인 들판을 울음바다로 적셨고, 엎친 데 덮친 격으로 도망자가 속출했다. 가뜩이나 병력 손실이 많아 애기손, 조막손이라도 빌려야 할 판에 군량미 자루를 짊어지고 베잠방이 휘날리며 달아나는 도망병의 모습이 부지기수로 보였다. 쫓아가 붙잡을 수도 없어 그저 멀거니 바라볼 수밖에 없었다. 그나마 다행인 것은 부화뇌동하여 함부로 따라나선 부랑자나 도적, 협잡꾼이 사라지고, 새롭게 전의를 불태우는 젊은이들과 정식으로 입도한 도인들 상당수가 남았다는 사실이었다. 골이 깊으면 산도 높은 법. 병력이 반으로 줄긴 했어도 사기는 오히려 충천했다.

병장기와 전량, 가축을 추슬러 진군에 나선 것은 만 하루가 지난 다음 날 아침. 똑같은 실수를 반복하지 않기 위해 능선과 고지를 철저히 수색하고, 수시로 정탐을 보내 매복과 기습 공격에 대비했다. 그래서인지 공주가 한달음에 건너다보이는 봉황산 자락 하고개 초입에 당도하는 동안 아무런 적정敵情을 만나지 못했다.

이인 전투에서 얻은 교훈은 유리한 지형지물의 선점과 접근전의 중요성이었다. 동학군의 주 무기인 화승총은 사거리가 짧은 탓에 높은 고지를 점령하여 매복과 기습으로 접근전을 펴지 않고서는 승산이 없었다. 이를 위해 몸이 날래고 양총으로 무장한 선봉대를 앞세웠고, 그 뒤로 화승총 부대를 포진해 전진케 했다.

마침내 우금치와 효포 쪽 호남동학군으로부터 전투 개시를 알리는 파발이 당도했다. 바야흐로 공주 전투가 시작된 것이다. 공격에 있어서 한 가지 아쉬운 것은 회선포를 앞세우지 못한다는 점이었다. 이인 전투에서 허투루 탄환을 낭비한 탓에 회선포는 무용지물이 되고 말았다. 탄환 없는 화포는 우마차꾼을 괴롭히는 애물단지에 불과했다. 과감히 회선포를 버렸다. 크나큰 화력의 손실이 아닐 수 없었다.

공격은 세 방향으로 나누어 경기동학군이 진을 친 봉황산 자락 하고개, 호남동학군이 치고 올라오는 우금치 고개와 효포 방면에서 동시에 시작되었다. 먼저 우금치 쪽에서 교전을 시작했는지 산을 울리는 포성과 총성이 들려왔다. 경기동학군도 철성 소리를 신호로 포접기의 뒤를 따라 일제히 앞으로 달려 나갔다. 봉황산 고지를 점령하는 것이 급선무였다.

참으로 장관이었다. 멀리서 보면 정수리는 붉고 몸은 눈처럼 흰 단정학丹頂鶴 떼가 군무를 추며 날아드는 형상이었고, 가까이서 보면 풍성한 서설瑞雪을 맞으며 분합문 밀고 우당탕 뛰어드는 함진아비의 혼례청 마당놀이 같았다. 순식간에 봉황산 밑자락이 동학군의 흰옷에 휘감기며 허옇게 뒤덮였다.

그러나 동학군이 채 능선에 다다르기도 전에 고지를 선점하고 있던 관군과 일본군으로부터 집중사격이 쏟아졌다. 철성 소리는 일시에 사라지고 빗발치는 총성만이 산야에 울려 퍼졌다. 소리 위에 소리가 겹치면서 한 소리는 쇠하고 다른 한 소리는 시퍼런 작두날 위에서 흔들어대는 박수무당의 무령巫鈴처럼 맹위를 떨치며 날아들었다. 양총을 든 동학군 선봉대가 즉각 반격에 나섰다. 공방이 극한으로 치달으면서 하고개 일대는 바람을 가르는 총소리로 귀청이 찢어졌고, 군마라도 몰려와 달린 듯 양쪽 진영에 뽀얀 먼지가 일었다.

초전의 어수선함이 사라진 뒤 주변을 살펴보았다. 양측 모두 사상자가 많이 발생했으나 적군은 여전히 고지를 점령하고 있었고, 동학군은 아직 능선을 타지 못했다. 이대로 전선이 고착된다면 동학군의 피해는 늘어날 수밖에 없는 상황이었다. 방어전이 아닌 공격전이었기에 이인에서의 전투 경험도 소용이 없었다. 방어전이라면 고지를 선점하고 있다가 아래를 향해 내려 쏠 수 있지만 지금은 공격전이라 그럴 수도 없는 처지였다. 당장 전세를 역전시킬 묘안을 찾아야만 했다. 적과의 거리를 좁혀 접근전을 펼치는 수밖에 없었다.

공격이 뜸해진 틈을 타 동학군이 은밀히 움직이기 시작했다. 그러나 전방이 노출되어 있어 큰 나무 뒤에 바투 숨어도 쉴새 없이 날아드는 총탄에 줄기가 터져 나갔고, 마른 풀포기는 설맞은 돼지처럼 허옇게 뒤집혀 잔뿌리를 털어댔다. 그대로 있다가는 벌집이 되기 십상이었다. 가장자리에 엎드려 있던 몇이 용기를 내어 갈지자로 뛰어나갔으나 거리는 좀처럼 좁혀지지 않았다.

동학군의 움직임이 멈추자 전장은 소강상태로 접어들었으나 이번에는 머리 위로 대완포 포탄이 날아들었다. 포는 총과 달리 바닥에 엎드려 있어도 아무 소용이 없었다. 포까지 동원해 공격해올 줄은 몰랐다. 포탄은 제철 만난 망둥이처럼 사방에 쿵쿵 떨어지며 파편을 튀겼다. 그대로 있다간 비명 한번 못 지르고 곤죽이 될 판이었다. 답은 하나였다. 엎어져 있다가 포 맞아 죽으나, 뛰어가다 총 맞아 죽으나 매한가지였다. 누구의 명령이랄 것도 없이 동학군은 일제히 함성을 지르며 고지를 향해 달려 나갔다.

동학군이 다가가자 이번에는 회선포 공격이 잇따랐다. 여러 대의 기관총에서 연발로 쏟아지는 총탄 앞에 선봉대는 전진을 멈추었고, 총알 세례를 받은 병사들의 무릎이 턱턱 꺾이며 속절없이 쓰러져갔다. 빗발치는 총탄 속에서도 선두에 선 자가 총 맞아 쓰러지면 뒤따르는 병사가 피 묻은 총을 주워들고 사격하며 공격해 올라갔다.

이창진 수접주와 신재길 접주를 비롯한 지휘부가 선두에 서서 독전을 다그쳤다.

"흩어져서 고지를 점령하라. 고지를 향해 뛰어라."

동학군은 전방의 봉황산 대신 길 양편에 솟아 있는 산봉우리를 향해 달려 나갔다. 그러나 늦가을 산비탈은 돌돌 말린 가랑잎과 마른 솔잎이 수북해 세 걸음 올라가면 여섯 걸음 미끄러졌고, 풀로 삼은 짚신 끈은 맥없이 끊어져 발목에서 덜렁거렸다. 차라리 맨발이 나았다. 짚신을 벗어 던지고 각개 전투로 흩어져 고지를 향해 뛰었다. 대열이 흩어지자 회선포 소리가 잦아들고 이번에는 소총 소리가 뒤를 이었다.

동학군이 양쪽 산봉우리를 점령하면서 전투는 다시 소강상태로 접어들었다. 산마루에 도착한 동학군은 찬 바닥에 엎어진 채 참았던 숨을 뱉으며 휴식을 취했다. 겹친 피로감이 삼년상 여막廬幕에 누운 것처럼 무겁게 내려앉았다. 한규석은 화승총의 무게감과는 전혀 다른 피 묻은 양총을 가슴에 얹고 누워서 밭은 숨을 골랐다. 그것은 여러 군데 가슴이 뚫려 피 칠갑으로 나뒹굴던 병사가 마지막 숨이 끊어지면서도 손에서 놓지 않았던 양총이었다. 총신의 열기가 남아서인지, 흘린 피가 식지 않아서인지 총 잡은 손바닥이 미끈거렸다.

누운 채로 하늘을 올려보았다. 얼기설기 뭉쳐진 소소한 구름밭이 흐르고 있었고, 음영이 겹쳐진 곳에서 환한 빛줄기가 쏟아져 내려왔다. 구름의 무늬였고 흩어지는 바람 소리였다. 전투가 아니었다면 마냥 한가롭게 보였을 빛내림이었다.

쉬는 동안 부산해진 건 관군과 일본군 쪽이었다. 전투가 일단락되기 무섭게 적진에서는 보급품이라도 나르는지 소란스러웠고, 밥을 배식하는 듯 그릇 부딪치는 소리도 들려왔다. 소강상태를 이용해 보급과 배식이 이루어지는 모양이었다. 그러나 동학군이 할 일은 아무것도 없었다. 나누어 먹을 음식도 없고, 운반할 보급품도 없었다. 거리가 멀어 총을 쏠 수도 없고, 일어설 기운도 남아 있지 않았다. 할 일이라곤 고작 찬 바닥에 깔 가랑잎을 긁어모으는 게 전부였다.

오후가 지나 해거름이 되자 눈구름이 몰려들고 바람이 거세지더니 급기야 눈발이 날리기 시작했다. 입성이 허술한 동학군에게 때

이른 북풍한설이 찾아든 것이었다. 바람벽 하나 없는 산마루에서 맨발로 엎드려 밀려드는 추위와 배고픔, 졸음을 참는다는 건 견디기 힘든 고통이었다. 차라리 전투라도 했으면 좋으련만 골짜기 하나도 건너지 못하는 화승총으로 선제공격을 한다는 건 맨발로 옹기전에 뛰어드는 격이었다.

접주들이 모인 지휘부 회의에서 정예병을 뽑아 기습해보자는 의견이 나왔다. 그러나 시야가 확 트인 개활지에서 무슨 수로 은밀히 접근하느냐는 퉁이 나오자 모두들 입을 닫았다. 선제공격을 할 수도 없고, 추위와 배고픔을 해결할 수도 없다면 방법은 하나, 퇴각하는 것뿐이었다. 그러나 아무도 그 얘기를 꺼내지 못했다. 지휘부가 진퇴를 결정하지 못하고 갈팡질팡하는 사이 땅거미가 지기 시작했다. 산에서 밤을 보낼 수는 없는 노릇이었다. 오늘은 일단 철수했다가 다른 경로를 통해 다시 공격하기로 하고 산에서 내려왔다.

경기동학군이 전열을 정비하면서 작전회의를 거듭했지만, 진영과 무장의 열세를 극복하고 승기를 잡을 수 있는 묘안은 좀처럼 나오지 않았다. 사흘째 되는 날, 간부들이 모인 도소 회의에서 이창진 수접주가 한 가지 의견을 냈다.

"적군이 고지를 선점하고 있고 무기도 우세한 상황이라 이대로 전방을 뚫기는 곤란합니다. 공격 방향을 둘로 나누어 양동작전을 펴보는 것이 어떨까요? 하나는 측면에서, 다른 하나는 정면에서 말입니다. 측면군이 먼저 금강 변을 따라 접근하면서 공격을 개시

 중편선

하면 적은 공격 방향이 바뀐 줄 알고 측면으로 방향을 돌릴 것이며, 그러면 전선이 길어져서 정면에 빈틈이 생길 것입니다. 제가 우마와 총 없는 병사를 주력군으로 위장해 측면을 교란할 터이니 이때를 노려 총으로 무장한 병사들이 정면에서 치고 올라간다면 승산이 있을 듯합니다. 성동격서聲東擊西라고 하면 이해가 쉬울는지요?"

이창진의 말이 끝나자 마땅한 공격 방법을 찾지 못해 우왕좌왕하던 참이라 재청이 빗발쳤다.

이창진이 위장군의 전권을 위임받아 준비에 나섰다. 전량도감인 한규석이 주동이 되어 사격이 가능한 무기를 주력군에게 전달했고, 주력군으로 위장하기 위한 방책을 서둘렀다. 우마차는 검불 짚단을 높이 쌓아 군량미로 위장했고, 형형색색의 포접기도 만들어 군사의 숫자가 많아 보이게 했다. 총을 든 것으로 위장하기 위해 목총도 깎았다.

위장군의 숫자는 동학군의 반 이상이 총 없는 병사인지라 인원은 차고 넘쳤다. 전선에 뛰어들고 싶어도 총이 없어 나서지 못하는 사람들로 삼천 명 대군이 꾸려졌다. 대군이라고 해봤자 목총을 든 농민이 태반이었지만 언뜻 보아서는 여지없는 정예부대였다. 전의戰意 하나만큼은 관운장 못지않았다.

손재주 있는 몇이 목책을 만들자는 의견을 냈다. 통나무를 반으로 켜서 나무 방책을 만들면 포탄은 못 막아도 총알은 막을 수 있지 않겠냐는 것이다. 때아닌 목공작업이 벌어졌다. 산판을 뒤져 끌어온 통나무를 반으로 켜고 칡넝쿨로 엮으니 훌륭한 방책이 완성되었다. 시험 사격을 해본 결과 효과가 입증되었다. 우마차를 징발해 방책을 포개 쌓으니 그것만으로도 또 다른 군량 위장 마차가 된 셈이었다.

출진 준비를 마친 위장군이 신명 좋은 징잡이를 앞세워 진군을 시작했다. 지축을 흔드는 철성 소리에 맞추어 삼천 대군이 보무도 당당하게 앞으로 나아갔다. 출정 소리에 놀라 이른 겨울잠에 빠진 산짐승이 깨어나 울부짖었고, 빈 들판에서 이삭을 뒤지던 멧새 떼도 논두렁, 밭 언덕으로 몰려나와 언 부리를 씻으며 대군을 전송했다.

예상은 적중했다. 금강 변을 따라 측면에서 다가오는 대군이 보이자 산마루를 지키던 방어군의 동요하는 모습이 역력했다. 예상치 못한 방향에서 나타난 동학군을 막기 위해 허둥대는 모양새가 산 아래에서도 훤히 보였다. 천기天氣가 아군 쪽으로 움직이는 것이 분명해 보였다.

대군은 더욱 힘차게 진군해 들어가 부엉산 어름에서 방향을 틀어 봉황산 측면으로 파고들었다. 방어군 쪽에서 다급히 쏜 총알이 대군의 전면에 흙먼지를 일으키며 튕겨 올랐다. 얼떨결에 위장군 대열이 멈추었다. 이창진 수접주가 독전기를 흔들며 소리쳤다.

"겁내지 마라. 총알이 예까지는 닿지 않는다. 오십 보 더 전진한 후 멈추어라."

이창진의 대갈일성에 대군은 오십 보를 더 전진한 후 진군을 멈추고 다음 명령을 기다렸다.

"목책을 앞으로 날라라."

목책을 실은 우마차가 위장군 사이를 비집고 나왔다. 병사들이 우르르 달려들어 목책을 일렬로 곧추세우자 나무로 쌓은 성벽의 모양새가 갖춰졌다.

"구령에 맞춰 전진하라."

병사들이 목책을 방패처럼 들고 구령에 맞추어 일제히 전진하기 시작했다. 무게가 무거워 속도가 느리긴 해도 목책은 훌륭한 방패막이가 돼주었다. 목책을 겨냥해 총알이 날아들었으나 두꺼운 통나무를 뚫지 못했다. 목책 부대가 한발 한발 접근해 가까이 다가섰다. 복색을 달리 입은 영장營將과 교졸校卒의 관군 모습과 누런 군복을 입은 일본군이 확연히 구분되어 보일 정도로 거리가 가까워졌다.

다시금 이창진의 외침이 있었다.

"전진을 멈춰라. 정면 주력군의 공격이 시작될 때까지 절대 움직이면 안 된다. 명심하라."

목책의 움직임이 멈추자 날아오던 총격도 멈추었다. 방어군은 동학군의 엄청난 숫자에 눌려 산 아래를 주시하고 있었다. 목책 뒤에 숨은 동학군이 언제 돌격해 올라올지 몰라 정세를 살피고 있음이 분명했다.

작전은 대성공이었다. 정면 공격에 대비해 배치되었던 적군의 상당수가 측면으로 이동해 오는 모습이 보였다. 이제 주력군이 공

격을 시작하면 위장군은 목책을 남겨두고 몰래 빠져나오면 임무
는 끝나는 것이다. 위장군이 움직이지 않으니 방어군의 발도 묶일
것이고, 주력군의 공격이 시작되더라도 언제 위장군이 공격을 개
시할지 몰라 병력을 빼지 못할 것이다. 칼은 칼집에 들어 있을 때
가 무서운 법이다.

위장군은 목책을 옮기느라 땀에 젖은 홑적삼과 베잠방이를 비설
거지 하듯 쓸어내리며 작전의 성공에 대한 덕담을 나누고 있었다.
그러나 그것도 잠시, 방어군 쪽에서 미세한 움직임이 보였다. 위장
군의 전진이 멈춘 것에 이상한 낌새를 느꼈는지 정찰병 몇이 산 아
래로 내려오는 게 보였다. 소총 사정거리까지 접근해놓고도 공격
을 주저하는 건 충분히 의심을 살 만한 일이었다.

당장 정면 주력군의 공격이 시작되지 않으면 정체가 노출될지도
모르는 절체절명의 순간이었다. 정찰병은 일본군 하나에 관군 셋
이었다. 그들이 총을 겨눈 채 횡으로 늘어서서 거리를 좁혀오고 있
었다. 위장군은 목책 뒤에 숨어 서서 갈피에 꽂아둔 낫을 뽑아 들
고 숨을 죽였다.

서로의 숨결이 느껴질 정도로 거리가 가까워졌다. 일촉즉발의
순간이 다가온 것이다. 선두에 선 일본군이 총구를 겨냥한 채 목
책 옆을 돌아서는 순간, 멀리서 포성과 총성이 울리기 시작했다.
드디어 주력군의 공격이 시작된 것이다. 총격이 들리자 일본군이
몸을 돌려 돌아가려다가 그만 목책 뒤에 숨은 위장군을 발견하고
말았다. 이를 본 위장군 하나가 일본군을 제압하기 위해 공중으로

날아올라 낫을 내리찍었다. 낫의 쇠 무늬가 햇살에 흩뿌려졌고, 기습 공격을 받은 일본군이 손가락에 걸었던 방아쇠를 잡아당겼다. 한 방의 총소리와 한 차례의 낫의 번뜩임이 있은 후 짧은 정적이 흘렀다.

처음에는 무슨 일이 일어났는지 몰라 둘 다 우두커니 서 있었다. 다음 순간 위장군의 횡격막을 뚫은 총알구멍에서 울컥울컥 번지는 핏물이 베적삼을 적시는 게 보였고, 일본군 역시 자신의 목울대에서 분수처럼 뿜어져 나오는 핏줄기가 사방으로 튀는 걸 보았다. 이를 본 나머지 정찰병이 혼비백산 꿩총을 쏘며 달아나기 시작했다.

총소리가 나자 누구도 말릴 수 없는 상황이 되고 말았다.

처음에는 위장군이 우세했다. 정찰병이 산으로 도망치고 낫과 죽창을 든 위장군이 뒤를 쫓는 형국이었다. 그러나 공세는 순식간에 역전되고 말았다. 동학군에게 총이 없다는 사실을 알아챈 정찰병이 맨 앞에서 달려드는 위장군을 쏘아 넘어뜨리자 나머지 정찰병도 방향을 돌려 사격을 개시했다. 정찰병 몇 명의 공격으로 위장군 전열이 무너지자, 산마루를 지키던 관군과 일본군이 속았다는 걸 깨닫고 총을 쏘며 일제히 뛰어 내려왔다.

낫과 죽창을 든 동학군과 총을 든 적군 사이에 백병전이 벌어졌다. 귀를 찢는 총소리와 함께 동학군의 사지에 구멍이 뚫렸고, 낫 날에 베인 적군의 팔다리가 핏물에 범벅되어 사방으로 떨어져 나갔다. 솔가지와 쌓인 낙엽에 검붉은 피 얼룩이 두텁게 덧칠되어갔다.

위장군은 죽을 때까지 싸웠고, 적군은 총알이 떨어질 때까지 싸웠다. 위장군은 쓰러지면 다시는 못 일어났지만, 적군은 총알이 떨어지면 다시 장전해 쏴댔다. 이것은 전쟁이 아니라 일방적인 학살이요, 도살이며, 천살擅殺이었다.

위장군은 수백 구의 시신을 산야에 남겨둔 채 철수해야만 했다. 성한 사람은 몇 없었고, 나머지는 피칠갑을 한 인두겁이었다. 이창진 수접주는 간신히 목숨은 건졌으나 허벅지에 관통상을 입고 말았다. 한규석이 이창진을 들쳐업고 목총을 거꾸로 짚어 사력을 다해 사지에서 빠져나왔다.

정면에서 치고 올라갔던 주력군의 상황도 마찬가지였다. 길게 늘어난 전선 덕에 초반에는 승기를 잡는 듯했으나 고지 점령을 목전에 두고 처참히 무너지고 말았다. 역시 열세한 무기 탓이었다. 구식 화승총으로는 신식 양총을 당해낼 수 없었다. 총기를 다룰 줄 아는 신재길 접주가 이번 전투에서 죽은 것도 동학군에게 큰 타격이었다.

전봉준의 호남동학군 역시 우금치 전투에서 패했다는 파발이 당도했다. 이로써 경기 호남 연합군의 공주 공격은 실패로 끝나고 말았다. 패전의 원인은 단 하나. 무기의 열세는 극복할 수 없는 한계였다. 신식 무기가 없는 한 동학군이 승리할 수 없는 전투였다.

중편선

후퇴

호남동학군과 경기동학군이 우금치와 봉황산에서 퇴각해 집결한 곳은 논산이었다.

동학군은 이곳에서 재기의 기회를 노리고 있었다. 패인은 물론 무기의 열세였지만, 무리하게 고지 공격을 시도했다는 점이 지적되었다. 수뇌부 회의 끝에 군사적 요충지가 될 만한 봉우리를 선점해 방어전을 펴기로 전략을 수정했다. 전략을 변경한 데에는 또 다른 이유가 있었다. 그것은 공주 전투 이후 동학군의 약점을 파악한 관군과 일본군이 적극적인 공세로 나섰고, 일본군 후비보병 19대대가 논산으로 향했다는 첩보를 접했기 때문이었다.

19대대는 오로지 동학군 궤멸만을 목적으로 일본 본토에서 파견한 부대로, 현역과 예비역 7년간의 병역을 마치고 다시 소집된 3개 중대 663명의 백전노장으로 구성된 최정예부대였다. 신식 소총에, 최신 군사정보와 작전지도는 물론, 군량과 탄환을 보급하는 병참대까지 대동하고 있었으며, 근대식 훈련과 숙련된 지휘관, 상명하복의 엄격한 군율로 다져진 부대였다. 이런 부대가 동학군을 섬멸하기 위해 3개 지대로 나누어 서울에서 남하하기 시작한 것이다.

동학군이 19대대를 상대로 정면 승부를 건다는 건 자멸을 자초하는 행위였다. 그러나 다행히 공주 전투에서 다수의 양총과 탄환을 노획한 것이 있고, 군사 요충 고지를 선점해 양총 부대를 전면

"

에 배치하여 방어한다면 전혀 승산이 없는 건 아니었다. 동학군은 정예병 위주로 부대를 재편성해 연산평야와 논산평야가 한눈에 내려다보이는 황산성黃山城에 진을 쳤다. 연산連山은 지명에서도 알 수 있듯이 산봉우리가 연달아 이어져 있어 많은 수의 동학군이 포진하기 적당했고, 전방 개활지가 넓어 적의 동태를 살피기에도 용이했다. 신식 양총으로 무장하고 고지를 선점한 동학군의 투지는 그 어느 때보다 불타고 있었다.

그러나 문제는 무기와 군량의 부족에 더해 점점 추워지는 날씨였다. 두 달 넘게 외지로 다니며 전투를 벌여온 동학군의 입성은 처음 출진할 때 입었던 차림새 그대로였다. 두꺼운 방한복으로도 견디기 어려운 겨울 날씨 속에 바람이 숭숭 새어드는 석새삼베 홑옷을 입고 전투를 한다는 건 상상 이상의 시련이었다. 그렇다고 당장 마땅한 해결책을 찾을 수도 없는 형편이었다.

이천포는 한규석의 지휘 아래 화목을 장만하고, 대나무를 쪼개 엮은 발에 가랑잎과 마른 솔잎을 채워 넣은 장태를 만들었다. 화공火攻을 위한 준비였다. 장태 공격은 고지를 점령한 부대가 장태에 불을 붙여 산 아래로 굴리는 방식의 전통적 화공법이다. 투석전을 위해서도 바위를 깨뜨려 산더미처럼 돌멩이를 쌓았다. 진영도 백병전을 고려해 1열은 양총 부대, 2열은 화승총 부대, 3열은 장태와 투석전 부대로 재편성하고 기동훈련도 마쳤다.

드디어 관군과 일본군의 선공으로 연산 전투가 시작되었다.

이창진 수접주는 다리를 다쳐 거동이 불편한데도 전날의 패배를 설욕할 기회가 왔다며 힘차게 독전기를 흔들었다. 본진의 신호가 떨어지자 이에 응답하는 깃발의 펄럭임과 함성이 연산 일대의 산과 들녘에 울려 퍼지며 한바탕 광풍이 휘몰아쳤다.

적군은 동학군의 기세와 저지대의 불리함을 간파했는지 정면을 버리고 측면과 후사면으로 파고들었다. 뜻하지 않은 전선의 변경에 따라 접전 면적이 넓어졌으나 부족한 탄약을 절약하기 위해 전선을 이동하지 않고 선점한 고지를 고수한 채 적군이 다가오기만을 기다렸다.

눈발이 날리기 시작했다. 좋은 징조였다. 눈이 와서 미끄러우면 고지를 점령한 동학군에게는 문제가 없으나 산을 타고 올라야 하는 적군에겐 차질이 생길 게 분명했다. 차츰 굵어지는 눈발 속에 양 진영은 일정한 거리를 두고 대치를 이어나갔다. 시간이 지나도 눈이 그치지 않자 다급해진 쪽은 관군과 일본군이었다. 먼 거리를 우회해 돌아오느라 시간을 지체하긴 했지만, 강설을 핑계로 총 한 방 못 쏴보고 후퇴한다는 것은 백전노장 후비보병 19대대의 위신을 깎는 일이었다.

이윽고 산정을 향해 올라오는 움직임이 보였다. 적병의 복장이 확연히 구별되는 거리까지 좁혀졌다. 자세히 보니 관군과 일본군이 별개로 움직이는 것이 아니라 누런 군복을 입은 일본군 지휘관 뒤에 색동옷을 입은 관군 여럿이 따르는 형국이었다. 일본군이 지휘 책임을 맡고 있었고, 조선 관군은 지휘권도 빼앗긴 채 일본군 꽁무니나 따르며 제 나라 백성인 동학군을 죽이러 다가오는 것이었다.

대열이 더욱 가까이 다가왔다.

1열 양총 부대의 사격을 시작으로 2열의 화승총 부대가 번갈아 일제사격을 퍼부었다. 동학군의 공격이 시작되자 적군의 대열이 횡으로 움직이며 넓게 퍼지는 게 보였다. 대열이 흩어짐에 따라 화망도 넓어졌다. 동학군의 집중사격 효과를 반감시키고 허투루 쏘는 실탄의 사용량을 늘리려는 계략이었다.

적군이 굵은 나무와 바위 뒤에 몸을 숨긴 채 서서히 반격하기 시작했다. 바닥에 쌓인 적설이 유탄에 맞아 흩어지며 동학군을 향해 조여오기 시작했다. 똑같은 빈도의 사격이라도 동학군은 언 발에 오줌 누기였고, 한 번을 쏴도 연발로 긁어대는 적군의 총격은 고개를 못 들 정도로 맹렬했다. 실탄 보유량의 차이에서 오는 불가피한 현상이었다.

시간이 갈수록 전황은 동학군에게 불리하게 작용했다. 1열의 양총부대 사격이 끝나고 2열의 화승총 부대가 사격을 준비하는 동안 일본군 지휘관이 외치는 돌격 명령 소리는 총성 못지않게 매섭고 날카로웠다. 일본군은 화승총을 겁내지 않았다. 그도 그럴 것이, 날리는 눈발에 심지가 꺼지면서 격발로 이어지지 않는 경우가 많았기 때문이었다. 접전은 한 시간 이상 계속되었고, 양측의 거리는 더욱 좁혀졌다. 동학군의 실탄이 점점 바닥을 드러내고 있었다.

이창진 수접주가 승부수를 띄웠다.

"장태에 불을 붙여라."

한규석이 지휘하는 장태꾼이 일제히 달려들어 불붙은 나무막대를 장태에 찔러넣었다.

"장태를 굴려라."

장태가 불살을 튕기며 산 아래로 굴러 내려갔다. 때아닌 화공에 놀라 도망치는 적군을 향해 남은 총알 전부를 쏟아부었다. 그러나 장태는 한번 구르고 지나가면 그만이었고, 총알이 다한 총은 헌 나무막대기에 불과했다. 마지막 수단으로 돌멩이를 던지고 바위를 굴렸다. 그것도 곧 바닥이 드러났다. 무기가 동나자 관군과 일본군이 물밀듯 들이닥쳤다. 사생결단의 백병전이 벌어졌다. 낫과 창을 든 동학군과 소총과 기관총을 든 일본군과의 비대칭 전투가 연산 일대의 산봉우리에서 피를 튀겼다.

싸움은 처참하기 그지없는 결과를 낳았다. 동학군은 살기 위해 싸웠고, 관군과 일본군은 죽이기 위해 싸웠다. 전장은 차츰 흰 눈과 붉은 피로 칠갑한 무간지옥으로 변해가고 있었다. 멀리서 보면 장태로 불붙은 연꽃 산봉우리가 희고 붉은 반점을 뿌린 선계仙界처럼 영롱했지만, 가까이서 보면 총 맞아 죽어가는 동학군의 비명과 피눈물이 범벅된 연옥煉獄의 불구덩이였다. 연산의 산맥이 무너지고 피바다의 해일이 밀려왔다.

공수의 위치가 바뀌었다.

관군과 일본군이 고지를 점령하고 동학군은 산 아래로 떠밀려 내려갔다. 무기가 동나서 고지를 지킬 수도 없었지만 그곳에 남아 있을 이유도 없었다. 한규석은 한사코 후퇴하지 않겠다는 이창진의 독전기를 빼앗아 짚고 그를 업은 채 산에서 내려왔다. 반 이상

줄어든 패잔의 대열은 피투성이 옷을 육단처럼 걸쳐 입고 눈보라 속 밤길을 걸어 논산으로 향했다.

연산 전투에서 큰 손실을 입은 동학군은 논산에 재집결했으나 다시 기병치 못하고 추격을 피해 전라도 지경으로 후퇴해 내려갔다. 이후 크고 작은 전투를 치르면서 삼례를 지나 전주, 원평, 태인까지 내려갔다가 경기동학군은 정읍에서 호남동학군과 헤어져 장성, 담양, 순창을 지나 충청도로 방향을 틀었다. 낯선 전라도보다는 보은 대도소가 있는 충청도로 가는 게 낫다는 판단에서였다.

추위에 지치고 길은 험해도 타향에서 낙오되면 끝장이란 생각에 경기동학군 대열은 흐트러지지 않고 행군을 계속하여 임실로 향했다. 대열은 뜻밖에도 그곳에서 해월선생을 만났다. 해월선생은 청산 기포령 이후 동학군과 동행하지 않고 충청도에 남아 있다가 관군의 추적을 피해 전라도 임실에 은거하고 있었다. 동학도의 정신적 지주인 해월선생을 만나자 동학군은 사지에서 손오공을 만난 듯 기뻐했다.

"내가 불민하여 통령을 이토록 고생시켰소."

해월은 추위와 굶주림에 지친 동학군을 이끌고 나타난 손병희를 보자 칠순을 바라보는 노구임에도 눈물을 흩뿌렸다.

"친명親命을 완수치 못하고 살아 있음이 수치일 따름입니다."

"솔병에 익숙한 영장營將이 아닌 다음에야 어찌 승전만을 바라겠소?"

"스승님을 여기서 만나다니 꿈만 같습니다. 한울님이 우릴 버리지 않으셨습니다."

　손병희 통령이 해월선생에게 청수를 올리고, 그간에 있었던 일을 상세히 전한 후 곤궁한 상황을 고했다.

　"당장 시급한 것은 의복이옵니다. 동장군의 횡포 앞에 동사하는 군사가 부지기수이옵니다."

　"일본군과 관군의 추격도 예사롭지 않다 들었소."

　"다행히 일본 후비보병은 호남동학군을 뒤쫓아 광주와 나주로 내려갔고, 관군인 장위영 병대와 경리청군 역시 남원으로 직행해 들어가 우리가 임실로 향한 것은 모르는 듯하옵니다."

　"앞으로의 방향은 어찌 정하였소?"

　"일본군은 물론이고, 당장 관군과 조우하게 되면 패전은 불 보듯 뻔합니다. 일단 종적을 숨기는 것이 좋을 듯합니다."

　"허면?"

　"무진장(茂朱, 鎭安, 長水) 쪽으로 은밀히 움직여 영동으로 가려 하옵니다."

　"그곳은 천하의 험지가 아니오?"

　"허를 찌르는 것이지요. 우리가 그런 험로를 택하리라곤 생각지 못할 것입니다. 다행히 여기서 장수까지는 멀지 않으니 그곳 관아를 기습하고 장터를 점거하면 다소간 행렬을 수습할 수 있지 않을까 하옵니다."

　"민폐는 없어야 하오. 우리가 기포한 이유가 만백성을 한울님으로 모시고자 함이거늘 민가를 핍박해서는 아니 될 것이오."

"도인들을 단단히 타일러 스승님의 심려를 덜겠습니다."

"군사 중에 무뢰배 부랑자도 다수 끼어 있다 들었소. 그런 사람을 데리고 다니면 장차 동학군 전부를 죽이는 화근이 될 것이오."

"난민亂民이 전혀 없지는 않사오나 군율로 엄히 다스려 낭패하는 일이 없도록 하겠습니다."

"수도修道가 얕으면 정병精兵으로 거듭나기 어려운 법."

"소홀함이 없도록 하겠습니다."

경기동학군은 해월선생을 만나자 그동안 겪었던 풍찬노숙도 잊은 채 무진장의 깊은 골짜기와 험준한 산줄기를 넘어 장수를 향해 진격해 들어갔다.

예상은 적중했다.

장수는 동학군의 위세가 강성했을 당시 호남의 김개남 군이 지나갔던 곳으로 이곳 관원들은 그때의 여얼餘孼을 다시 입을까 두려워 동학군이 나타나자 한두 합 만에 영관, 교졸 할 것 없이 무기를 팽개치고 줄행랑치기 바빴다. 영읍營邑이 크지 않아 물산이 풍족하지는 않았어도 향리와 포교로 조직된 민보군까지 패퇴시켜 얻은 무장과, 관아에 쌓아둔 대동목, 전세목田稅木을 수습해 추위로 얼어붙은 손발을 동여매고 다음 목적지인 무주를 향해 길을 나섰다.

사기는 그 어느 때보다 충천했다. 해월선생이 앞장서자 동학의 부적만 몸에 지녀도 총알이 피해간다는 속설이 꼭 들어맞는다며 자청해 입도하는 농민들이 늘어나 군세는 배로 불어났다. 전투 경험이 쌓이자 행군 도중 길목을 막아서는 민보군을 차례로 격파하면서 전진을 이어갔고, 무주 초입의 설천雪川과 월전月田에서 벌어진 전투에서 승리한 여세를 몰아 전라도를 벗어나 충청도 땅 영동으로 짓쳐 들어갔다.

충청도에 들어서자 고향에 돌아온 듯 마음이 푸근해졌다. 살을 에는 추위가 연일 엄습했어도 들리는 사투리가 익숙하고 정겨워 누구를 만나도 고향 친구인 듯 반가웠다. 더욱이 영동은 동학도가 태반인 곳으로 이들이 전해주는 첩보를 통해 일본군이나 관군과 조우하지 않고도 적진을 빠져나갈 수 있었다.

그러나 영동의 사정도 그간 많이 바뀌어 있었다. 민보군이 조직되어 동학군을 공격하기 시작한 것이었다. 민보군은 주로 양반 사족이나 향리, 지방 수령을 중심으로 지주나 마름, 소작인을 모아 조직한 민병대이다. 이들은 원래 지금은 동학군이 된 농민과 한 동리에 살던 이웃이었으나, 대대로 누려왔던 기득권을 빼앗길 거라는 위기감 때문에 동학군과 맞서게 된 것이다. 그 대표적인 예가 일전에 동복 천 벌을 내놓은 영동의 이용직이었다. 그가 민보군을 조직해 전에 당했던 치욕을 갚으려 벼르고 있었다.

민보군의 전투력은 대단치 않아도 현지 사정을 잘 알고 있었기에 위험의 소지는 충분했다. 그러나 무엇보다 안타까운 것은 어제의 이웃이 오늘은 원수가 되어 싸운다는 사실이었다. 이런 싸움의 결과는 어느 한쪽의 승리가 아니라 이 나라 백성 모두가 공멸하는 길로 들어서게 되었음을 뜻했다. 게다가 동학군이 상대해야 할 적이 일본군, 관군에 이어 민보군까지 가세해 셋으로 늘어난 셈이었다. 정녕 처음 기포할 당시 우려했던 일들이 미상불 일어나고 있는 것이었다.

동학군은 영동에 들어가기에 앞서 황간黃澗 관아를 기습해 무기와 광목, 공전公錢을 전취하고 용산龍山 장터에 진을 쳤다. 기포령 이후 처음으로 사람 냄새 풍기는 마을에서의 주둔이었다. 그러나 그것도 잠시, 사방에서 몰려드는 관군과 민보군의 도착 소식에 동학군은 장터 뒷산인 용산으로 들어가 산마루에 진을 쳤다.

용산은 두 마리 용이 맞대어 엎드려 물을 마시는 형상으로 능선이 남북으로 길게 이어져 있었고, 골짜기가 깊어 수비하기에 용이한 지형이었다. 그간의 전투를 통해 산정을 점령하는 것이 승리의 첩경임을 잘 아는 동학군으로서는 천혜의 요새나 다름없었다. 더욱이 능선 너머 천관산 밤재를 지나면 동학군의 은거지인 청산 문바위골이 자리하고 있어 용산은 고향 동네 앞산처럼 포근하고 아늑했다.

동학군은 본진을 산정에 두고 산 아래로 매복을 보내 연산 전투에서의 패배를 되풀이하지 않도록 대비하고 있었다. 만일 일본군이 관군과 합류해 있다면 유리한 고지를 선점하고 있는 정면을 피해 측면이나 후방에서 공격해올 것이기에 사방의 경계를 철통같이 지키고 있었다. 그러나 예상했던 것과 달리 적군은 골안개가 자욱한 새벽, 동학군이 포진하고 있는 산정을 향해 정면에서 치고 올라왔다. 아무리 동학군의 무장이 빈약하다 해도 지세가 불리한 정면을 치고 올라올 리는 없었다. 전략에 익숙한 일본군이 합세하고 있지 않다는 증거가 확실했다.

동학군은 산 중턱에 매복병을 은신시켜 두었다가 골짜기 깊숙이 전진해 들어온 적군을 포위하고 맹공을 퍼부었다. 짙은 안개 속에서 방향을 잃고 쏘아대는 적군의 총소리가 어지러웠으나 동학군은 매복과 기습을 반복하며 전투를 이어나갔다. 안개가 걷히자 과연 누런 옷의 일본군은 보이지 않았고, 청황색의 관복을 입은 관군과 구구 각색 복장의 민보군뿐이었다.

매복병의 공격이 뜸해지자 적군이 우세한 무기를 믿고 빠르게 전진해 들어왔다. 매복병이 골짜기를 버리고 산으로 올라갔다. 매복이 사라지자 적군은 진영을 남북으로 나누어 산정을 향해 협공해 들어왔다. 그러나 황간 전투에서 탈취한 무기로 무장하고 산정에서 내리쏘는 동학군의 반격 앞에 적군은 지지부진을 면치 못하고 후퇴하기 시작했다. 기세가 오른 동학군이 철성을 치며 청산 방향으로 패주하는 적군을 쫓아 북상을 서둘렀다. 동학군은 오랜만에 맛보는 승전의 통쾌함에 취해 천관산 밤재를 한달음에 치달아 올라 문바위골로 진격해 들어갔다.

밤재를 넘어 길게 내리뻗은 골짜기에 들어섰으나 적군은 어디로 도망쳤는지 터럭 하나 보이지 않았다. 한 굽이를 돌아서자 멀리 동학군이 은거하며 정병 훈련에 여념 없었던 훈련장이 나타났고, 맞은편 산비탈을 계단식으로 깎아 만든 초막도 희미하게 보였다. 동학군은 오랜 타향살이에서 돌아와 고향 들머리에 서서 살던 집을 내려다보는 듯한 감회에 젖었다. 기포령이 발한 지 실로 삼 개월여 만에 찾은 한겨울의 귀소였다.

마침내 훈련장에 당도했다. 눈 쌓인 훈련장에는 토끼와 고라니, 살쾡이 발자국이 어지럽게 널려 있었고, 산 아래에서 올라오는 골바람이 해찰하는 학승學僧처럼 언 눈밭을 비질하고 있었다.

이상한 일이었다.

마땅히 있어야 할 초막이 보이지 않았다. 경사진 언덕을 삼단으로 깎아 지은 초막 자리엔 갯바람에 흩어진 사구처럼 헐리고 쓸린 집터만이 추비하게 나뒹굴고 있었다. 고향 집에서의 따뜻한 하룻밤을 생각했던 동학군은 폐허로 변해버린 터전 앞에서 망연자실 투레질이나 할 수밖에 없었다. 그 모습을 바라보는 눈길이 하나 더 있었다. 그것은 너럭바위 옆에서 오백 년을 견딘 느티나무였다. 고목은 거지꼴로 돌아온 동학군을 나무라듯 잎을 모두 지운 채 된바람을 맞으며 떨고 있었다. 너럭바위 위에 올라 사방을 둘러보았다. 온통 늑굴勒掘 당한 무덤처럼 처연한 형색뿐이었다.

때마침 짚북데기 비옷을 덮어쓴 중늙은이 하나가 올라오는 게 보였다. 그가 동학군을 보자 오던 걸음을 되짚어 내려가며 말했다.

"이녁들이 떠나고 나서 왜놈이 쳐들어왔어. 여기뿐 아니라 왼 동네를 쑤시고 다니며 불을 싸질렀지. 내가 늘그막에 얻은 애 종자까지 까맣게 태워 죽였단 말이야. 이매망량 악다구니 같은 그놈들이."

예리성曳履聲 하나 없이 사라지는 노인을 보자 그도 이승 사람이 아니라는 생각에 치를 떨었다. 동학군은 경풍驚風 맞은 아이처럼 비척거리며 노인이 앞서 내려간 청산 읍내를 향해 뜬 발걸음을 옮겼다.

청산은 평야가 넓고 토질이 비옥해 예로부터 실속 있는 부자와 자작농이 많이 살던 동네였으나 동학군이 쳐들어온다는 소식에 모두 종적을 감추었다. 동학군은 관원들마저 도망친 동헌과 인적이 사라진 빈집에 여장을 풀었다. 그러는 동안 관군과 민보군의 닦달에 이리저리 숨어 있던 농민들이 하나둘 얼굴을 내밀고 나와 동학군과 어울렸다. 스산한 귀향의 밤, 동학군과 농민은 윤뚝똑이 말치레할 무용담도 없이 울음 반 눈물 반으로 화란의 세월을 탓하며 긴 밤을 함께 지새웠다.

하룻밤 사이에도 동학군을 토멸하려는 추격군의 동향이 시시각각 전해져왔다. 이번에 따라붙은 추격군은 용산 전투에서 패배한 지방군과 달리 경군과 일본군이었다. 무장과 전량이 빈약하고 입성도 남루한 경기동학군이 대적하기엔 벅찬 상대였다. 하시라도 빨리 익숙한 터전으로 자리를 옮겨 방비를 서둘러야 했다. 목적지는 대도소가 있는 보은 장내리. 거기에 가면 동학군이 기거하던 사백여 채의 초막과 대도소 건물이 남아 있을 것이고, 견고히 쌓은 돌담과 무엇보다도 동학군을 지지하는 지역민들이 반겨줄 것이다. 대열을 둘로 나누어 1대는 원남을 경유하고, 2대는 보청천을 따라 관기 쪽으로 방향을 잡아 발걸음을 재촉했다.

이틀 걸려 장내리에 도착한 동학군을 맞이한 건 처참하게 부서진 잔해뿐이었다. 대도소와 초막은 간데없이 사라졌고, 불에 탄 기둥과 부서진 서까래가 시린 눈밭에 나뒹굴고 있었다. 동학군은 죽은 자식 불알 만지듯 폐허가 된 터전을 둘러보았다. 깨진 장독대엔

말라비틀어진 메줏덩어리가 토사물처럼 뒤엉켜 있었고, 허물어진 돌담 사이로 들바람에 흩날리는 새앙쥐 털이 허옇게 썩어가고 있었다. 공주 전투를 위해 동학군이 자리를 뜬 직후 관군이 쳐들어와 대도소를 폐허로 만들어버린 것이었다.

　문바위골에 이어 장내리까지 쑥대밭이 된 걸 보자 동학군은 그만 눈이 뒤집히고 말았다. 수련이 깊지 않은 병졸 몇이 보은 읍내로 달려가 동헌과 관사官司를 닥치는 대로 부수고, 민가를 뒤져 식량이 될 만한 것이라면 소, 돼지는 물론 씨오쟁이에 든 강냉이까지 끌어냈다. 수뇌부가 말리고 각 포의 접주가 나서도 소용없는 일이었다. 그런 와중에 눈발이 흩날리기 시작했다. 우선 당장 오천 명에 가까운 대군이 숙영할 장소부터 찾아야 했다.

횃불

경기동학군이 찾은 곳은 말티재를 멀리 끼고 돌아 만나는 북실 마을이었다.

북실은 평지가 넓고 골이 깊어 대군이 주둔할 만한 최적의 장소였다. 추격군과의 거리도 멀어 하룻밤 유숙하기에 이만한 적지가 없었다. 마을 초입에 파수꾼을 배치하고 서둘러 숙영 준비에 들어갔다. 본진은 평지인 바깥 북실에, 이천포는 야산을 안고 있는 안 북실에 자리를 잡았다. 민가는 비어 있었으나 몇 집 되지 않았기에 마른 논바닥에 볏짚을 깔고 볏단과 장작을 날라 화톳불을 피워 늦은 잠자리를 마련했다.

저녁 끼니를 위해 하는 수 없이 읍내에서 끌고 온 소와 돼지를 잡았다.

밤이 되자 눈발이 짙어지기 시작하더니 해가 떨어지면서 이내 목화송이처럼 굵어졌다. 눈이 쌓인 진중陣中은 솜이불을 덮은 것처럼 포근해 보였으나 버성긴 입성으로는 눈 호강에 불과할 뿐이었다. 그래도 분분한 눈발 속에 불티가 날아오르자 너른 북실벌이 때 아닌 정월대보름 쥐불놀이 한마당같이 정겹게 변했다.

동학군은 계속된 행군과 피로에 지쳐 식사가 끝나자마자 아무 데나 쓰러져 곯아떨어졌다. 젖은 거적때기를 덮은 위로 두꺼운 눈 이불이 쌓이기 시작했다. 밤이 깊어가면서 고추바람에 흔들리는 화톳불만이 춥고 헐벗은 이들을 시리게 얼비추고 있었다.

동학군은 너무 지쳐 있었다. 척왜양창의의 기치를 내건 혁명군
이었지만 군기가 엄한 군대도 아니고, 군 전략가가 있는 것도 아니
었다. 군기가 엄했다면 파괴된 장내리 대도소를 보고 광분해 민폐
를 끼치지 않았을 것이고, 냉철한 전략가가 있었다면 아무리 피곤
해도 평지에 숙영지를 펴지는 않았을 것이다. 광분한 탓에 보은 읍
내에서 민폐를 저질러 밀고자가 생겨났고, 개활지에 지은 숙영지
는 멀리서 보아도 한눈에 동태가 드러났다. 무엇보다도 눈이 와서
야습이 없으리라 방심한 것이 화근이었다. 초입에 파수꾼을 두기
는 했어도 그들 역시 추위와 굶주림에 지친 농민에 불과했다.

시간은 해시亥時를 넘어가고 있었다.

북실은 눈 속에 파묻혀 잠들었으나 이곳을 향해 접근해오는 한
무리의 군사가 있었다. 상주 유격장 김석중이 이끄는 민보군 240
명과 후비보병 19대대 소속 일본군 37명이었다. 상주 민보군은 대
부분 포수 출신으로 화승총을 휴대하고 있었고, 일본군은 스나이
더 소총으로 무장하고 있었다. 유격장 김석중은 병서를 많이 읽어
병법에 능한 유생으로 이번 야습도 그가 주장한 계책이었다. 그런
그들이 일본군 장교의 지휘하에 3개 조로 나누어 숫눈길을 헤치며
접근해온 것이었다. 이걸 알 리 없는 동학군은 하룻밤만 자고 일어
나 아침에 움직일 요량으로 깊은 잠에 빠져 있었다.

추격군은 고양이 걸음으로 소리 없이 다가왔고, 흩날리는 눈발
속에 발자국마저 곧장 지워졌다. 추격군 척후병이 호리병 지나는
뱀처럼 움직여 모닥불을 쬐고 있던 최전방 파수병을 낚아채 어둠

     중편선

속으로 끌고 들어갔다. 추격군은 파수병을 심문해 동학군의 배치 상황을 파악한 뒤 3개 방향에서 일제사격을 가하며 돌진해 들어왔다. 오천 명의 대군 속으로 삼백 명이 채 안 되는 돌격대가 기습을 시작한 것이다.

화톳불을 쬐고 있던 본진의 파수병이 장전할 틈도 없이, 논바닥에 누워 있던 사람이 눈 이불 털 사이도 없이, 민가에서 잠들어 있던 사람이 문고리 당길 시간도 없이, 빗발치듯 날아드는 총알에 속수무책 쓰러졌다. 깨어 있던 이들도 혼비백산 도망치느라 넋이 나갔다.

민보군은 노루 사냥 나온 포수처럼 화승총을 쏘아댔고, 양총을 든 일본군은 도망치는 무리를 뒤쫓으며 집중사격을 퍼부었다. 저항하던 대열의 선두가 피를 쏟으며 나뒹굴자 뒤따르는 무리는 도망도 못 치고 오금이 접혀 주저앉았다. 화톳불 장작이 발길에 차이면서 쥐불통이라도 던진 듯 온 벌판이 대낮처럼 밝아졌다.

추격군은 이때를 놓치지 않고 동학군을 쏘아 쓰러뜨렸다. 눈밭에 꽂히며 사그라든 장작개비에서 피어오른 연기도 동학군의 발목을 잡았다. 매캐한 연기가 눈을 가리고 기침을 터뜨리게 해 추격군 귀에는 '나 여깄소'하는 과녁판 소리로 들렸다. 이건 전쟁이 아니라 사냥이었다. 토끼몰이 섶사냥이었다.

바깥북실 들판은 한순간 살육장으로 변하고 말았다.

추격군은 벌통 앞에 도사려 앉은 말벌처럼 동학군을 도륙내기에 여념이 없었다. 논바닥에 흩뿌려진 더운 피가 눈을 녹이며 벼 밑동을 드러냈고, 떨어져 나간 팔다리는 타다 만 장작개비처럼 이리저리 굴러다녔다. 화톳불이 사그라들어 뿌연 눈밭으로 변한 벌판은 흑백 수묵화처럼 희고 검은 핏빛으로 벌바람에 흔들렸다. 눈발이 더욱 굵어져 쓰러진 주검을 하얗게 덮었다. 바깥북실에 숙영하던 동학군의 완벽한 패배였다.

그러나 안북실의 상황은 달랐다. 안북실 야산에 진을 치고 있던 이천포가 반격을 시작했다. 고지를 선점해야 한다는 사실을 잘 알고 있는 이천포가 안북실 고지를 점령하고 있다가 반격을 개시한 것이다. 안북실의 주둔 사실을 몰랐던 추격군으로서는 의외의 복병을 만난 셈이었다.

이천포는 사거리를 좁혀 축차적으로 공격해왔다가 물러나며 사격을 이어갔고, 추격군은 정면과 좌, 우측 세 갈래로 나누어 반격을 시작했다. 밀고 밀리는 공방전이 밤새 이어졌다. 이천포는 무기에서는 열세였으나 숫자가 많고 고지를 선점하고 있어서 전혀 위축되지 않았다.

팽팽하던 균형이 깨진 건 시간이 갈수록 바닥을 드러내기 시작한 탄환 때문이었다. 몇 정 되지도 않는 모젤 소총은 총알이 떨어져 무용지물이 되었고, 화승총은 사거리가 짧아 멀리 있는 적을 쓰러뜨리지 못했다. 반면, 추격군의 스나이더 소총은 먼 거리에서 날아와 사정없이 이천포를 두들겨댔다. 고지 위에 엎드려 있어도 사정은 마찬가지였다. 총에 맞아 절벽 아래로 굴러떨어지는 병사도 있었다. 이천포의 공격이 지지부진해지자 추격군은 공격 방향을 바꾸어 양쪽 능선으로 산개해 올라오기 시작했다. 무기가 없는 이천포는 철창과 환도, 맨주먹으로 맞서 싸웠다.

결과는 불 보듯 뻔했다. 바깥북실에서의 살육전이 안북실에서도 똑같이 벌어졌다. 산은 시체로 뒤덮였고, 바윗돌에 쌓인 눈이 피에 젖어 녹아내렸다. 추격군의 참살은 여기에서 그치지 않고 뒷고개로 도망치는 동학군을 쫓아 총검으로 찔러 죽였다. 바깥북실, 안북실, 하판리, 백현리 전체가 피의 강으로 흘러넘쳤다. 이건 전쟁이 아니라 동학군을 말살하는 초멸의 대학살, 천살擅殺이었다.

이창진 수접주와 한규석이 이끄는 이천포의 한 무리가 부상당한 몸을 이끌고 절골을 넘어 학림리로 도망쳐 들어왔다. 마을 주민 대부분은 이웃 동네 북실에서 벌어진 전투 소리에 놀라 황급히 몸을 피했지만, 촌장 김교무를 비롯해 남아 있던 이들이 도망쳐온 이천포 군을 마을 뒤편 대밭에 숨겨주었다. 그러나 뒤따라 밀고 들어온 추격군이 동학군을 찾기 위해 지른 불로 마을은 삽시간에 불바다가 되어버렸고, 잠옷 바람으로 뛰쳐나온 마을사람을 동학군으로 오인해 무차별 살상이 벌어졌다. 몇몇 젊은이들이 불붙은 장작개비와 쇠스랑을 치켜들고 대항해보았으나 총을 든 군인에겐 적수가 되지 못했다. 새도록 쏟아지는 눈발 속에 마을은 밤새 불탔고, 총성은 끝도 없이 이어졌다.

한규석과 이창진은 대밭에 숨어 이 모든 광경을 지켜보고 있었다. 몸을 움직일 수도 없었다. 한규석은 떨어져 나간 한쪽 팔목에서 울컥울컥 뿜어져 나오는 핏물이 새벽 한기로 얼어붙는 것을 바라보면서 남은 한 손으로 이창진의 얼굴을 감싸 쥐었다. 마을은 화염에 불타 일렁였고, 이창진의 얼굴에서는 생의 마지막 그림자가 시취屍臭를 풍기며 똬리를 틀기 시작했다. 총알이 뚫고 지나간 그의 한쪽 눈이 함몰되어 꾸덕꾸덕 마르면서 그 위로 눈이 내려와 하얗게 덮였다. 한규석은 감각이 사라진 자신의 다리를 내려다보았다. 부서져 나간 정강이뼈가 드러나면서 풍화된 규화목처럼 눈발에 시렸다.

한규석은 이창진을 감쌌던 손을 뽑아 속적삼 안에 넣어두었던 전투상보戰鬪詳報를 꺼냈다. 전투를 치를 때마다 꼼꼼히 적어왔던 귀 닳은 두루마리가 핏물에 젖어 있었다. 두루마리를 펼쳤다. 검은 미명 속에 깨알같이 적어놓은 글귀들이 하얗게 떠올랐다. 이제는 더이상 쓸 수 없게 된 전쟁의 기록들이 눈앞에서 어른거렸다. 지난 석 달간의 일들이 고스란히 적혀 있는 두루마리였다.

한규석은 탄환 없는 혁명의 끝을 반추해 보았다. 한울님의 나라도 떠올려보았고, 다시 개벽한 후의 세상도 그려보았다. 불가능한 것을 꿈꾸는 것이 혁명이라고 말씀하신 해월의 음성도 되짚어보았다. 그러나 생각의 형체가 분명히 잡히지 않았다. 형체는 없고 아련한 형상만이 날리는 눈발 속에 명멸했다. 눈 속 세상은 밝고 환했으나 대숲 속은 어둡고 추웠다. 후회는 없었다. 언제라도 한울님이 부르시면 믿음 하나만으로도 달려 나갈 것만 같았다.

몸이 진동하기 시작했다. 끊어진 팔목과 다리로 체온이 빠져나가는가 싶었는데 어느 순간, 닫히는 육혈六穴을 통해 치받아 들어오는 열기가 몸을 후끈 데웠다. 횃불의 종심에 닿은 것처럼 온몸이 뜨거워졌다. 불의 떨림이 미처 이루지 못한 혁명의 형상으로 흔들렸다. 횃불 속의 하얀 혁명이었다.

횃불은 민가의 지붕이 타는 불꽃 배경 속에서 자라고, 흔들리고, 커지고 있었다. 그 사이로 대숲에 고여 있던 바람이 불어왔다. 바람은 대숲을 휘젓고, 횃불을 휘젓고, 전답을 휘젓고, 송림을 휘저으며 퍼져나갔다. 눈에 보이지는 않았어도, 먼 곳에서, 솔가지에 둥지를 튼 백학들이 시리고 지친 다리를 바꿔 딛기 위해 푸드덕거리며 날아올랐다가 내려앉는 소리가 들렸다. 여명의 붉은 기운이 학림의 대숲에 번지기 시작했다.

먼동이 트는 소리였다.

단편소설

민달웅 씨를 이용하는 방법

에어백에 대한 두서없는 생각

문디팍 사람들

족구가 축구에게

이각형(二角形)

가을이와 고양이의 시간

태고사 가는 길

민달웅 씨를 이용하는 방법

"리얼돌을 하나 살까봐요."

민달웅 씨가 엄지와 검지만으로 맥주잔을 돌리며 말했다. 거품이 따라 돌았다.

"……그게 뭐죠?"

네팔에서 살 수 있는 물건인가 했다.

"몰라요? 성인용 인형?"

내 귀를 의심했다. 아니, 그의 표정을 의심했다. 그건, 배고픈데 밥이나 먹으러 갑시다, 라고 말할 때와 같은 일상의 표정이었다.

그가 리얼돌을 말한 이유를 생각해보았다. 그것은 우리가 여행지에서 처음 만난 사이라 굳이 숨기고 점잔 뺄 이유가 없어서일 수도 있고, 나에 대한 예의가 아니라는 서운함도 있었다. 다음에 이어지는 정상적인 대화라면, 내가 "그걸 사서 어디다 쓰려고요?"라며 음흉하게 물었어야 했지만, 나는 맥주잔을 과도하게 치켜들어 당신의 취향에 토를 달 의향이 없다는 동작을 취해 보임으로써 아직도 나를 향하고 있는 그의 시선을 거품 처리했다. 그것은 네팔에 여행 온 첫날, 우리 일행이 처음 만나 식사하는 자리에서 했던 그의 말이 떠올랐기에 나온 자연스러운 반응이었다.

그가 이렇게 말했었다.

"나는 아파트 꼭대기 층에 삽니다. 위층 화장실의 같은 위치에서 누군가가 쭈그리고 앉아 내 머리 위에다 똥 싸고 오줌 눈다 생각하면 도저히 중간이나 아래층엔 살 수 없더라고요."

이 말을 할 때 그의 표정은 매우 진지했고, 일행 모두에게 당신들도 아파트를 매입할 때 꼭 참고하라며 용의주도한 부동산업자처럼 말했었다.

우리 일행은 가이드를 포함해 모두 일곱 명이었다. 동행 없이 혼자 온 민달웅 씨와 역시 혼자인 나, 나이 차가 많아 보이는 부부 한 쌍, 중년의 자매 한 쌍, 그리고 통역 겸 가이드인 네팔인 할리파. 사람은 일곱인데 잡아야 할 방의 수는 다섯이었다. 부부와 자매가 하나씩 쓰고, 나와 민달웅 씨, 가이드가 각각 하나씩이니 도합 다섯이었다. 남들이 볼 때 우리 일행은 등에 집을 없고 다니는 가분수 나팔고둥처럼 보였을 것이다.

독한 술을 좋아한다고 자신을 소개한 자매 중 언니가 우리 팀의 이런 문제점을 포착하고 즉각 조언에 나섰다. 그녀는 남자 둘이 같은 방을 쓰면 술값으로 지출할 수 있는 돈이 대폭 늘어난다는 점을 운석이라도 발견한 사람처럼 눈을 깜빡이며 말했다. 물론 나와 민달웅 씨는 언니의 조언을 액면 그대로 받아들이지는 않았다. 그녀의 말의 요지는 허투루 방값으로 돈을 지출할 게 아니라 그 돈을 아껴 술을 사 먹자는 얘기인데, 왜 나이도 적잖은 남자들이 부인이나 가족을 동반하지 않고 이 먼 데를 혼자서 왔냐고 에둘러 묻고 있다는 점을 간파했기 때문이었다. 그러나 우리는 아무 생각도 없이 사는 사람처럼 언니의 말을 액면 그대로 받아들였고, 내가 의견을 말하기도 전에 민달웅 씨가 먼저 나서서 합방은 결코 하지 않겠다는 입장을 피력한 후, 자신의 주거 취향에 대해 이렇게 말했었다. 듣는 모두가 그의 말에 놀라느라 방심한 탓도 있었지만, 민달웅 씨가 먼저 나서서 합방을 반대하니 내 의견은 들을 것도 없이 자동 소거되었다.

첫날의 모임을 통해 민달웅 씨와 자매의 공통점과 차이점이 드러났다. 공통점은 셋 다 술을 좋아한다는 것이었고, 차이점이라면 민달웅 씨는 독한 술보다는 맥주를 좋아하고, 자매는 맥주보다는 독한 술을 좋아한다는 사실이었다. 이를 증명이라두 하듯 민달웅 씨는 처음 만난 자리에서 가장 큰 용량의 맥주 다섯 병을 혼자 비웠고, 자매는 여행 기간 두고두고 마시기 위해 공항 면세점에서 산 발렌타인 1.5 리터를 그 자리에서 바닥냈다. 나중에 알게 된 사실이지만 이들에게 공통점 한 가지가 더 있었다. 셋은 한 벌의 겉옷만으로 8박 9일간의 모든 여행 일정을 소화해냈다.

모임이 끝나갈 무렵, 각자 네팔에 여행 오게 된 사연을 말하는 기회가 있었다. 나는 설산이 보고 싶어서 왔다고 하나 마나 한 말을 했고, 부부는 네팔이 세 번째인데 세상 안 가본 곳 없이 다 가봐서 더는 갈 데가 없어 왔다고 했다. 민달웅 씨는 남들과 어울려 사는 게 싫어서 왔다고 했고, 자매 중 언니는 하나밖에 없는 제 동생에게 너른 세상을 구경시켜주기 위해서 왔다고 했다. 동생은 제 차례가 온 줄도 모르고 술병을 거꾸로 세워 남은 방울을 모으는 데 집중하느라 제 순서를 놓쳤다. 할리파도 대화에 합류했다. 그는 구르카 용병이 되려는 아들의 뒷바라지를 위해 여행 가이드 일을 한다고 했다.

히말라야 설산을 찾아 떠나는 네팔로의 트레킹 여행.

인천에서 출발해 카트만두와 포카라를 거쳐, 안나푸르나 베이스캠프인 ABC까지 갔다 오는 여정이었다. 처음엔 20명 넘게 모객이 이루어진 모양이었는데 출발을 며칠 앞두고 ABC 코스가 전격 폐쇄되었다. 충남 지역 교사 등반대가 눈사태를 만나 네 명이 사망하는 사고가 발생했기 때문이었다. 여행사가 급히 ABC 대신 석가모니의 탄생지인 룸비니로 코스를 바꾸었으나 대부분이 예약을 취소했고, 그래도 꼭 가겠다는 사람만 개별적으로 출발해 네팔 카트만두 공항에서 만났다. 그게 우리 일행 6명이었다.

나는 정말이지 하얀 설산이 보고 싶었다. 한국에서도 눈이 오면 어디나 설산이지만, 히말라야의 만년설을 바라보면서 걷는 이국적 풍치는 네팔이 아니면 실감할 수 없는 것이라 예약을 취소하지 않았다. ABC 트레킹 길은 닫혔어도 석가모니가 탄생한 룸비니라면 가볼 만하다는 생각도 들었다.

카트만두에서 하룻밤 자고 이튿날 오전, 예티항공 쌍발 프로펠러기를 타고 포카라로 향했다. 창밖으로 히말라야 영봉이 눈부시게 펼쳐져 있었다. 마나슬루, 안나푸르나, 다울라기리라는 귀에 익은 이름이 들려왔다. 나는 유리창에 이마를 붙이고 내려다보았지만 분간할 수 없었다. 내게는 8,000미터급 고봉들이 펑펴짐한 설원으로 보였어도 다른 사람들 눈에는 구별이 되는 모양이었다.

포카라 공항에 내리자 마차푸차레의 위용이 한눈에 들어왔다. '피시테일'로 더 많이 알려진 이 산은 물고기 꼬리처럼 봉우리 끝이 둘로 갈라져 하늘로 치뻗어 올라가는 형상이라 보는 이의 시선을 압도한다. 거리가 멀다는 것만 빼고는 압권이었다. 하지만 눈 시리게 바라보아도 지치지 않을 마차푸차레의 풍광 말고는 포카라에서 할 일이 마땅히 없었다. 스케줄 변경에 따른 현지 여행사의 대처 방식은 한가하다 못해 한심스럽기까지 했다.

아내보다 나이가 많아 초혼은 아닌 듯한 부부의 남편이 할리파를 닦아 세웠다.

"ABC까지는 못 가더라도 안나푸르나와 피시테일을 가까이에서 볼 수 있는 곳에는 가 봐야 하지 않겠소?"

그의 발음은 정확한 원어를 구사하고 있었다.

"휘시스 테얼(Fish's tail)."

다소 경비가 추가되는 일정이었지만 다들 찬동하고 나섰다. 가이드 할리파의 현지성現地性이 즉각 위력을 발휘해 마차푸차레가 한눈에 올려다보이는 오스트렐리안 캠프까지의 트레킹 계획이 수립되었고, 이동 차량과 롯지에서의 점심 식사까지 일사천리로 예약되었다.

이튿날 아침, 차가 출발했다. 네팔의 도로 사정은 형언하기 어려울 정도로 한심하고 엉망이었다. 산허리를 대충 끊어 수평만 잡아 놓은 게 도로의 전부였다. 굴러떨어진 차량의 잔해도 보였고, 도롯가에 세워진 십자가 모양 구조물에는 영정사진이 다닥다닥 붙어 있었다. 이곳에서 굴러떨어진 차량 탑승객의 사진이었다. 죽어서 시무룩한 표정일 거라고 짐작했는데 가까이 가서 보니 다들 환하게 웃고 있었다. 살아있을 때 찍은 것이라 그렇게 생각한 내가 더 한심스러웠다.

휴게소에 도착했다. 할리파가 담 결린 허리를 호들갑스럽게 풀고 있는 나를 보고 눈을 찡긋하며 지나갔다. 그의 입에는 반짝이는 금속 조각 하나가 물려 있었다. 담배를 물고 화장실을 나서는 민달웅 씨가 다가오길래 허리에 얹은 손을 풀지 않은 채 몸 비튼 자세로 물었다.

"할리파가 입에 물고 있는 게 뭐죠?"

"쿠크리 칼입니다. 구르카 용병의 칼."

"칼이라고요?"

"네팔은 용병으로 유명한 나랍니다. 어제 할리파의 아들이 용병이 되려 한다고 말했잖았습니까?"

"아! 그랬죠. 그런데 무슨 칼이 저렇게 작습니까?"

민달웅 씨가 입을 오물거려 침 묻은 꽁초를 엣퉤 팅겨내고는 그 입에 뚜렷한 비웃음을 담아 내 질문에 답했다.

"김 형도 차암. 미니어처지요. 공항에서 나오다가 못 봤습니까? 거꾸로 휘어진 모양의 칼."

그러고 보니 공항 출구 전광판에서 보았던, 네팔 전통 복장의 청년이 입국하는 여행객을 향해 찌를 듯이 쭉 내뻗은 칼의 모습이 생각났다. 칼날이 반대 방향으로 구부러진 독특한 모양의 칼이었다. 민달웅 씨는 네팔 젊은이의 꿈이 용병이 되는 것이라고 말했다. 하지만 용병으로 선발되려면 훈련 기간도 길고 학비도 비싸 부모가 도와주지 않으면 불가능하다고도 했다. 할리파가 적지 않은 나이에도 불구하고 아직도 가이드 일을 하는 이유가 바로 그것 때문이며, 그래서 그의 표정이 밝은 거라고 주관적으로 말했다. 이 말을 하는 동안 민달웅 씨의 얼굴에 얼핏 작은 미소 하나가 번지다가 사그라들었다. 가족이 있는 사람만이 지을 수 있는 표정이라는 객관적인 생각이 들었다.

다섯 시간 남짓의 오스트렐리안 캠프 트레킹.

해발 고도 1,700에서 2,000m까지 올라갔다가 반대편 방향으로 내려오는 부담 없는 코스였다. 일행은 자연스럽게 세 패로 나뉘었다. 부부팀, 자매팀, 쏠로팀. 중간에 갈림길이 없어 길을 잃을 염려는 없었지만, 할리파가 쿠크리 칼처럼 생긴 긴 작대기로 나무의 잔가지를 쳐내며 앞장서 길을 열었다. 쏠로팀인 나와 민달웅 씨는 맨 뒤에 쳐져 서로 보조를 맞추어 걸었다.

네팔의 1월은 의외로 춥지 않아 완연한 가을 날씨였다. 경험 많다는 가벼운 옷차림의 부부와 달리, 바닥까지 끌리는 롱패딩을 입은 자매가 앞섶을 연 채 종종거리고 있었다. 나는 쿠크리 칼을 몰라 면전에서 면박을 받았던 터수였기에 민달웅 씨에게 먼저 말 붙이기가 좀 뻘쭘해져 있었다. 같은 길을 가는 길동무로서 그가 먼저 말을 걸어오길 바랐으나 그는 시종일관 무연한 표정으로 걸었다. 결국 침묵을 견디지 못한 내가 먼저 입을 열었다. 더위에 허덕이면서도 패딩을 벗지 않는 자매를 바라보던 눈길을 그대로 옮겨와 말을 건넸다.

"1월인데 생각보다 춥지 않네요?"

다행히 그가 내 말을 쳐내지 않았다.

"겨울이라고 해서 네팔이 다 추운 건 아니고, 해발이 낮은 남쪽은 일 년 내내 눈 구경도 못 합니다. 앞에 가는 두 팀을 보면 누가 초보인지 금방 구별할 수 있죠."

그 역시도 롱패딩 자매의 입성에 부담을 느끼고 있던 모양이었다.

"네팔엔 자주 오시나 봅니다?"

"10년 전에 한 번 왔었고, 이번이 두 번쨉니다."

"나는 처음입니다."

대화가 끊겼다. 민달웅 씨는 두 번 온 경험으로 네팔을 다 설명할 수 없다는 표정을 지어 보였고, 나는 초행이라 더더욱 아는 게 없어서 질문거리를 계속 만들어내지 못했다. 다행히 오르막 급경사가 나타나는 바람에 숨소리가 대화를 대신했다. 고갯마루에 올라서자 눈앞에 너른 개활지가 펼쳐졌다. 설경은 아니지만 광활함에 눈이 시원해졌다. 평평한 바위를 골라 앉았다.

민달웅 씨가 어깨에 두른 손가방에서 담배를 꺼냈다. 얼핏 보니 레종 한 보루가 들어 있었다. 그게 가방에 든 소지품의 전부였다.

그가 내게 담배를 내밀었다.

"끊었습니다. 일 년 넘었네요."

"그래요? 난 피우기 시작한 지 일 년 되었는데."

"늦게 배우셨군요?"

"아니죠. 늦게 만난 거지요."

"……네?"

"의인화해서 말한 겁니다. 담배를 친구로."

"아! 네."

민달웅 씨는 담배를 친구라고 말했다.

바람의 방향이 바뀌어 담배 연기가 내게로 밀려왔다. 그만한 연기로도 머리가 핑 돌았다. 그 바람에 입속에 고여 있던 말이 잔기침처럼 툭 튀어나왔다. 어쩌자고 그런 말을 했는지는 나도 모르겠다.

"타인과의 관계에서 실패한 사람의 말처럼 들리는군요."

말이 입 밖으로 나오자 삽시간에 그 뜻이 비수로 벼려져 그를 향해 날아갔다. 후회가 밀려왔다. 그가 주먹을 휘두르며 달려들지도 모른다는 조바심이 일었다. 나는 앞차를 추돌한 운전자의 심정으로 그를 바라보았다. 그러나 그는 반쯤 탄 담배를 침엽수 기둥에 지그시 눌러 끄는 것으로 칼의 반응을 대신했다.

"하긴, 담배도 종당엔 나를 죽이려 들 테니까 살가운 친구만은 아니겠지요."

이 말에 나는 민달웅 씨의 어깨를 두드려 레종 한 개비를 얻으려다 말았다.

오스트렐리안 캠프에 도착해 드디어 설산과 마주했다. 안나푸르나 베이스캠프의 끝자락이 보였고, 마차푸차레의 날렵한 꼬리도 훨씬 선명하게 보였다. 산록의 만년설과 구릉지의 초록이 조화를 이룬 히말라야의 절경이었다. 이것이 바로 내가 보고 싶었던 풍광이었다. 다들 사진 찍기에 바빴다. 서로의 휴대폰을 바꿔가며 설산의 배경 속에 제 모습을 담느라 액정에 어지러운 손자국을 남겼고, 민달웅 씨는 길길이 날뛰는 자매의 공중 부양 사진도 여러 컷 찍어 주었다. 직원 야유회에 온 기분이었다.

시간이 넉넉해 하산할 때는 능선길을 따라 천천히 걸어서 내려왔다. 능선길 모퉁이 바람받이에는 스스럼없이 널어놓은 네팔 가정의 속살 빨래들이 타르초처럼 나부꼈고, 그 길의 끝에는 산을 우회해 돌아온 봉고차가 우릴 기다리고 있었다. 차는 다시 비포장도로를 타조처럼 달려 우리를 포카라에다 부려놓았다.

호텔에 도착해 각자의 방으로 흩어지기 전, 내일 일정에 대한 안내가 있었다. 포카라 재래시장과 페와호수를 둘러보는 일정이었다. 할리파의 설명이 채 끝나기도 전에 이번에도 부부의 남편이 말을 끊고 나섰다.

"시장은 됐고, 내가 언제 여길 다시 오겠어? 기왕 온 김에 ABC를 꼭 보고 싶단 말이지. 헬기로는 갈 수 없겠소?"

해외여행을 많이 다녀본 사람의 순발력이었다. 육로가 막혔다면 날아서 갈 수도 있지 않겠느냐는 그의 생각은 더운물에 식은 밥을 토렴한 것처럼 탁월했다. 포카라로 돌아오는 차 안에서 할리파가 은연중 부추긴 바가 없진 않았으나, 헬기 투어는 상당한 비용이 추가되는 일정이었기에 가이드가 먼저 말을 꺼내기는 곤란한 선택 관광상품이었다.

할리파가 즉각 항공사에 전화를 걸어 1인당 30만 원씩, 최소 4인 이상이면 투어가 가능하다는 대답을 들었다. 나는 돈도 돈이지만 애초에 두 발로 걸어서 네팔을 트레킹할 계획인지라 굳이 헬기를 타면서까지 가고 싶지는 않았다. ABC가 아니더라도 어디서든 히말라야의 일출과 만년설을 볼 수만 있으면 좋다는 것이 내 생각이었다.

내가 서두를 필요는 없었다. 이번에도 민달웅 씨가 먼저 나서서 자신의 의견을 피력했다. 그가 이렇게 말했다.

"내가 네팔에 온 이유는 산을 보기 위해서가 아니라 나를 보기 위해서 온 것입니다."

비유법 하나 없는 단출한 문장이었으나 성철 스님의 말씀처럼 그 뜻이 오묘하고 헷갈려서 선뜻 이해되지 않았다. 내 생각엔 헬기 투어에 참여하지 않겠다는 뜻으로 해석되었지만 그렇게 단정 짓기에는 다소 애매한 구석이 있었다. 아무래도 한국말이 서툰 할리파가 구체적이며 현실적으로 물었다.

"그래서, 가겠다는 겁니까? 안 가겠다는 겁니까?"

민달웅 씨는 이미 완벽하게 자신의 의사를 밝혔는데 왜 자꾸 묻느냐며 형이상학이 담긴 철학으로 말했다.

"ABC가 인생의 무상함을 푸는 열쇠는 아니라는 거지요."

이렇듯 민달웅 씨는 더욱더 깊어진 무문관無門關의 세계로 성큼 성큼 걸어 들어갔다. 그의 도저한 광폭 사유를 따라잡을 수 있는 사람은 우리 중 아무도 없었다.

이때 퍼즐을 푼 사람이 있었다. 두 자매였다. 모두가 민달웅 씨의 화두에 골몰해 있는 동안, 자매는 자신들이 먼저 나서서 헬기를 타자는 의견을 내지 못한 것에 대한 아쉬움을 토로하며, 왜 우리가 진작 그 생각을 못 했냐며 서로를 책망하고 나섰다.

"언니는 술이 깬 맨정신일 때 머리가 잘 안 도는 것 같아."

"너는 항상 제정신이 아니란 걸 설마 모르지는 않겠지?"

물론 악의는 아니겠지만, 자매는 서로에게 상처를 주고 흠집을 키우는 시간을 잠시 가진 후, 돈이 떨어져 술을 못 마시는 한이 있더라도 반드시 헬기는 타겠다는 호기를 부렸다.

자매가 나서는 바람에 4명의 최소 탑승 인원이 확보되자 민달웅 씨와 내 의견은 하나로 엮여 자동 소거되었다. 자매의 탑승 의지가 언제 바뀔지 모른다 싶었던지 할리파가 재빨리 항공사에 전화를 걸어 헬기투어를 확정짓고는 한결 여유로워진 목소리로 말했다.

"두 분도 생각이 있으면, 투마로우 모닝, 일찌가니 로비로 나오시든가?"

영국식과 네팔식, 한국식을 뒤섞은 글로벌 사투리였다.

결국 일행은 두 패로 갈렸다. 부부와 자매는 할리파와 함께 헬기를 타고 ABC에 가기로 했고, 나와 민달웅 씨는 할리파가 소개하는 한국 교민의 차를 타고 그가 운영하는 카페에서 일출을 보기로 했다. 혼자 온 사람은 혼자끼리, 둘이 온 사람은 둘씩 패를 나눠 행선지를 정했으니 모양새는 그리 빠지지 않은 셈이었다.

이튿날 새벽, 나와 민달웅 씨는 호텔로 찾아온 '석청카페' 송 사장의 갤로퍼를 타고 그의 카페 3층 옥상에서 일출을 기다렸다. 옥상까지 따라 올라온 그가 큼큼 바람 냄새를 맡더니 오늘은 최고의 일출을 기대해도 좋다고 말했다. 그의 말처럼 헬기를 타지 않고도 일출을 보기로 한 우리의 결정이 옳았다는 사실은 곧바로 입증되었다.

대구가 고향인 송 사장은 9년 전 처음 네팔에 놀러 왔다가 지금껏 눌러산다고 자신을 소개했다.

"두 분은 재수가 억수로 좋다 아입니꺼. 십 년 가차이 여기 살았어도 오늘같이 기맥힌 일출은 첨일 낍니더."

9년을 살았으면 사투리도 많이 뭉개졌을 텐데 오히려 더욱 진해진 느낌이었다. 해묵은 고향 말을 덧입혀 지어낸 평가인지라 허튼 과장처럼 들리긴 했다. 그러나 그의 예상처럼 오늘의 일출은 숨이 턱 막히는 환상 그 자체였다. 뿌옇게 가려져 있던 월흔이 가시면서 여명이 번지는가 싶더니 한순간에 붉은 태양이 마차푸차레를 향해 거칠게 달려오기 시작했다.

우리의 눈이 갑자기 바빠졌다. 성급하게 떠오르는 해를 보랴, 황금빛으로 변하는 설산을 보랴 눈이 저절로 희번덕거려졌다. 햇살이 닿은 마차푸차레의 정상부가 태양 빛에 벼린 황금 화살을 마구 쏘아대더니 금세 누런 갑옷을 떨쳐입은 천병天兵들을 불러들였다. 천병의 기개는 대단했다. 처음엔 마차푸차레 주변의 낮은 산들을 공격하는가 싶더니 이내 횡으로 황금 창을 겨눠 쥐고는 고봉의 설산을 무찌르기 시작했다. 황금빛과 흰빛이 어우러진 빛의 향연이 시바신의 상징인 링감과 요니처럼 서로 얽히고 뒤집히며 히말라야의 아침을 깨우고 있었다. 오래 꿈꾸어 왔던 풍경의 진경眞境이었다.

하지만 빛의 향연은 오래가지 않았다. 전면의 능선이 주광晝光의 창끝을 피해 슬금슬금 물러나더니 뒤편에 늘어선 안나푸르나 영봉 속으로 도망치기 시작했다. 다음 순간 온 산을 불질러대던 황금빛은 사라지고, 청빙淸氷 옷으로 갈아입은 병사에게 포위된 산록이 허리를 개고 드러누웠다. 그러자 드디어 멀리 마차푸차레의 꼬리 끝이 뾰족하게 연필 깎아 일어서면서 이것을 마지막으로 히말라야의 일출은 꿈같이 사라지고 일상의 아침이 열렸다.

일출을 마치고 아래층으로 내려오자 먼저 내려간 송 사장이 커피를 타들고 기다리고 있었다.

"석청커피 안 자서 봤지예? 내가 이 맛에 반해 네팔을 몬 떠났다 아입니꺼?"

송 사장의 너스레와 달리 커피는 비릿하달까 별다른 맛은 없었다.

민달웅 씨가 잔을 눈높이 아래로 내리깔며 물었다.

"꼭 석청커피 때문만은 아니겠지요?"

"히야, 기맥힌 일출을 보시더니 벌써 도사 다 되셨네. 설산 때문이었지예. 이거 하루라도 안 보면 몬 삽니더. 그렇게 산 세월이 벌써 십 년에서 석 달 모자랍니더."

민달웅 씨가 송 사장의 말에 쿡 실소하며 킬러 문항의 정답을 알고 있는 출제자처럼 말했다.

"그렇담, 앞으로 십 년은 더 사셔야겠네요?"

"무신 말씀이신지?"

송 사장이 민달웅 씨를 달갑잖게 꼬나보았다. 그러자 민달웅 씨가 황급히 손을 저으며 말했다.

"제 얘긴, 영과 육의 안식을 내 안에서 찾지 못하고 멀리 담장 밖에서 찾는 건 아닌가 싶어서 하는 소립니다. 뭐 돈 때문일 수도 있겠고."

송 사장의 표정이 비로소 풀어졌다.

"히야아, 바로 보셨십니더. 똑 내 안에 들어앉은 사람처럼 말하네예. 돈도 돈이지만 아직까지 어디에서 살지, 누구랑 살지를 결정하지 몬했다 아입니꺼? 한국에서 복닥거리며 살고 싶지도 않고, 그렇다고 네팔이 엄청 땡기는 것도 아니고, 맘에 맞는 마땅한 사람도 없고. 그래서 내가 이러고 있는 기지예. 석청이나 설산 때문에 여길 몬 떠났다고 말하면 듣는 사람도 편코, 말하는 사람도 편코, 안 그렇십니꺼? 우하핫."

톤이 높고 높낮이가 있는 경상도 사투리가 말의 내용과 잘 어울렸다.

"말이 나왔으니 말인데예, 석청도 이제 한물갔다 아입니꺼. 한때는 산삼보다 명약이락 함서 눈에 불을 키가 찾아댕기던 시절이 있었지예."

그러고 보니 언젠가 네팔 석청을 먹고 사람이 죽었다는 얘기를 들은 기억이 났다. 그 말을 들으니 생목이 올라왔다.

"까치독이라도 넣었을까 그러싱겨? 내는 하루에 열 잔도 넘기 마십니더."

송 사장이 내 낌새를 눈치채고 커피잔을 소리 나게 내려놓았다. 그 바람에 테이블에 쌓여 있던 먼지가 머리 서캐처럼 뽀얗게 일었다.

시간이 많이 흘렀다. 극구 찻값을 안 받겠다고 손사래 치는 송 사장의 호주머니에 돈을 찔러주고 카페를 나왔다.

호텔까지의 거리가 멀지 않아서 운동 삼아 걷기로 했다. 아침을 여는 상인들이 가게 앞을 청소하고 있었다. 민달웅 씨가 어느 기념품 가게 앞을 지나다가 전에 봐둔 물건이라도 있는 듯 안으로 썩 들어갔다. 그리고는 곧바로 청동 여인상 하나를 골라 들었다. 톱니바퀴처럼 생긴 원형 테두리 안에 네 팔과 두 다리로 춤을 추는, 옷치레가 허술하고 허리가 잘록한 육감적인 여인의 나신상이었다. 100달러가 넘는 비싼 가격임에도 민달웅 씨는 흥정 하나 없이 값을 치렀다.

이유를 묻지 않을 수 없었다.

"리얼돌 대신인가요?"

내 딴에는 민달웅 씨가 리얼돌과 비슷한 이미지의 여인상을 구입하는 걸 보고 그의 광폭 사유를 따라붙을 요량으로 큰 걸음을 떼어보았다.

 단편선

민달웅 씨가 나의 말에 혀까지 끌끌 차며 핀잔했다.

"나 원 참, 그 말을 곧이곧대로 믿는 사람이 어딨어요? 세상에 이렇게 어리숙하고 덜떨어진 사람이 다 있었네."

"아니, 무슨 말을 그렇게, 면전에 대놓고?"

"리얼돌은 그냥 알레고리로 한 말이잖아요? 뭔 소리를 못 하겠어."

황당하기는 나도 마찬가지였다. 아침부터 면전에 대놓고 덜 떨어졌다고 핀잔하는 사람을 향해 주먹을 날려야 할지, 아니면 미안하다고 사과해야 할지 몰라 망설였다.

민달웅 씨가 그런 나의 주저함과는 상관없이 닥치고 말했다.

"이건 힌두교 시바 신의 화신인 나따라자 신상神像입니다. 뭘 몰라도 한참을 모르네."

민달웅 씨의 말을 듣고 보니 시바 신의 상징인 링감과 요니도 알고 있는 내가 크게 잘못했다는 느낌이 금방 왔다. 감히 힌두교 여신상을 몰라보고 리얼돌이냐고 묻다니? 신성을 모독해도 유분수지? 나는 민달웅 씨가 말했던, 머리 위로 똥 떨어지는 환상이 싫어 아파트 맨 꼭대기 층에 산다는 말에 꽂혀 그만 잘못 튀어나온 말이었음을 시인했다.

"큰 결례를 범했군요. 난 길거리에서 춤추는 무희나 네팔 무당인 줄 알았는데."

"무당? 나따라자를 네팔 무당이라고?"

민달웅 씨가 무당이라는 내 말에 더욱 광분해 작두 탄 박수무당처럼 길길이 날뛰었다. 나는 다시 한번 이 또한 잘못된 예시였음을 시인하지 않을 수 없었다.

"아니, 내 말은, 그렇게 잘못 알고 있었다 이겁니다."

"아무리 그래도 분수가 있지, 어떻게 신상과 무당을 구별 못 합니까? 나잇살이나 먹어가지고."

나의 거듭된 사과에도 불구하고 나이까지 들먹이는 과격한 힐난이 계속되자 참았던 부아가 치밀었다.

"모르면 지 애비도 죽이잖습니까? 오이디푸스처럼."

죽음까지도 불사하겠다는 나의 도발적 반응에 민달웅 씨의 기가 움찔 꺾이는 듯했지만 이내 비난을 이어갔다.

"그리스 신화를 아는 사람이 그러면 쓰나요? 네팔에 올 생각이었으면 시바 신 정도는 알고 왔어야죠?"

"몇 번을 말합니까? 몰랐었다고."

민달웅 씨가 그제야 힐난을 멈추었다.

"하긴. 천하에 다시 없는 죄를 지었어도 모르고 그랬다면 할 수 없는 일이긴 하지만."

마침 네팔 젊은 애들이 앞뒤로 엉켜 탄 스쿠터가 청소하느라 고인 흙탕물을 튀기며 요란하게 지나가는 바람에 대화가 끊겼다. 우리는 고인 물을 피해 포장도로와 맨땅의 경계를 나누는 시멘트 구조물을 징검다리 삼아 걸었다.

민달웅 씨가 내게 향했던 좁은 눈길을 거두어 만년설로 뒤덮인 마차푸차레를 올려보았다. 말을 더 덧붙이려는 나의 눈길을 거부하는 먼 시선이었다. 우리는 서로가 모르는 동행자처럼 거리를 두고 걸어 호텔로 돌아왔다.

호텔에 도착하니 헬기를 타러 갔던 일행이 벌써 돌아와 식사하고 있었다. 일행 모두가 원탁 테이블에 둘러앉았다. 안 가본 곳에 대한 아쉬움이 클 것 같아 길게 말하지는 않겠다는 자매 언니의 의연한 태도와 달리, 자매 동생은 비싼 헬기를 타고 산야를 누빈 흥분에서 깨어나지 못해 입 안에 든 음식을 사방으로 튕기며 ABC에서의 감동을 누누이 설명했다. 그러는 사이 노부부의 아내는 휴대폰에 찍힌 사진을 통째로 건네 보여주는 것으로 ABC에서의 조망을 대신했다. 히운출리와 안나푸르나, 마차푸차레의 근경이 헬기의 하강풍에 시달려 뽀얗게 흩어지고 있었다.

식사가 끝날 즈음 젊은 아내가 갑자기 생각난 듯 우리가 찍은 일출 사진도 보여달라고 했다. 하지만 우리는 황금빛 황홀경을 눈에 담는 것만으로도 넋이 빠지고 혼이 나가 사진 한 방 찍지 못했다는 사실을 그제야 깨달았다. 그녀가 샐쭉 돌아서며 우리가 일출을 보지 못한 것으로 간주했다.

이튿날, 일행은 육로를 통해 룸비니로 향했다. 룸비니에서 만난 붓다의 흔적은 그곳에 도착하기까지의 험난한 여정에 비한다면 기대 이하였다. 도로는 이승과 저승의 깎아지른 벼랑 사이로 나 있었고, 그 끝에서 만난 부처의 탄생지는 허물어진 주춧돌과 탁한 인공호수, 허옇게 회칠한 조악한 전시물로 풍화되어 2,500년 자비의 성업을 오히려 훼손하고 있었다. 특히 룸비니의 외곽 지역, 불가촉

천민이 사는 동네에서 본 최하층민의 모습은 다시 못 볼 참상이었다. 그들의 표정이 어둡지 않은 게 오히려 이상할 정도였다. 나의 심정을 헤아린 할리파가 묻지도 않은 말을 했다.

"전생의 업보라고 생각하는 거지요. 까르마를 인정하는 것. 네팔 사람들 팔십 프로가 믿는 힌두교가 그렇잖습니까? 힌두교는 종교라기보다는 생활입니다. 힌두교 신의 숫자가 삼억이라 하니 신성神性은 어디에나 있다고 믿는 거지요. 모두 다 신의 뜻이다, 지금은 불가촉천민으로 태어났지만 내세에서는 다른 계급으로 환생할 거다, 한마디로 윤회를 믿는 겁니다. 그래서 그들의 표정이 밝은 거지요. 인사도 나마스떼 아닙니까? 당신이 어떤 신을 믿든 나는 당신이 믿는 신을 존중한다."

업보의 의미인 까르마와 네팔 인사말인 나마스떼가 아무런 연관이 없어서 그의 설명을 믿기로 했다. 나는 네팔의 속살이 더 보고 싶어 할리파에게 가정집을 방문할 수 있는지 물었다. 부정적인 대답이 돌아왔다. 가이드 교본에 따르면, 외국인이 자주 가는 관광지 이외에는 여행객의 안전을 보장할 수 없어 민가의 출입이 금지되어 있다고 했다. 하지만 나는 할리파가 제 나라의 치부를 민감하게 드러내 보이고 싶지 않아서 에둘러 하는 말인 것쯤은 알아들었다. 외국인에게 적나라하게 공개된 곳. 그곳은 네팔의 수도 카트만두다. 분지인 카트만두는 도심을 가득 채운 매연으로도 치부를 감출 수 없는 힌두의 아픈 도시였다.

룸비니에서의 여정을 성글게 끝낸 우리는 다시 카트만두로 돌아

단편선

왔다. 다행히 룸비니에는 공항이 있어 삼십 분만에 카트만두 공항에 도착했다. 호텔에 짐만 풀어놓고 우리는 툭툭이를 타고 시내 관광에 나섰다.

카트만두 시내가 한눈에 내려다보이는 스와얌부나트 사원. 사원은 관광객으로 넘쳐났다. 원숭이 사원이라는 별명답게 관광객을 노리는 원숭이가 많았다. 원숭이는 막무가내로 관광객의 가방을 뒤져 음식물을 꺼내 갔다. 특히 새끼를 안은 어미의 만행은 거리낌이 없었다. 관광객이 원숭이의 공격에 비명을 지르며 도망다녔다. 마치 인간이 원숭이 세상에 들어온 유인원 같았다.

유적지 설명을 마친 할리파가 집결 장소와 시간을 알려주고 자유 시간을 주었다. 나는 사원의 중심부인 스투파가 가장 잘 보이는 곳을 찾아 자리잡고 앉았다. 스투파에는 보는 이를 압도하는 부처의 눈이 사면에 새겨져 있었다. 물결 모양의 몽환적인 눈동자가 마음을 흔들었다. 위로 치켜뜬 눈자위가 물음표처럼 생긴 콧마루와 어울려 뱅글뱅글 돌았다. 오래 보고 있자니 일출의 맥놀이처럼 몽글거리는 빛이 사방으로 흩뿌려졌다. 사람을 꿰뚫어 보는 오묘한 안광眼光이었다. 바라보는 내가 사정없이 벌거벗기는 기분이었다.

부처를 바라보는 눈길이 하나 더 있었다. 민달옹 씨였다. 그는 나보다 더 높은 곳에 앉아 있었다. 먼빛이라 분명치 않았으나 그의 얼굴에도 부처의 안광이 닿아 있었다. 그도 나처럼 벌거벗기고 있다는 느낌이 들었다. 그는 내가 그곳을 떠난 후에도 여전히 그 자리를 지키고 있었다. 그러나 그 이후, 사건 하나가 벌어졌다. 민달웅 씨가 홀연히 사라져 버린 것이다.

시간에 맞춰 집결 장소에 도착해보니 다들 모였는데 민달웅 씨만 보이지 않았다. 할리파가 찾으러 나섰다가 허탕 치고 돌아왔다. 일행 모두가 흩어져서 민달웅 씨를 찾았다. 나는 그가 앉았던 자리에도 가보았다. 없었다. 혹시나 싶어 사원 절벽 난간에도 올라가보았다. 까마득한 절명絶命 높이의 절벽 아래로 마른 쓰레기가 저녁 골바람에 풀썩이고 있었다. 전화기도 꺼져 있어 신호가 가는 즉시 소리샘으로 넘어갔다. 1시간 넘게 사원을 뒤졌으나 그의 종적은 어디에서도 찾을 수 없었다.

경찰을 부를까 하다가 혹시나 하여 호텔에 연락해보니 민달웅 씨는 이미 거기에 와 있었다. 어이가 없었다. 일행이 찾을 줄 뻔히 알면서도 말없이 혼자 호텔로 와버린 것이었다. 호텔에 들러 미리 짐을 풀었기 망정이지 낯선 외국에서의 그의 돌출 행동은 지탄받아 마땅한 일이었다. 할리파의 발 빠른 대처로 문제를 최소화하긴 했어도 일행의 볼멘소리가 입속에 가득했다.

호텔 레스토랑에서 민달웅 씨를 다시 만난 우리 일행은 터지기 직전의 막대풍선처럼 팽팽하게 미간을 좁히며 식탁에 마주 앉았다. 나는 여럿의 핀잔에 풀이 죽어 있는 민달웅 씨를 달래기 위해 맥주를 시켰다. 독한 술을 좋아하는 자매의 눈이 샐쭉 돌아갔다. 그들을 위해서도 도수가 높은 네팔 전통주 락시를 샀다. 그 덕에 분위기가 많이 누그러졌다.

부부는 식사가 끝나자 피곤하다며 일찍 방으로 들어갔고, 할리파도 서둘러 자리를 떴다. 넷은 뷔페 음식을 안주 삼아 밥 대신 술을 마셨다. 맥주가 떨어지자 민달웅 씨가 맥주를 더 시켰고, 락시가 떨어지자 자매는 민달웅 씨가 산 맥주를 뺏어 먹었다.

많은 얘기가 오갔다.

뜻밖에도 자매의 언니는 어느 기도원의 전도사였고, 동생은 강원도 어딘가에서 펜션을 운영하고 있었다. 민달웅 씨도 자기 얘기를 했다. 이혼한 지 삼 년 되었고, 작년에 명퇴해 지금은 연금으로 생활한다고 했다. 하지만 이날 저녁 대화의 압권은 단연코 원숭이 얘기였다.

질문을 참은 나와는 달리 자매는 민달웅 씨를 닦달해 혼자서 호텔로 돌아온 이유를 묻고 또 물었다. 민달웅 씨가 더는 물러설 땅을 찾지 못한 패주병처럼 진저리를 치며 답했다.

"원숭이 때문에……"

이유가 고작 원숭이 때문이었다라는 말에 자매의 원성이 빗발쳤다.

"원숭이가 어쨌다고 우릴 이렇게 개고생시켜요?"

"아무리 도망치고 피해도 자꾸만 쫓아와서……."

"그렇다고 말도 없이 혼자서 와요?"

"가방도 뒤지고, 높은 곳으로 도망쳐도 따라오고, 패잡아 죽일수도 없고……."

나보다 더 높은 곳에 올라가서 부처를 바라보던 민달웅 씨의 모습이 떠올랐다. 내가 잘못 본 모양이었다. 그가 그 높이에 올라간 건 부처를 만나기 위해서가 아니라 원숭이를 피해 도망친 것이었다.

원숭이 얘기의 허망한 결론에 실망한 자매의 관심이 이번에는 내게로 쏠렸다. 내가 혼자 여행 온 이유를 기필코 알아내겠다는 게 그들의 목표였다. 그들이 정한 가설은 나를 정상적인 가정생활에 실패한, 보편적 인간관계에서 낙오한, 말하자면 루저나 언더독으로 규정짓는 데 초점이 모아져 있었다. 입방아 술안주로 제격인 먹태 노가리와 마른오징어였다.

이토록 안주가 진진해지자 자매는 민달웅 씨와 나를 번갈아 씹어대며 계속 술을 사도록 종용했고, 연거푸 마신 술에 다들 많이 취했고, 마른오징어도 씹고 되씹어 단물이 빠져버렸다. 결국 우리는 서로가 서로에게 무슨 말을 하는지 모르게 엉망으로 취했고, 자매는 자리를 옮겨 자기네 방에서 한잔 더 하자며 웬일로 락시를 한 병 샀다. 일어설 때 보니 동생은 절개지의 눈사태처럼 비칠거렸고, 언니는 필름이 완전히 끊겨 환등기가 겉돌고 있었다. 둘이 '렛썸삐리리'를 외쳐 부르며 자신들의 방 번호를 홱홱 불러주었다.

"우리집 룸 남바는 둘둘공둘. 둘이둘이 쌍쌍이. 외우기도 아주 쉬워. 이천 이백 이호."

우리의 팔을 붙들고 늘어지는 자매를 간신히 수습해 우리는 진짜 안주를 사서 곧장 따라가겠다고 말하고 이 층 테라스로 나왔다. 테라스에는 산록에서 내려온 바람이 성글게 머물고 있었다. 히말라야의 별도 뜨고 있었다. 우리는 별빛에 드러나는 능선을 바라보며 앉아 있었다. 말문을 먼저 연 것은 이번에도 나였다.

"리얼돌 얘긴데요?"

나는 그 얘기의 끝이 듣고 싶었다. 어둠에 기대어 또렷이 말했으나 아무런 대꾸가 없었다. 거듭 물었다.

"도대체 그걸 왜 사려는 거죠?"

민달웅 씨가 락시의 취기로 빚어진 딸꾹질을 참으며 말했다.

"보기보다 꽤 집요하시네. 끅. 자매에게 전염되셨나봐? 끅."

"궁금하잖아요. 애길 꺼냈으면 끝을 봐야지."

민달웅 씨가 탁자에 짚었던 팔을 펴며 말했다.

"전에도 내가 말했었죠? 리얼돌은 하나의 알레고리라고."

"그건 아니죠. 리얼돌은 구체적 형상이잖아요? 알레고리가 아니라."

"어허. 그게 아니라 그런 이미지로 내 심정을 표현했다 이 말입니다. 끅. 그게 그렇게 궁금합니까? 그렇담 본인은 리얼돌에 대해 무슨 생각을 하고 있는지 말해 봐요. 끅."

"좋시다. 까놓고 말해, 남자가 혼자 살다보면, 때론 외롭기도 하고, 처량하기도 하고, 자지도 해결해야 하고, 또 뭣이냐……"

나는 말을 잘게 끊어 술기운임을 빙자했으나, 막상 해놓고 보니 너무 엇나갔나 싶었다. '자지라니?' 순간 나는 다음에 이어질 문장에 쪼들려 머뭇거렸다. 그러자 민달웅 씨가 술기운 가득한 눈에 한심한 표정을 눌러 담으며 이렇게 말했다.

"김형은 아무리 잘 봐주려 해도 생각이 너무 짧단 말이야."

"여전하시네. 면전에다 대고 거북하게 말하는 건."

취중을 핑계 삼아 나를 막 대하자는 심사로 여겨졌다. 민달웅 씨의 목소리가 일순 커졌다.

"그렇잖습니까? 설마 내가 여자나 해결하자고 인형을 사겠습니까?"

"그럼 무슨 다른 이유라도?"

"인형은 생명이 없잖아요? 생명이. 그래서 사려는 겁니다."

알다가도 모를 말이었다. 생명이라는 화두를 뽑아 든 선승이나 철학자가 할 말이었다. 민달웅 씨는 제 말귀를 알아듣지 못해 쩔쩔매는 내 표정 위에 두꺼운 표정을 얹으며 말을 이었다.

"인형은 사람을 거부하지 않잖아요? 보세요. 사람은 애증과 혈연이라는 이름으로 가족이나 주변 사람들에게 폭력을 가하지 않습니까? 원숭이만 해도 그래요. 제까짓 게 뭔데 함부로 사람의 가방을 뒤집니까 뒤지긴? 새끼 가진 어미면 답니까? 원숭이조차 이 지경인데 사람은 말해 뭣하겠어요. 요컨대 나는 나를 함부로 전횡하는 것들과는 함께 살기 싫다 이겁니다. 그래서 인형을 사려는 겁니다. 꼭 설명을 해줘야 알아듣나?"

호텔 종업원이 테라스 문을 닫으려고 나왔다가 우리를 보고 되돌아갔다.

나는 갑자기 할 말이 없어졌다. 애증과 혈연이라는 말에 방점을 찍긴 했으나 이것은 엄연히 가족에 관한 사적 영역이라 내가 건드릴 부분은 아니었다. 특히 새끼 가진 어미에 대한 것이라면 더더욱

할 말이 없었다.

그러나 할 말이 모두 없어진 건 아니라는 생각이 들었다. 자매의 방에 따라 들어가 그녀와 함께 술을 마시고, 진지한 대화를 나누고, 취기를 빙자해 우연을 필연으로 만들 기회를 잡아야 한다는 과제가 남아 있었다. 민달웅 씨를 다시 인간 세상으로 불러들이는 과업. 그는 애증과 혈연의 대상인 인간으로부터 떠밀려 고립된 존재가 아니었던가? 세상에나, 위층에서 쭈그리고 앉아 똥 싸는 여자를 상상하다니.

시간이 지나자 더욱 술기운이 올라오는지 민달웅 씨의 팔이 접이식 사다리처럼 펴지고 턱부터 내리깔렸다. 나는 그를 일으켜 세워, 밤늦은 시간을 이용해, 오늘 중으로 반드시 처리해야 할 용무가 남아 있는 사람의 의무감으로, 민달웅 씨를 내 어깨에 팽팽히 걸고, 뚜벅뚜벅 2202호로 향했다.

문을 두드렸다. 잠시 후 방문이 활짝 열리며 두꺼운 롱코트를 벗어 던진 신선한 모습의 자매가 나타났다. 나는 그들 앞으로 민달웅 씨를 휙 떠다밀고 문을 쾅 닫았다. 그가 앞으로 고꾸라졌는지, 아니면 자매의 품에 안겼는지 확인하진 못했지만, 어찌 되었건 민달웅 씨의 모습이 시야에서 사라졌다.

민달웅 씨를 자매의 방에 던져넣고 나는 내 방으로 건너왔다.

불을 켜지 않았다. 커튼을 젖히자 별이 담긴 설산이 쏟아져 들어왔다. 아무도 없는 깜깜한 방에서 창밖 설산을 내다보며 생각했다. 민달웅 씨가 그 방에서 도망쳐 나왔을까, 아니면 거기서 긴밤을 잘까, 무슨 짓을 하는지 살짝 가볼까, 아니면 그냥 내버려 둘까, 하다가 나도 모르게 흔들리고 졸려서 그만 가수假睡 상태에 빠져들고 말았다.

이윽고 내가, 민달웅 씨가 아닌 내가, 2202호 문을 열고 들어가는 상황이 시연되었다. 내가 허물어져 침대에 쓰러지면서, 벗은 자매에 엉키면서, 꿈인지 생시인지 모를 히말라야의 설산에 묻히면서, 설원을 걷는 내가 보였다. 시바 신의 상징인 링감과 요니가 나따라자의 수레바퀴처럼 마구 뒤엉켜 돌아가는 소리도 들렸다.

단편선

에어백에 대한 두서없는 생각

사고는 순식간에 일어났다.

맨 앞에 버스가 가고 있었고, 우리 차는 그다음, 바로 뒤에 경차가 따라왔다. 아마 그랬을 것이다. 조금 전 남편이 느리게 달리는 경차를 추월하며 신경질적으로 경적을 울렸기 때문이다. 하얀색 무선 이어폰을 낀 젊은 여자가 경쾌하게 몸을 흔들며 차선 뒤로 흘러갔다. 그다음은 무슨 차가 따라왔는지 모르겠다. 조수석에서는 뒤차의 움직임이 보이지 않는다.

무슨 일이 일어난 걸까?

순식간에 하늘이 터지고 땅이 깨졌다. 터질 수 있는 모든 것이 터지고 깨졌다. 세상의 모든 소리가 일제히 쏟아져 나왔다. 빛과 소리와 형상이 터지고 깨지고 무너져내렸다. 머리는 무언가에 부딪쳐 혼미해졌고, 상체는 압착기에 눌린 듯 짓이겨졌다. 다리는 또 어떻게 되었을까? 무간지옥에 갇혀버렸다. 끊어져 없어진 느낌이었다. 마리오네트 같았다. 이게 끝이 아니다. 강철봉 부러지는 소리, 전선의 파열음, 흙먼지로 자욱한 파쇄석이 엎어진 짜장면 그릇처럼 차 안으로 쏟아져 들어왔다. 돌비가 내렸고, 용암의 분출이 있었다. 분화가 그치자 쇄설류가 울컥울컥 독한 연기를 뿜어냈다.

정말 무슨 일이 일어난 걸까?

장벽이 눈앞을 가로막고 있었다. 벽을 밀어내려고 손을 뻗어보았다. 손이 움직이지 않았다. 손으로 무엇을 민다는 행위가 결과로 이어지지 않았다. 손 대신 머리로 벽을 밀었다. 위쪽에 작은 공간이 열리면서 빛이 새어 들어왔다. 턱을 비틀고 몸을 일으켰다. 직립의 과정이 느껴지지 않았다. 머리만 빈 몸 위에 덩그러니 얹힌 기분이었다. 목 아래의 감각이 사라지고 없었다. 턱으로 벽을 밀어내자 장벽의 실체가 드러났다. 에어백이었다. 에어백이 비닐봉지처럼 찢어져 목을 휘감고 있었다.

여기가 어딜까?

입안으로 쏟아져 들어오는 돌가루를 밀어내며 생각해보았다. 대전 논산 간 국도. 그랬었지. 남편과 나는 이 길을 달리고 있었지. 맞아. 도로 공사가 한창 진행 중이었어. 공사 구간에 들어서자 갑자기 차선이 좁아지고 한데 뒤엉켜 무척 혼란스러웠지. 남편이 차안으로 날아드는 공사장 흙먼지를 휘저으며 이렇게 말했어.

"이 빌어먹을 공사는 대체 언제 끝나는 거야?"

그랬었다. 일 년 전 오늘도 공사는 진행 중이었고, 일 년이 지난 지금도 공사는 계속되고 있었다. 언제 시작했는지, 언제 끝날는지 모르는 공사가 지지부진 이어지고 있었다. 차선을 가르는 경광봉조차 꼿꼿함을 잃고 꺾여져 있었다. 눈에 보이지는 않았어도, 이 길을 지나던 운전자들이 뱉고 간 타액이 증발하여 흙먼지로 날고 있을 것이다. 우리는 왜 이 길을 가고 있었을까? 일 년 만에 다시 이 길에 오른 이유는 무엇일까?

언니는 그것도 유서랍시고 자신을 태운 재를 수목장으로 뿌려달라고 했다. 뿌릴 장소와 나무까지 꼼꼼히 적었다. 천등산 운주계곡 맞은편 산언덕의 명자나무 군락지. 나도 아는 장소와 나무였다. 봄이면 주홍색 꽃이 피는 명자나무 숲. 운주면은 어릴 적 우리가 살던 고향이었다. 집에서 멀지 않은 그곳은 고향 동무들과 산나물 뜯고 놀던 꽃밭이었다. 언니는 그곳을 유택幽宅으로 정했다. 언니는 죽어서 옛날로 돌아간 것이다.

오늘은 언니의 첫 번째 기일忌日. 나와 남편은 일 년 전 바로 오늘, 언니의 유골함을 싣고 이 길을 지나 그곳에 갔었고, 주홍색 꽃잎 위에 잿빛 뼛가루 한 줌을 뿌렸다. 나머지는 언니가 쓰던 화장품 단지 하나를 비워 꽃씨를 심듯 나무 밑동을 파고 묻었다. 언니의 일생은 자살 하나만 빼면 나머지는 평범했다. 명자나무처럼 수수하고 야단스럽지 않았다. 명자나무는 꽃만 빼면 나무랄 것도 없는 흔한 잡목이었다.

정말이지 사고는 어떻게 일어났을까? 분명 그랬을 것이다. 나는 남이 운전하는 차만 타면 도지는 어지럼증 탓에 창밖 먼 곳을 바라보고 있었다. 성북동 산림욕장으로 꺾어지는 내리막 삼거리에 차가 멈춰 섰을 것이다. 삼거리 부근은 도로 공사가 진행 중이었고, 없던 고가도로도 신축되고 있었다. 멀리 앞쪽에는 방동저수지를 가로지르는 4차선 교량 공사가 이어지고 있었고, 더 멀리로는 쥐

며느리 등처럼 엎어진 능선이 오지 않을 미래처럼 가물거리고 있었다. 성북동 삼거리는 미완성이었고, 복잡한 곳이었다.

신호등이 적색으로 바뀌자 내리막을 달리던 차들이 제동을 걸었을 것이다. 앞서가던 버스가 멈추고, 그다음 우리 차가 서고, 다시 그 뒤에 경차가 섰을 것이다. 그리고, 아마도, 그다음은 공사용 골재를 가득 실은 덤프트럭이 정차한 차들을 밀치며 달려들었을 것이다. 차 안으로 쏟아져 들어온 파쇄석이 그 증거다. 바퀴 끌리는 소리가 크게 났었다. 트럭에 제동이 걸렸지만, 바닥에 떨어져 있던 잡석 더미가 제동력을 방해했을 것이다. 그 결과 우리 뒤의 경차는 아코디언처럼 접혔을 것이고, 우리 차 역시 반으로 찌그러져 밀려들었을 것이다. 우리의 앞 차는 버스였다. 버스는 큰 차라서 밀리지 않고 버텼을 것이다. 결국 큰 차들 사이에 낀 소형차 두 대가 앞에서 막히고 뒤에서 밀려 양은 냄비처럼 구겨졌을 것이다. 내 몸이 좌석 밑으로 꺼져 들어간 것만 봐도 상황을 알 수 있었다.

에어백을 걷어내자 목의 움직임이 좋아졌다. 옆을 돌아보았다. 그렇지. 남편이 차를 운전하고 있었지. 남편은 괜찮을까? 상태가 궁금했다. 남편은 정물화의 흐린 밑그림처럼, 졸음쉼터에서 곤히 잠든 운전자처럼, 운전대를 온가슴으로 끌어안고 엎드려 있었다. 운전석 에어백은 터지지 않았다. 내가 에어백에 쓸려 아래로 쑤셔 박힌 것과 달리 운전석의 에어백은 터지지 않았다. 대신 운전대가 상당한 높이까지 치솟아 있었다. 엔진룸이 밀려든 탓이리라. 남편은 그 솟은 운전대를 붙안고 잠들어 있었다. 괜찮아

보였다. 운전대가 가슴 쪽으로 바싹 밀려든 것만 빼고 별다른 외상은 없어 보였다.

"진명 아빠."

나의 날숨이 성대를 울리긴 한 걸까? 화자와 청자 사이의 중간 어딘가가 끊어진 것 같았다. 내 목소리가 소리로 살아나지 않았거나, 남편이 소리를 듣지 못했거나 둘 중 하나다. 남편 쪽이 의심스러웠다. 입바람을 불자 비산 먼지가 흩날렸다. 내 숨이 빠져나간다는 증거였다. 들숨을 한껏 모아 내쉬며 남편을 불러본다.

"진명 아빠, 내 말 들려요?"

반응이 없었다. 추돌의 충격에 정신을 잃었을지도 모를 일이다. 머리를 다친 것 같지는 않았다. 형상은 온전했다.

나는 갇혀 있는 내 몸부터 빼보기로 했다. 먼저 오른팔을 움직여본다. 꼼짝할 수 없었다. 팔꿈치가 문틀에 끼어 끊어질 듯한 통증이 다가왔다. 손가락 끝에서 핏물이 흘러나와 시트를 적시고 있었다. 오른손을 포기하고 왼손을 움직여본다. 손목이 시트와 팔걸이 사이의 좁은 공간에 꺾여 들어가 있었다. 손을 비틀자 틈새가 벌어졌다. 팔꿈치에 유격이 생기면서 손목과 손가락이 차례로 빠져나왔다. 비로소 왼팔이 자유로워졌다. 손가락을 폈다 접어보고 어깨도 돌려본다. 둔중한 타격감과 뻣뻣함이 쇄골에서 밀려왔다.

남편 쪽으로 팔을 뻗었다. 손이 닿지 않았다. 팔꿈치로 지탱해 몸을 뽑아내자 허리가 들렸다. 남편의 팔에 손끝이 닿았다. 팔이라고 할 수 없는 경직이 느껴졌다. 당기지는 못해도 밀 수는 있었다. 손가락 끝을 움직여 자극을 주었다. 밀려간 팔이 되돌아오지 않고 오히려 멀어졌다. 손가락을 갈고리처럼 접어 끌어당겼다. 접혔던 팔꿈치가 펴지면서 손목이 따라나와 아래로 툭 떨어졌다. 그 바람에 남편의 입에서 흙먼지와 함께 버무려져 있던 침이 울컥 쏟아져 나왔다. 침방울은 처음의 탁함이 가시자 맑은 액체로 변해 입꼬리를 타고 줄줄 흘러내렸다.

남편의 얼굴에 푸른 빛이 감돌고 있었다. 침방울을 따라 올라간 시선 끝에서 만난 남편의 얼굴은 산 사람의 것이 아니었다. 죽은 사람의 낯빛이었다. 하얀 바탕에 파란 점이 군데군데 박힌 벽지처럼 창백하게 변해 있었다. 남편의 팔을 붙잡고 끌어당겼다. 몸이 쇠기둥에 묶인 것처럼 완강하게 버텼다. 가슴이 운전대에 눌려 꼼짝하지 않았다. 남편의 가슴이 뒤에서 밀려들어온 시트와 앞에서 솟아오른 운전대에 바이트처럼 물려 있었다. 숨소리도 들리지 않았다. 가슴이 눌려 들숨과 날숨의 공간이 사라지고 없었다. 에어백이 터졌다면 운전대가 가슴을 짓누르지 않았을 텐데 무슨 영문인지 그것은 터지지 않았다.

조수석의 에어백은 터졌는데 운전석의 것은 터지지 않았다. 내 것은 터졌는데 남편 것은 터지지 않았다. 이런 사실이 믿기지 않았다. 엄연한 현실에서 일어난 비현실적 상황. 무슨 차이일까? 에어백의 작동 여부로 한 차에 탔던 사람의 생사가 갈리는 것일까? 하나는 터지고 다른 하나는 터지지 않은 우연. 우연이 우리를 갈라놓고 있었다. 이런 차이로 나는 살고, 남편은 죽을 수도 있는 상황이 전개되고 있었다.

　애초에 오늘의 운전대는 내가 잡아야 했다. 내 차니까 내가 운전하는 게 맞았다. 실제로 우리가 출발하기 전, 우리는 누가 운전할 것인가를 놓고 잠시 망설이기도 했었다. 남편이 자살이라는 형태로 안타깝게 죽은 친언니를 생각해 나 대신 운전대를 잡았다. 만약 내가 운전했더라면 나는 지금의 남편처럼 가슴에 운전대를 끼운 채 엎어져 침을 흘리고 있어야 했다.

　남편의 요골 동맥을 찾아 맥박을 짚어보았다. 맥박은 뛰고 있었다. 맥박이 뛴다는 건 살아있다는 증거다. 희망이 보였다. 운전대에서 가슴을 빼내기만 하면 다시 숨 쉴 수 있을 것이다. 나는 감각이 사라져버린 하체 대신 상체만으로 남편의 팔을 끌어당겼다. 도무지 당김이 느껴지지 않았다. 막다른 벽에 맞닿은 느낌이었다. 남편 몸의 중심이 창문 쪽으로 쏠려 있는지 팔을 당기자 더 옥죄는 듯했다. 남편이 깨어나 둘이 힘을 합치면 쉽게 빠져나올 수 있을 텐데 남편은 넘어진 전신주처럼 맥을 놓고 있었다. 남편의 손가락을 악수하듯 끼워 잡고 흔들었다.

　"진명 아빠, 정신 좀 차려봐요."

　남편의 손이 악력의 조임이 없는 사람과의 악수처럼 헐거웠다. 출렁다리 위를 걷는 섬뜩함도 느껴졌다. 남편이 이렇듯 내게 헐거운 사람이었나? 그랬을지도 모른다. 그가 했던 말과 행동을 생각해보면 그랬을지도 모른다. 살면서 점점 헐거워지는 느낌이었다. 처음엔 그렇지 않았는데…… 처음엔 팽팽했었는데……

언니에 대해서도 생각해본다. 언니가 죽지 않았다면, 언니가 자살하지 않았다면, 언니의 생이 잠시라도 반짝였다면, 하다못해 도로공사라도 일찍 끝났다면, 별생각이 다 들었다. 언니가 우리를 죽음의 한복판으로 몰았다는 생각도 들었다. 언니가 죽지 않았으면 우리가 이 길에 나설 리도 없고, 교통사고를 당할 리도 없고, 에어백 터질 일도 없고, 둘 중 하나만 터졌다고 하소연할 일도 없었을 것이다.

언니는 평범한 가정에서 자라 평범한 학교에 다녔고, 평범한 사회생활을 하다가 평범한 사람을 만나 평범하게 결혼생활을 시작했다. 그다음은 평범하지 않았다. 아이가 생기지 않았기 때문이었다. 시험관 시술도 여러 번 해봤지만 소용없었다. 대신 언니는 조카인 내 아들 진명이를 제 자식처럼 키웠다. 아예 아들이라고 불렀다. 언니는 가끔 무자식이 상팔자라는 말을 하기도 했다. 언니가 어렸을 적, 어떤 점쟁이가 집 앞을 지나다가 문득 언니를 보고 '너는 소생이 점지되지 않을 팔자다'라고 했던 말을 믿은 결과였다. 하지만 이 말을 들은 사람은 언니 말고 아무도 없었다. 팔자가 무슨 뜻인지도 몰랐을 나이였다. 언니가 지어낸 말인지도 몰랐다.

언니가 택한 직업도 그 말의 연장선상에서 정해졌다. 부부 맞교대의 24시간 편의점. 낮엔 언니가 가게를 보고, 밤엔 형부가 가게를 지키는 방식이었다. 자식이 생길 수 없는 구조였다. 대신 진명이는 언니의 24시간 자식이었다. 편의점에 딸린 방에서 먹고 자고, 매장 한쪽에 의자를 펴고 앉아 공부하면서 학교에 다녔다. 그런 방식이 깨진 건 진명이가 졸업하고 직장을 잡아 떠난 후였다. 언니는 진명이가 앉던 자리에 앉아 가게를 지켰다.

코로나가 터졌다. 손님이 끊겨 밤엔 편의점 문을 닫았다. 드디어 언니와 형부는 평범한 부부로 돌아갔다. 그리고 세상의 모든 부부처럼 부부싸움을 했다. 언니는 형부의 음주벽을 트집 잡았고, 형부는 언니의 도박벽에 제동을 걸었다. 사실 벽이라고 말할 것도 없는 야트막한 돌담이었다. 언니의 도박은 휴대폰 벽돌 깨기와 인터넷 고스톱이 전부였다. 형부는 언니가 쓸데없는 오락이나 하면서 사는 게 보기 싫다고 말했다. 반면에 형부의 음주벽은 오래된 것이었다. 편의점을 지키는 밤마다 형부는 소주를 두 병씩 마셨다. 처음엔 언니 몰래 마시다가 언니가 알게 된 후로는 대놓고 마셨다.

코로나가 길어지면서 싸움도 깊어졌다. 그러던 어느 날, 형부의 얼굴에 황달 꽃이 피었고, 진단 결과 간암 판정을 받았다. 시한부 인생이 된 것이다. 형부는 예정된 여섯 달도 못 채우고 죽었다. 진명이도 떠나고 형부도 죽자 언니는 편의점을 정리하고 남은 돈을 은행에 넣어 이자 수익으로 살았다. 최저생활비에도 못 미치는 액수였지만 혼자라서 가능했다. 언니는 가끔 '희망이 없다'라는 말을 하곤 했었다. 희망이라는 단어는 평범한 언니의 인생에서 전혀 평범하지 않은 말이었다.

언니는 일 년 전 오늘의 이틀 전, 평범하지 않은 일을 저질렀다. 화장실 손잡이에 목을 맸다. 유황 냄새가 풍긴다는 이웃의 신고로 알게 되었다. 언니는 골부림하는 아이처럼 다리를 벌린 채 화장실 손잡이에 목을 매고 주저앉아 있었다. 이렇게도 죽을 수 있다는 게 신기했다. 그냥 일어서기만 하면 되는데…… 남편도 운전대에 낀 몸을 살짝 비틀기만 하면 되는데…….

시어머니 생각도 났다. 나는 아들 삼 형제 중 맏이인 남편에게 시집와 평생 홀시어머니를 모시고 살았다. 둘째와 셋째 며느리는 한 철에 한 번 쌀자루에 새앙쥐 엉기듯 몰려왔다가 입을 오물거리며 돌아갔다. 시어머니는 작은며느리들이 생색으로 주고 간 몇 푼 돈에 팔려 큰며느리를 닦달했다. 밥도 방에서 혼자 드셨다. 요 밑에 깔린 지폐 장판 때문이었다. 시어머니는 그 돈을 한 푼도 써보지 못하고 돌아가셨다. 시어머니가 돌아가신 후 장판을 뜯어내 그 돈으로 장례를 치렀다.

시어머니의 말년은 심란했다. 치매에 걸린 것이다. 정신이 나갔을 때 시어머니는 나를 도둑년으로 몰았다. 금반지도 빼가고, 수의로 입을 베옷도 친정으로 빼돌렸다며 땅을 쳤다. 더욱 지독했던 건, 평생을 모신 나를 거짓말쟁이로 몰았다. 베옷이 장롱 뒤에서 발견되고, 반짇고리 밑에서 금반지 패물을 되찾은 후에야 비로소 아무도 시어머니 말을 믿지 않았다. 치매에 걸리면 가장 사랑하는 사람을 가장 미워한다는 말이 있다. 그래서 시어머니가 가장 사랑하는 큰아들과 큰며느리를 동시에 부르신 걸까? 아니면 그토록 사랑하는 아들만 에어백의 이름으로 골라 부르신 걸까?

나는 치매에 걸린 시어머니와 열 살 터울로 뒤늦게 태어난 딸 경숙이 사이에서 부대끼며 살았다. 시어머니는 정신이 들락날락해 있어도 없는 사람이었고, 딸은 나이가 들자 밖으로 나돌았다. 둘이 나가는 바람에 나는 홀로 남은 사람이 되었다. 남편은 여자들 일에 끼지 않았다. 대신 밖으로 나돌며 밖의 여자들과 어울렸다. 남편은 말 그대로 남의 편이었다.

안전벨트를 풀면 나아질 수 있겠다는 생각이 들었다. 남편의 가슴을 옥죄고 있는 저것이라도 풀면 좀 나아질까 싶었다. 잠금장치를 더듬어 꼭지를 누르자 쇠고리가 빠져나왔다. 그러나 그걸로 끝이었다. 띠가 말려 올라가지 않고 그 자리에서 맥을 놨다. 운전대와 가슴 사이에 꽉 끼어 원래 상태로 돌아가지 못했다. 쇠고리를 잡고 흔들어보았다. 가슴께에 몰려 있던 유리 파편이 다이아몬드처럼 튀었다. 깨진 것들은 언제나 반짝거린다. 다시 요골을 뒤져 맥을 짚어본다. 약해진 느낌이 확연했다. 이대로 끝나는 것일까? 이렇게 운전대에 가슴이 눌려 맥없이 죽는 것일까?

"진명 아빠. 제발 정신 좀 차려봐요."

안전벨트를 흔들며 마구 소리쳤다. 남편의 머리 수그러짐이 더욱 깊어졌다. 얼굴빛이 더욱 파랗게 짙어지고 있었다. 피가 돌지 않는 증거였다. 5분 이상 피가 돌지 않으면 뇌세포가 파괴된다는 말이 생각났다. 저런 상태로 5분이 지나면 살아도 산목숨이 아니게 된다. 살아도 산 게 아니라는 말은 죽었다는 뜻이다. 죽었다는 말을 그렇게 둘러서 하는지도 모른다.

얼마나 시간이 지났을까? 사람들이 몰려들기 시작했다. 창틀에 팔이 낀 나를 보고 문짝을 잡아당기는 사람이 있었다. 문이 기둥과 버무려져 꼼짝하지 않았다. 요지부동이었다. 문짝이 당겨질 때마다 끊어지는 통증과 저릿함이 몰려왔다. 나는 자유로운 왼손을 흔들어 운전석에 낀 사람부터 구해달라고 소리쳤다. 누군가가 나무 막대를 가져와 문틈에 넣고 벌리려 했다. 꼼짝하지 않았다. 다른 누군가가 손을 집어넣어 남편의 코 밑에 대보더니 진저리를 치며 물러났다.

"숨을 안 쉬는 것 같아요."

또 다른 누군가가 남편을 빼내려고 손으로 운전대를 비틀었다. 여전히 꼼짝하지 않았다. 그가 차 안으로 고개를 집어넣어 상황을 꼼꼼히 살피고는 이렇게 말했다.

"운전대가 찌그러져 가슴을 짓누르고 있어요. 빨리 빼내지 않으면 큰일 납니다."

운전대가 찌그러질 정도라면 그 충격은 대단했을 것이다.

뒤에 있던 누군가가 아는 체했다.

"유압 절단기로 잘라야 합니다. 119에 신고했으니 곧 소방차가 올 겁니다."

소방서를 떠올려보았다. 생각나는 곳이 없었다. 소방차가 오려면 얼마나 걸릴까? 운전대를 자르는 데 또 얼마나 걸릴까? 그때까지 살 수는 있을까? 남편의 손목을 더듬어 맥박을 짚어보았다. 멀어져 가고 있었다. 얼굴이 빙하의 속살 빛으로 변해가고 있었다.

남편이 밖으로 나돌면서 자전거를 타기 시작했다. 남편은 원래 충남 금산의 농공단지에서 오토바이 쇼바 제조공장을 운영하고 있었다. MB정권이 들어서면서 4대강 자전거 도로가 완성되었다. 자전거 붐이 일어났고, 마니아층이 급격히 늘어났다. 처음엔 멋모르고 자전거 동호회에 가입해 따라다니더니 급기야 사업가적인 촉이 발동했다. 오토바이 생산라인 일부를 변경해 자전거의 쇼바인 샥과 톱니바퀴인 스프라켓 라인을 설치했다. 자전거보다 공정이 까다로운 오토바이 부품을 생산했던 경험을 살려 폭스의 샥이나 시마노의 XTR 구동계보다 싸고 튼튼한 제품을 만들어냈다.

대박이 났다. 현찰이 아니면 팔지도 않았고, 외국에서도 주문이 밀려들었다. 외국 출장도 빈번해졌다. 통역사를 고용한 게 화근이었다. 통역사는 결혼에 실패해 돌아온 돌싱이었다. 남편이 혀 짧은 소리로 지껄여대는 통역사에게 미쳐 내게도 혀 짧은 소리를 했다. 거짓말은 익어가는 밥솥처럼 냄새를 감출 수 없는 법이다. 통역사의 얼굴이 궁금했다. 남편의 휴대폰을 뒤져 사진을 찾아냈다. 넘실대는 바다를 배경으로 커다란 헤드폰을 쓰고 서 있는 옆모습, 남편이 혹할 만도 했다. 남자들은 아주 간단히 인생을 망친다. 남편은 회사에 바지사장을 앉혀놓고 통역사와 함께 외국으로 출장을 나다녔다.

나도 출장길에 따라나섰다. 리모와 캐리어를 챙겨 들고 나서자 사달이 났다. 이미 통역사와의 관계를 눈치채고 나선 길이었다. 수출 계약은 애초에 있지도 않았다. 통역사를 해고하고 나서도 남편

은 돌아오지 않았다. 통역사와도 여전히 만나는 눈치였다. 오늘만
해도 대청호 번개팅 라이딩과 겹친다며 빠져나가려는 걸 돌려세
워 나선 길이었다. 번개팅은 무슨? 그년의 벗은 배 위거나, 번들거
리는 엉덩이와 만나는 라이딩이겠지. 개처럼.

남편은 나와 함께 외출할 때면 언제나 크고 좋은 제 차는 젖혀두
고 작고 오래된 내 차를 탔다. 오늘만 해도 그랬다. 만일 남편의 차
였다면 에어백은 둘 다 터졌을 것이고, 남편이 운전대에 가슴이 끼
일 리 없었을 것이다. 자업자득이었다. 이만하면 남편은 죽어야 할
이유로 충분했다. 그럴 것이다. 남편은 내가 품었던 생각만으로도
죽어 마땅한 사람이었다. 나는 통역사 사건 이후 여러 번 남편이
죽길 바란 적이 있었다. 사소한 일에도 남편이 죽기를 바랐다. 양
말을 뒤집어 벗어놓은 것만 봐도 죽이고 싶었다. 조수석 위에 발을
얹는 행위만으로도 죽이고 싶었다. 남편은 내 차를 타면 언제나 양
말을 벗어 조수석 통풍구에 발을 올린다. 까치눈 무좀은 바람에 말
려 죽여야 한다며 내 기분을 죽였다. 사이드미러를 볼 때마다 발이
시야를 가렸다. 벗은 양말만 봐도 패 잡아 죽이고 싶은데, 미러를
가린 무좀 발을 보면 그것부터 자르고 싶었다. 정작 잘라야 할 건
나중에 자르는 한이 있더라도.

남편의 몸이 움직이기 시작했다. 정신이 돌아온 것일까? 몸이 요
철 도로를 지나는 것처럼 일렁이고 있었다. 누군가가 깨진 유리창

단편선

안으로 손을 집어넣어 남편을 흔들고 있었다. 남편의 팔에 연결된 어깨가 움직였고, 어깨에 붙은 가슴도 따라 움직였다. 구원의 손길이었다. 남편이 숨을 쉬기 위해 고개를 드는 것도 같았다. 가슴이 빠져나오고 숨을 쉬게 된다면 살아날 수 있을 것이다. 포기하기엔 아직 이른 시간이었다.

사제 군복을 입은 남자였다. 그가 남편의 팔을 틀어쥐고 운전대에서 가슴을 빼내려 안간힘을 쓰고 있었다. 그러나 차츰 일렁임이 잦아들었다. 당김의 손길이 무뎌지고 있었다. 가슴을 빼내기엔 너무 공간이 협소한 탓일까? 나의 간절한 눈빛이 사제 군복의 남자와 마주쳤다. 그가 고개를 가로저었다. 할 수 있는 게 없다는 표정이었다.

"아저씨, 제발 남편을 살려주세요."

나는 간절하게 말했다. 그가 대답 대신 무언가를 찾아 들고 다시 왔다. 굵은 철봉이었다. 그가 철봉을 운전대 사이로 통과시켜 좌우로 비틀었다. 운전대가 움직이기 시작했다. 그렇지. 선한 인자가 나타난 거야. 아직 늦지 않았어. 조금만 더 힘을 주면 운전대가 벌어지고 곧 숨을 쉬게 될 거야. 그러나 이번에도 거기에서 비틀림이 멈추었다. 따라 돌던 가슴의 움직임도 멈추었다. 철봉이 다음 찍을 곳을 찾지 못했기 때문이었다. 철봉이 만들어낸 유격만으로는 가슴을 빼낼 수 없었다. 가슴을 빼내려면 운전대와 가슴 사이로 철봉을 집어넣어야 하는데 창처럼 가슴을 찌르지 않고서는 그럴 수 없었다. 남자가 망설이는 사이 운전대가 다시 원위치로 돌아갔다. 남편의 해서웨이 와이셔츠가 운전대에 씹혀 함께 돌았다.

남자가 이번에는 철봉 대신 고개를 들이밀고는 남편의 숨소리에 귀를 기울였다. 손도 잡아보고 맥박도 살피며 어루만졌다. 그가 나를 건네보았다. 내 눈이 그의 시선 속에 담겼다가 빠져나왔다. 그의 입꼬리가 살짝 올라갔다. 남편을 살려주겠다는 입다짐으로 보였다. 나는 심장의 깊이만큼 고개를 숙여 그의 호의에 답했다. 그가 드디어 행동을 개시했다.

그가 남편의 손목을 다시 잡았다. 맥박을 꼼꼼히 살피고는 빠르게 손목을 훑어 내렸다. 짧은 순간이었지만, 그의 손이 재빨리 움직여 손목에서 무언가를 뽑아냈다. 내가 볼 수 없는 위치였으나 내 귀에는 똑똑히 들렸다. 시곗줄 푸는 소리였다. 그것은 진명이가 첫 월급 탄 기념으로 남편에게 사준 태그호이어 시계였다. 시계는 줄을 잠그고 풀 때마다 특이한 소리가 났다. 남편은 시계를 찰 때마다 풀고 닫기를 반복하며 애지중지했었다. 내가 모를 리 없는 소리였다.

그가 상의 안주머니에 시계를 챙겨 넣더니 팔을 더 길게 뻗어 내 손을 잡았다. 그리고는 내 손가락에 낀 반지도 빼내기 시작했다. 나는 그의 손놀림을 편하게 해주려고 손을 들어주었다. 얼굴이 가까워 입 냄새가 풍겼지만 나는 이 모든 과정이 어서 끝나기만을 기다렸다. 목숨값이라고 생각했다. 손가락에서 반지가 빠져나갔다. 그의 손이 반지를 말아 쥔 채 빠져나가고 있었다. 나는 남자의 귀에 대고 말했다.

단편선

“이젠 남편을 살려주세요.”

그가 속삭이듯 말했다.

“맥박이 멎었어. 죽은 거라구.”

나는 반지 빠진 손으로 그의 옷깃을 움켜잡았다.

“제발!”

날카로운 입 냄새가 시야를 가렸다.

“죽었다니까.”

나는 차창을 빠져나가는 그를 향해 소리쳤다.

“개새끼.”

주변에 모여 있던 사람들이 나를 돌아보았다. 사제 군복이 해서웨이 와이셔츠를 선전하는 애꾸눈 데이비드 오길비처럼 눈을 찡긋하며 멀어져갔다.

“넌 살았잖아. 그럼 된 거지 뭐. 수고비라고 생각해.”

나의 욕설이 터지자 내가 살아 있음에 안도한 사람들이 우르르 뒤차로 몰려갔다. 뒤차에 갇힌 사람을 먼저 꺼내려는 모양이었다. 뒤쪽에서의 움직임이 부산했으나 차 안에 갇힌 사람의 목소리는 들리지 않았다. 찌그러진 경차의 좁은 공간에 산 사람의 목소리가 남아 있을 리 없었다.

드디어 119 소방차가 도착했다. 제복을 입은 소방관이 뛰어와 내게 물었다.

“가장 불편한 곳이 어딥니까?”

"남편부터 꺼내주세요."

나는 남편의 팔을 들어 보였다. 팔이 물 빠진 고무호스처럼 방향을 잃고 흐느적거렸다. 소방관이 남편의 경동맥과 숨소리를 확인하고, 가슴과 운전대 사이의 틈새에도 손가락을 넣어보았다. 드디어 작업이 시작되었다. 그가 운전대에서 가슴을 빼내려고 남편의 상체를 끌어당겼다. 운전대와 가슴 사이에 약간의 틈이 벌어졌다. 남편의 팔이 피아노 강선처럼 파르르 떨렸다. 완강한 줄다리기였다. 그러나 운전대에 갇힌 가슴이 따라나오지 못했다. 사제 군복이 했던 헛수고를 반복했다. 여러 차례 시도했으나 허사였다. 철창에 갇힌 것이었다. 철창을 뜯어내지 않고는 남편을 꺼낼 수 없었다. 소방관이 젖은 빨래처럼 늘어진 남편의 상체를 운전대에 도로 걸친 후 자리를 떴다.

그가 쇠 가위를 들고 다시 나타났다. 앞서 누군가 말했던 유압 절단기인 모양이었다. 절단기가 입을 벌렸다 닫으며 차체를 물어뜯기 시작했다. 엄청난 치악력이었다. 창틀과 창문이 잘려 나갔고, 운전대도 조각조각 끊어졌다. 운전대 아랫부분도 통째로 뜯겨나갔다. 드디어 남편의 몸이 자유로워졌다. 운전대가 사라지자 남편의 상체가 빈 곳을 찾아 스며드는 물처럼 허물어졌다. 널브러진 몸이 이동식 철제 베드에 실려 차 밖으로 옮겨졌다.

다음은 내 차례였다. 창틀에 낀 손이 단 한 번의 가위질로 풀려났다. 손가락은 으스러져 하나로 뭉쳐 있었다. 에어백이 뜯겨나갔고, 막아선 대시보드 역시 꼼꼼한 가위질로 재단되었다. 나도 자유로워졌다. 내 몸이 시트에 앉은 자세 그대로 소방관의 어깨에 들려 구급차에 실렸다. 오른손과 하체의 감각이 사라진 것만 빼면 나머지는 외상없이 온전했다.

베드에 누운 남편의 얼굴에 산소마스크가 씌워져 있었다. 인공호흡을 시도하려는 움직임이 부산했다. 남편 바로 옆에는 얼굴 전체를 흰 천으로 덮은 또 다른 베드가 놓여 있었다. 경차에 타고 있던 여자일 것이다. 발끝이 린넨 천 위로 도드라지게 솟아 있었고, 얼굴 가장자리 부분에 핏물에 젖은 무선 이어폰이 빠져나와 있었다. 여자의 귀에 꽂혀 있던 것이리라. 여자의 이어폰과 통역사의 헤드폰이 하나의 데자뷔로 다가왔다.

사고를 당한 사람은 모두 셋이다. 나는 살았고 경차의 여자는 죽었다. 남편도 죽었을 것이다. 남편을 처치하는 소방관의 손길에 서두름이 느껴지지 않았다. 사고를 당한 셋 중 두 명이 죽고 나만 살아남았다.

둘은 자신이 교통사고로 죽을 줄 알았을까? 당연히 몰랐을 것이다. 죽을 줄 알았다면 차를 타지 않았을 것이다. 알고도 탔다면 그건 자살 행위다. 아느냐 모르느냐 하는 인식의 차이가 생과 사를 가르는 지표가 아니다. 인식의 유무로 삶과 죽음이 나뉘지 않는다. 인식의 차이가 생사의 경계일 수는 없다는 생각이 들었다.

우연과 필연에 대해서도 생각해본다. 내 차니까 당연히 내가 운전을 해야 했고 남편은 조수석에 앉는 게 필연일 것이다. 그랬더라면 내가 죽고 남편은 살았을 것이다. 그러나 이와 반대로 나는 살고 남편은 죽었다. 이건 필연이 아니라 우연이었다. 남편이 죽고 내가 산 것은 우연의 결과였다. 따라서 우연과 필연 역시 생사를 가르는 경계가 아니다. 인연의 유무로 삶과 죽음이 갈라지지도 않는다.

 그렇다면 무슨 차이로 남편은 죽고 나는 살았을까? 내가 남편을 저주했기 때문일까? 내가 살면서 저주했던 사람이 남편 하나뿐이었을까? 누구나 그렇듯, 사람들은 남을 저주하고 저주를 받기도 한다. 서로가 서로에게 저주를 주고받는다. 내 저주 때문만은 아닐 것이다. 그렇다면 무엇이 남편을 죽였나? 또 경차의 여자는 왜 죽었을까? 이어폰을 끼고 운전했다는 이유로 죽었을까? 통역사의 헤드폰이 기시감으로 작용한 결과일까?

 다 틀렸다. 에어백의 작동 유무로 생사가 갈렸다. 에어백이 생사를 가르는 지표였다. 하나는 터지고 다른 하나는 터지지 않았다. 반반의 확률. 이런 건 확률이라고 부르지도 않는다. 경차의 여자도 마찬가지였을 것이다. 경차의 에어백도 터지지 않았을 것이다. 에어백이 터졌다면 얼굴이 저렇게까지 뭉개지지는 않았을 것이다. 경차라서 에어백이 장착되어 있지 않았을 수도 있다. 에어백이 터지지 않은 것으로 간주할 수 있는 상황이다.

 나를 태운 구급차가 떠나기 전, 다시 한번 이동식 베드에 실린 남편의 얼굴을 바라보았다. 인공호흡기는 벗겨져 있었고, 얼굴은 방금 세수한 사람처럼 젖어 있었다. 남편의 젖은 얼굴을 바라보며 나는 남편이 죽은 이유를 생각하지 않기로 마음먹었다. 남편도 나처럼 내가 죽기를 바랐을지 모를 일이다. 분명 그랬을 것이다. 내가 남편이 죽기를 바랐는데 남편이라고 내가 살기를 바랐겠는가? 죽고 사는 것은 바람의 문제가 아니다. 에어백의 작동 여부일 뿐이다. 단지 그뿐이다. 에어백에게 죽음의 이유를 떠넘기기로 했다.

구급차의 문이 닫히기 전, 나는 마지막으로 다시 한번 남편을 쳐다보았다. 누군가가 남편의 얼굴에 경차의 여자가 덮은 것과 똑같은 린넨 천을 덮고 있었다. 이걸 보면서 나는 에어백에 대한 생각도 잊기로 했다. 남편이 죽은 이유를 온전히 에어백에게 돌릴 수만은 없다는 생각이 들었다. 그러는 동안 나를 실은 구급차는 출발했고, 남편을 실은 이동식 베드는 그곳에 그대로 남아 있었다.

문디파 사람들

'만방'이라는 ID를 쓰는 사람이 우리 디팍에 신입회원으로 들어왔다.

한국 사진계를 대표하는 단체로 '한사협'과 '디팍'이 있다. 한사협은 '한국사진작가협회'를 줄인 말이고, 디팍은 '한국디지털사진가협회'의 준말이다. 한사협이 한글 이름을 줄여서 부르는 데 반해, 디팍은 'Digital Photographer's Association of Korea'의 영문 첫 글자를 따서 그냥 DPAK이다. 언어 사대주의적 발상은 아니다. 오히려 그 반대다. 한사협은 창립한 지 오래되어 회원 수도 많고, 유명 작가도 상당수고, 이름도 널리 알려진 단체다. 그러나 디팍은 그렇지 않다. '디지털'이라는 신조어가 붙은 것처럼 젊은 사람이 많지만, 연륜도 짧고, 유명 작가도 많지 않고, 회원 수도 상대적으로 적다. 디팍 사람들이 들으면 기분 나쁠지 모르지만 메이저는 아무래도 한사협이다. 하지만 서로 주도권 싸움을 벌이는 게 아니라 족보를 따지지는 않는다. 오히려 디팍이 젊은 패기로 똘똘 뭉쳐 잘나가고 있다. 아무튼 나는 마이너인 디팍의 회원이다.

만방은 자신이 한사협을 버리고 디팍에 입회한 사유를 이렇게 말했었다.

"오랜 세월 한사협에 몸담아 사진을 찍어 왔죠. 햇수로 치자면 한 이십 년 넘었으려나……. 그러나 아시다시피 지금은 디지털 세상, 사진도 시류에 맞게 과감히 아날로그에서 벗어나야 합니다. 그래서 신선한 디지털로 옮겨탔죠."

까는 소리다. 디지털이라는 단어가 들어 있건 말건 두 단체의 사진 찍는 방식은 똑같다. 한사협이 필카의 아날로그 방식만을 고집하고, 디팍은 픽셀 방식의 디지털로 사진을 찍는다 생각하면 오해다. 물론 처음엔 그랬을 수도 있겠으나 지금 나오는 모든 카메라는 디지털 방식의 DSLR뿐이고, 미러리스도 나왔다. 어디 가서 필름을 구할 수도 없다. 코닥은 벌써 옛날에 문을 닫았다. 그런데 만방은 왜 그런 소리를 할까? 이유가 궁금해졌다. 한번 슬쩍 물어볼까 하다가 '그런 건 알아서 뭐 하게?' 하며 내 안의 내가 내 입을 틀어막았다. 그건 인간에 대한 예의가 아니었다. 그는 나잇살 먹은 초로의 중늙은이였다.

그의 ID가 '만방'인 이유는 곧 드러났다. 그것은 디팍의 하부 지방 조직인 문종특별자치시의 디팍, 즉, '문디팍'의 회원 스무 명이 3월의 어느 따스한 봄날, 전세 버스를 타고 출사를 가는 차 안에서였다. 요즘엔 동호회 어딜 가나 이름 대신 닉네임을 부른다. 나이와 상관없이 ID에 '님'자를 붙이면 그게 이름이다. 만방님은 똑같은 날 문디팍에 입회한 입회 동기이자 사진계의 초짜인 히아신스님을 옆에 두고,

“출사는 처음인가요?”라고 물었다.

히아신스는 순간 꽃향기와는 다른 날카로운 구취에 놀라 자신도 모르게 코맹맹이 소리가 튀어나왔다.

“넹.”

만방이 짧고 단출한 여자의 대답에 힘입어, “출사를 나가면 무조건 만방은 찍어야 합니다.”라고 조언했다. 살짝 노처녀인 히아신스는 아무래도 신중할 수밖에 없는 나이인지라 궁금증을 두 개의 문장으로 나누어 물었다.

“만방이 뭐죠? 어딜 가면 그걸 찍을 수 있죠?”

만방은 첫 만남부터 꼬여버린 ‘듀오’의 회원처럼 진저리를 쳤다. 하지만 맞선의 상대가 아니었기에 오래 산 세월을 생각해 존대를 빼고 이렇게 말했다.

“쯧쯧, 만 번을 찍으라는 얘기야. 사진을 제대로 찍으려면 많이 찍어봐야 한다는 뜻이지.”

최신형 폴더블폰의 메모장을 열고 꼼꼼히 받아쓸 준비를 하던 히아신스가 눈을 깜빡이며 말했다.

“아항, 그래서 닉이 만방이었군요. 난 또 뭐라고. 저는 히아신스라고 해요. 꽃말은 영원한 사랑.”

“난 오두막만 벌써 석 대째야. 셔터를 간 것만도 여러 번이고.”

“오두막부터 찾아서 찍으라고요?”

차 안의 모두가 폭소로 초짜인 히아신스를 격려했다. 오두막은 캐논 카메라 5D-MARK 시리즈를 한국식으로 부르는 이름이다.

읽다 보면 그런 음이 나온다.

입회 동기라서 그런지 둘은 나이 차가 많은 것 빼고는 대화가 잘 통했다. 거리감도 없어 보였다. 하지만 이를 바라보는 기존 회원들의 생각은 달랐다. 말은 안 했어도, 둘은 어딘가 다른 차원에서 온 리플리 씨 같다는 느낌이었다. 앞으로의 모임에 많은 변화가 있을 거라는 예감도 들었다.

만방은 기왕 말 나온 김에 ID를 그렇게 지을 수밖에 없는 증거를 보여주었다. 그가 인간 뽁뽁이 삼아 사타구니에 끼우고 있던 간장 단지처럼 생긴 백팩을 열었다. 그 안에는 DSLR과 미러리스 바디, 풀 세트 렌즈, 삼각대, 플래시, 연장선 같은 촬영 장비들이 빼곡히 들어 있었다. 어깨에 따로 메고 있던 가방도 풀었다. 800mm 망원이 모습을 드러냈다. 망원 렌즈는 보통 200mm면 충분한데 이보다 4배나 큰 장사정 대포였다. 히아신스가 '옴마 옴마'를 연발하며 자신의 목에서 대롱거리는 콤팩트 카메라를 클리비지 룩의 벌려진 앞섶에 사려 넣다 말고 빠르게 사제지간을 자청했다.

"이따가 무거우시면 제가 대신 들어드릴게요. 사부님."

차는 임실, 남원을 거쳐 지리산을 향해 거슬러 올라가고 있었다. 골짜기에 접어들자 골안개가 새벽 차창을 덮었다. 가지에 맺힌 이슬이 가로등 불빛에 은방울꽃처럼 반짝였다. 봄은 뭐니 뭐니해도 꽃이다. 산수유가 먼저 피고, 매화와 백목련, 개나리, 진달래, 산벚꽃이 줄을 잇는다. 오늘의 피사체는 산수유와 홍매화였다.

처음 도착한 곳은 화엄사. 장비를 챙겨 들고 각황전으로 올라갔다. 홍매화가 절정을 이루고 있었다. 아직 미명의 시간인데도 촬영 포인트에는 전국각지에서 몰려온 사진가들이 삼각대를 펴놓고 장 사진을 치고 있었다. 텍사스 옥수수밭의 멧돼지 사냥꾼 같았다.

여명이 번지자 각황전 홍매화가 모습을 드러내기 시작했다. 시 간이 없었다. 우리는 서둘러 삼각대를 설치하고 뷰파인더를 열어 광량을 체크했다. 하지만 첫 방을 찍기도 전에 주광晝光이 번지고 말았다. 사진은 일출이나 일몰 때 찍어야 제대로 된 작품 사진이 나오는데 햇빛이 들면 심도가 사라지고 빛이 뭉개져 볼품없는 사 진이 된다. 순식간에 일출이 끝나버리고 말았다. 서두를 이유도 없 어졌다. 사냥꾼들이 하나둘 삼각대를 접으며 자리를 떠나는 게 보 였다.

문디팍 회장인 '우거진 수풀'은 드문드문 매니큐어가 벗겨진 손 톱을 이빨로 뜯으며 치밀어 오르는 부아를 다독였다. 차가 정시에 출발했더라면 제대로 된 각황전 홍매화를 찍을 수 있었을 텐데 한 명이 늦게 나타나는 바람에 출발 시간이 늦어져서 셔터 타이밍을 놓친 것이다. 그가 만방이었다. 새벽같이 일어나 간식을 준비했던 그녀의 정성도 무위로 돌아가는 순간이었다. 오늘 그녀가 준비한 음식은 누드김밥. 좋은 작품 사진을 찍은 후 뿌듯한 기분으로 한입 크게 베어 먹는 누드김밥의 탱글탱글한 맛이 사라지고 말았다.

우거진 수풀은 그녀의 ID처럼 오지랖이 넓은 사람이었다. 회장 으로서 모임에 대한 애착은 회원들의 칭송을 받기에 부족함이 없 었다. 모든 일의 선두에 서서 회원들을 독려하고 솔선수범했다. 금년 들어 첫 나들이인 이번 출사도 출발 시간에 늦지 말라고 신신당부했었다. 그런데 새벽잠 많은 젊은이도 아닌 다 늙어빠진 늙은이가, 그것도 갓 들어온 신입이 30분이나 늦게 나타나는 바람에 출발이 지연되고 말았다. 이런 사람 처먹이려고 신새벽부터 일어나 김밥을 쌌다고 생각하니 속에서 천불이 일었다. 남편 몫으로 야박하게 달랑 한 줄만 남겨두고 온 것도 후회스러웠다.

"허구한 날 끄질러 나가는 거야?"

그 말만 안 했어도……. 남편은 혼자 남은 빈집에서 꼬리도 안 끊어낸 김밥 한 줄로 하루를 살 것이다.

나의 ID는 '들불'이다. 사진 실력이 들불처럼 일어나라는 뜻에서 그렇게 정했다. 동호회 일도 열심히 하려고 문디팍 총무를 자진해 맡았다.

화엄사 주위를 돌아다니며 피사체를 찾았다. 공양간 뒷마당에 늘어선 장독대 항아리 뚜껑 위에 동백 꽃잎이 내려와 앉아 있었다. 간밤에 비바람이 심했던 모양이다. 햇빛에 반짝이는 옹기의 배흘림과 꽃송이의 조화가 묘했다. 입사광의 위치를 바꿔가며 셔터를 눌렀다. 심도가 다른 아웃포커싱 사진도 여러 장 찍었다. 동백꽃은 눈에 띄게 붉지만 떨어진 꽃송이라 생동감이 덜한 게 흠이었다. 장독대를 찍는 내가 무슨 대단한 작가로 보였는지 사람들이 몰려들었다. 자리를 옮겨 요사채로 향했다. 살림집이라 특별한 피사체는 없었다. 학승이 비질해 놓은 마당에 어지러운 발자국을 남기며 피사체를 찾다가 출발 시간에 맞추어 차로 돌아왔다.

　다음 출사지로 향했다. 이동하는 차 안에서 회장이 싸 온 김밥과 단무지를 끊어 먹으며 도착한 곳은 운조루雲鳥樓. 연못가의 동백과 산수유, 홍매화가 바늘겨레에 꽂힌 색실처럼 곱게 어우러진 한옥 고택이었다. 운조루는 봄꽃의 명소답게 방문객들로 인산인해를 이루고 있었다. 여기에서 오전 출사 일정을 마치고 점심은 화개장터로 이동해 먹기로 했다. 섬진강 명물인 재첩국이 오늘의 점심 메뉴였다.

　지리산 일대는 어딜 가나 상춘객으로 붐볐다. 삼각대를 멘 사진가들이 두억시니처럼 몰려다니며 닥치는 대로 꽃들을 거머먹었다. 총무인 나는 도로가 막힐 것을 예상해 11시까지는 꼭 차로 와야 한다고 당부하고 출사에 나섰다. 회원들은 꽃그늘에 들어가 서로 즉석 모델이 되어주기도 하면서 봄날의 따스함과 꽃 대궐의 정취를 카메라에 담기 바빴다.

　출발 시간이 되자 다들 시간에 맞추어 차로 돌아왔다. 두 사람이 보이지 않았다. 만방과 히아신스. 곧 오려니 했는데 10분이 지나도 나타나지 않았다. 아직 시간 여유가 있어 차에 시동을 건 채 기다렸다. 히아신스가 모습을 드러냈다. 마지막이 아니었기에 핀잔하는 사람은 없었다. 시간이 갈수록 총무인 나만 애가 탔다. 식당을 예약할 때 주말이라 절대로 시간을 어겨선 안 된다는 말을 들었기 때문이었다. 20분이 넘어도 만방은 나타나지 않았다. 출발 시간을 잘못 알고 있는 걸까? 그럴 수 있다. 전화를 걸어보았다. 신호는 가는데 받질 않는다. 혹시 잘못된 건 아닐까? 다치거나 사고가 난 건 아닐까?

몇 명이 차에서 내려 찾아보았다. 운조루엔 달리 갈만한 곳도 없었다. 주변을 몇 바퀴 돌아도 만방은 보이지 않았다. 걱정이 앞섰다. 차가 다니는 큰길로 나가봤다. 대형 관광버스들이 바람막이 옷을 입은 것처럼 펄럭이며 지나갔다. 30분이 다 되어 멀리 섬진강 쪽에서 걸어오는 그가 보였다. 서두르는 기색이 전혀 없었다. 회원들이 빨리 오라고 소리치는데도 연신 빈 논두렁에 카메라를 들이대며 어슬렁거렸다. 걱정 대신 화가 치밀었다. 만방이 차에 오르자 곱지 않은 시선들이 일제히 그에게로 쏠렸다. 어지간하면 "늦어서 죄송합니다."라고 해야 맞을 텐데 도심에 그려진 뻔뻔한 그라피티처럼 태연했다. 되레 회원들이 민망해져 아랫입술을 도사려 물고 있었는데 분한 걸 참지 못하는 성정의 '오드아이'가 40대의 히스테리를 터뜨렸다.

"삼십 분이나 늦고도 어쩜 저리 여유가 있을까나? 우리의 신입 만방은?"

존대를 빼고 말끝을 가파르게 올려 빈정대긴 했어도 그녀로서는 많이 에두른 표현이었다. 평소의 그녀답지 않았다. 다른 때 같았으면 "나 혼자 걸어서 갈 거예용."하며 발딱 일어나 버스에서 홀랑 내렸을 것이다. 실제로 그녀는 작년 부여 궁남지 출사 때 뭔가 틀어졌는지 혼자 집으로 가버린 적이 있었다. 오드아이는 양쪽 눈알의 색깔이 다른 동물을 가리킬 때 쓰는 말이다. 오십을 바라보는 나이

임에도 그녀에게는 페르시아 암코양이의 앙칼짐과 요염함이 남아 있었다. 그녀의 도발에 만방 측에서 무슨 대꾸가 있을 걸로 예상했으나 특별한 반응을 보이지는 않았다. 그냥 못 들은 체 슬쩍 눙치고 넘어갔다. 운전기사가 때맞춰 차를 출발시키는 바람에 감돌았던 전운이 차창 밖으로 빠져나갔다.

버스가 포르쉐처럼 달려 약속 시간에 늦지는 않았다. 식사하면서 듣자 하니 만방이 생각하는 출사의 개념이 회원들과 사뭇 다르다는 걸 알게 되었다. 히아신스가 여전히 가시지 않은 뾰족한 분위기를 다독이느라 만방의 옆자리에 앉아 곰살궂게 말을 걸었다.

"운조루엔 안 계시던데 어딜 가셨더랬어요?"

"섬진강."

"거긴 왜요?"

"운조루엔 찍을 게 없어. 봄엔 얼음 풀린 섬진강이 최고지."

"미리 얘기하고 갔으면 좋았을 텐데, 다들 걱정했잖아요."

"알아서 하는 거지, 애들도 아니고…….."

"한참 기다렸어요. 점심 예약 시간도 있는데."

"지리산에 밥 먹으러 왔나? 제대로 된 사진을 찍어야 진정한 출사인 거지."

"많이는 찍으셨어요?"

"한 삼천 방 찍었으려나?"

만방이 카메라 액정에 표시된 숫자를 보며 말했다. 히아신스가 삼천 방이라는 말에 놀라 목구멍 깊숙이 빨려 들어갔던 수저를 빼내느라 캑캑거렸다. 잠자코 듣고 있던 회원들도 자신의 귀를 의심했다. 세상에나, 그 짧은 시간에 삼천 방이라니.

"많이 찍을수록 좋은 사진이 나오는 법이야."

맞는 말이긴 하지만 꼭 맞는 말은 아니다 싶었다. 많이 찍는다고 좋은 사진이 나오는 건 아니다. 하루에 한 장을 찍어도 제대로 된 사진은 얼마든지 나올 수 있다. 진정한 작가는 그 한 장을 찍기 위해 오랜 시간 기다리고 기다린다. 하지만 만방의 생각은 달랐다. 숫자에서 답을 찾고 있었다. 듣고 보니 그의 말이 아주 틀린 건 아니라는 생각도 들었다.

점심을 마치고 다음 출사지인 산수유마을로 향했다. 이곳 역시 몰려온 사람들로 북새통을 이루고 있었다. 나는 행사 진행을 책임진 총무로서 늦어도 3시까지는 차로 돌아와야 한다고 거듭 강조한 후 오후 출사에 나섰다.

마을을 한 바퀴 둘러보았다. 돌담에 붙은 다년생 풀꽃, 동네 뒷산에서 내려다본 조감도 풍경, 꽃그늘 실개천, 노랑 애드벌룬, 마을을 물들인 산수유의 색감이 눈을 즐겁게 했다. 여기는 몇 년 전에도 한번 왔었는데 그동안 시설물이 많이 늘어 있었다. 자연 그대로의 모습을 담기 원하는 사진가들에게 반가운 일은 아니었다. 포토존마다 설치된 안내판도 거슬렸다. 좋은 구도가 있어 카메라를 들면 사랑공원 방향, 화장실 가는 길 등의 위치를 알리는 팻말이 뷰파인더 안으로 따라 들어왔다. 포토샵 후보정으로 지울 수는 있지만, 공모전 출품을 염두에 둔다면 쓰레기를 찍는 셈이었다.

방해꾼도 많았다. 어느 틈에 휘젓고 들어왔는지 상춘객의 팔다리가 화면상에 긴 궤적을 남겼다. 나무데크 길도 문제였다. 셔터 스피드를 최대로 올려 찍어도 초점이 흔들려 누가 봐도 초보 티가 났다. 온전한 피사체를 찾으러 부지런히 돌아다녔다. 조바심이 났다. 많이 찍어야 한다는 만방의 말이 떠올랐기에 더욱 그랬다. 인파를 피해 마을 뒷산으로 자리를 옮겼다. 광각으로 렌즈를 갈아 끼우고 원경으로 잡으니 그런대로 괜찮은 사진이 나왔다. 마을 안 길의 하얀 매화와 노란 산수유의 색감이 잘 어울렸다. 꽃보다 사람이 많은 게 흠이었지만 꽃구경, 사람 구경만으로도 정겨운 봄날이었다.

다시 마을로 내려와 신을 벗고 흐르는 냇물에 발을 담갔다. 기댈 등걸만 있다면 무릉도원이 따로 없었다. 흐르는 구름과 개울물에 얼비친 하늘이 아른한 물무늬를 자아냈다. 삼각대를 세우고 장노출로 조리개를 조이면 윤슬도 찍을 수 있지만, 지금은 사진이고 나발이고 발이 시원한 게 최고였다. 무릎 사이에 얼굴을 묻고 물밑을 들여다보았다. 모래알이 밀려와 발가락을 간지럽혔다. 모래 알갱이들이 송사리 떼처럼 몰려오고 몰려갔다. 발가락 끝에 따스함이 번졌다. 제 부모의 시선 속에서 뛰노는 아이들의 젖은 발이 모래 송사리를 쫓아다녔다. 애들의 벗은 알 발과 반짝이는 물빛이 물 위를 떠다니는 낙화와 어울려 떠들썩했다.

시간이 많이 지났다. 출발지인 문종시까지 가려면 3시간은 족히 걸릴 것이다. 교통체증을 고려한다면 서둘러야 한다. 일찍 돌아와

문디팍 사람들

차에서 쉬고 있는 회원도 여럿 있었다. 다들 약속된 시간에 돌아왔지만, 이번에도 히아신스와 만방이 보이지 않았다. 오전에 그런 일이 있었으니 일찍 오려니 했다. 히아신스는 제시간에 맞춰 돌아왔다. 하지만 만방은 보이지 않았다. 30분이 지났다. 그래도 나타나지 않았다. 차 속이 때아닌 무더위로 들끓었다. 우거진 수풀이 융단을 내렸다.

"총무님, 차 그냥 출발시키세요."

본인이 운전기사에게 직접 말하면 될 일을 회장은 야속하게도 총무인 내게 악역을 넘겼다. 나보다 기사가 더 안달이 났다. 일행을 떨구고 온 책임은 온전히 전세버스 기사가 져야 한다. 기사가 차의 시동을 걸었다 껐다 반복하며 말했다.

"내려서들 찾아보시죠?"

아무도 양치기 소년 마을의 사람들처럼 냉큼 일어서지 않았다. ID가 '초심'인 부회장이 내게 눈치를 보냈다. 부회장은 말수도 적고 행동도 느린 중년 남자였지만, 초심이라는 닉네임답게 솔선수범하는 사람이었다. 그와 둘이 사랑공원과 마을 안쪽 정자에 가보았다. 인파도 줄어서 웬만하면 보일 텐데 만방은 어디에도 보이지 않았다. 출렁다리 밑을 뒤지고 애드벌룬 띄우는 곳에도 가보았다. 애들만 우글거렸지 어른은 보이지 않았다. 우리가 나간 사이 차로 돌아왔나 싶어 회장에게 전화를 걸었다. 돌아온 대답은, "쌍, 그냥 오라니까."였다.

더 찾을 곳도 없어 마을 뒷산에 올라가 보았다. 만방은 거기에 죽치고 앉아 있었다. 우리가 올라오는 걸 보고 손까지 흔들어 보였다. 칵, 때려죽이고 싶었다. 나만 그랬을까? 무던한 부회장이 초심을 잃지 않고 말했다.

"가시죠."

만방은 일몰을 찍으려면 아직 더 기다려야 한다고 말했다. 아예 밤이 오길 기다리고 있었다. 이 자는 아예 미쳤거나 돌올한 자의식의 소유자, 그것도 아니라면, 존버의 방식이라고 여겨졌다.

"그만 일어나시죠."

초심이 다시 말했다. 그래도 버티는 만방을 각목처럼 일으켜 세웠다. 그렇게 해서 버스로 돌아온 시각은 예정보다 한 시간이나 지난 4시. 이번에도 만방은 무덤덤한 표정으로 차에 올라 끙차, 하며 간장 단지를 내려놓았다. 회장인 우거진 수풀은 화가 나면 말을 하지 않는 성격이었다. 말하지 않는 방식으로 말하는 게 그녀의 방식이었다. 하지만 관례를 깨고 마침내 부아를 터뜨렸다. 꼭 들으라고 하는 얘기는 아니겠지만, 닉네임답게 골이 깊고 치명적이었다.

"사람이 무슨 염치가 있어야지. 개새끼도 아니고, 쥐약을 처먹었나?"

만방이 가방을 무릎 뽁뽁이 사이에 사려 넣다 말고 벌떡 일어섰다. 핵 단추를 누르는가 싶었는데……그건 아니었다.

"자아, 그만 출발하시죠."

한두 번 해본 솜씨가 아닌 듯했다. 꼰순이와는 말을 섞고 싶지 않다는 꼰대의 결기가 느껴졌다. 이래서 한사협에서 쫓겨난 게 아닌가 싶기도 했다. 원래 꼰대는 꼰순이를 좋아하지 않는다. 역방향도 그럴 것이다. 그 바람에 신이 난 건 이번에도 역시 히아신스였다.

"깡 하난 끝내주시네. 스무 명이 한 시간씩 기다렸으니 도합 스무 시간. 시간은 뭐다? 휴게소에 내리면 커피 스무 잔 사세요."

오다가 휴게소에 들렀지만 만방은 커피를 사지 않았다. 아예 차에서 내리지도 않았다. 재무 회계를 맡은 이십 대 '민들레'가 "나도 늙으면 저렇게 해야지."라고 벡터가 느껴지는 멘트를 날리며 캔커피 스무 개를 사서 토트백에 담아 왔다.

돌아오는 차 안에서 오늘 찍은 사진의 즉석 품평회가 열렸다. 카메라 몸체의 뒷면 LCD 패널을 돌려가며 보는 방식이었다.

품평회의 압권은 단연 '캣워킹'이었다. 깡마른 체격에 머리가 반넘게 빠진 중늙은이임에도 그는 자신의 ID를, 다들 알겠지만, 패션쇼 런웨이를 으쓱으쓱 걷는 걸음걸이인 캣워킹으로 정했다. 여자 없이 홀로 살아서일까? 회원들 사진 대부분이 봄꽃과 상춘을 담고 있음에 반해 그의 피사체는 온통 여자들의 다리였다. 그것도 발만을 골라 찍은 것이었다. 어느 위치에서 찍었는지 모를 치마 속이 말긋말긋 올려다보이는 상향 컷, 길게 내리뻗은 맨살 종아리, 찢청 사이의 허연 허벅지, 발등이 소복하게 부푼 계집아이의 에나멜 구두까지. 게티 이미지에서나 볼 수 있는 여자의 발이 그의 컬렉션이었다.

화면을 넘겨보던 오드아이가 캣워킹의 사진 성향을 그의 ID에 빗대어 이렇게 규정했다.

“관종을 넘어 아예 성도착 수준이구만…… 캣콜링이 여기 다 모여 있네.”

캣워킹과 발음이 비슷한 ‘캣콜링’의 의미는, 음, 그러니까, 같은 뜻으로 ‘히야까시’라는 일본말이 있다. 오드아이 역시 남자 없이 살아온 세월이 내린 결론이었다. 그녀의 선언이 있기 전까지 캣워킹의 작품은 오늘 참석한 남성 회원들의 심금을 울리는 절대 로망, 맥심 사진과도 같은 것이었다.

캣워킹이 변명을 한답시고,

“손녀딸이 올해 초등학교에 입학해서…….”라고 얼버무렸지만 사나워진 여성 회원들의 시선이 이미 그의 등에 싸늘히 꽂힌 뒤였다.

부회장이 내게 귓속말로 들려준 바에 따르면, 언젠가 캣워킹이 길거리에서 지나가는 여자의 다리 사진을 찍다가 도촬 혐의로 경찰에 붙잡힌 적이 있는데, 사진작가 라이센스를 가진 덕분에 풀려났다고 했다.

도착 시간이 더욱 지연되는 상황이 발생했다. 버스가 벌곡 휴게소를 빠져나온 직후 고속도로가 꽉 막혀버린 것이었다. 가뜩이나 가다서다를 반복했었는데 아예 차가 멈춰버렸다. 구급차가 사이렌을 울리며 지나갔다. 앞에서 무슨 사고가 난 모양이었다. 성미 급한 회원 하나가 차에서 내렸다. 사고 현장을 목격하고 돌아온 그가 현장 상황을 알려주었다.

“자전거 추돌 사고가 났어요.”

고속도로에 웬 자전거? 다들 농담인가 했다.

"한 할아버지가 자전거를 타고 고속도로로 들어왔대요. 달리던 트럭이 미처 그를 발견하지 못하고 그만⋯⋯."

"죽었어요?"

"자전거 상태로 봐선 아무래도⋯⋯."

자전거를 타고 고속도로에 들어온 것으로 보아 치매 노인이 분명했다. 향기로운 죽음은 아니라고 여겨졌다. 맨 앞자리에 앉아 앞을 내다보던 우거진 수풀이 '왜 사람이 죽을 때 향내 나는 향나무로 죽지 못하고 저렇듯 비루하게 생을 마칠까?'를 생각하며 뒷자리의 만방을 돌아보았다. 공교롭게도 둘의 눈길이 슬랩스틱 영화에서의 엇갈린 시선처럼 서로에게 겹쳤다.

차가 다시 움직이기 시작했다. 갓길에 치워진 자전거의 잔해가 보였다. 바퀴와 프레임이 인시류鱗翅類의 형상으로 접혀 있었다.

도착 시간이 늦어지는 바람에 식사도 못 하고 헤어졌다. 다들 떠나고 나와 초심, 히아신스와 오드아이 넷만이 남았다. 먹는다는 것엔 아무래도 치욕스러운 면이 있지만, 밥은 먹고 헤어지자는 생각을 가진 사람들만 남은 결과였다. 식당을 찾았다. 시간이 애매했다. 신도시의 특성상 식당은 벌써 문을 닫았고, 그나마 남은 몇 군데도 불을 끄기 시작했다. 식당을 포기하자 실내포차가 보였다. 포차에 가면 김밥이나 라면, 잔치국수를 먹을 수 있다. 하지만 포차의 주 종목은 술이다. 식사만 시키기 뭣해 술도 주문했다.

소주가 먼저 나왔다.

     단편선

“포차의 국룰은 쏘맥이죠.”

넷 중 나이가 가장 어린 히아신스가 소주를 빨간딱지로 업그레이드했고, 잔도 맥주잔으로 바꿔 왔다. 히아신스에게만 허드렛일을 시키는 것 같아 나도 건배사로 거들었다.

“첫 잔은 빈속에 원샷.”

정말이지 빈속에 쏘맥이 들어가니 짜르르했다. 하루의 피로가 그 한잔에 다 풀렸다. 오늘 처음 알았는데 넷의 공통점이 치욕 말고 한 가지가 더 있었다. 술을 마실 줄 안다는 것. 그것도 아주 많이. 인연을 마련해준 만방과 자전거 할아버지가 고마울 따름이었다. 술이 들어가자 밥은 뒷전으로 밀렸다. 화제도 사진에서 술로 바뀌었다. 술과 관련해서 겪었던 에피소드 한 가지씩을 말하는 것으로 공통점의 영역을 확대한 뒤, 스무 명 중 유독 넷만이 끝까지 남아 꾸역꾸역 밥을 먹고 헤어질 수밖에 없는 사연에 초점이 맞춰졌다.

오드아이가 먼저 말했다.

“위층 때문에…….”

“위층이라뇨?”

“위층이 조용해져야 잠을 잘 수 있어요. 콩콩 뛰는 소리, 화장실 물 내리는 소리, 층간소음이 심해 하루도 술 없이는 못 자요. 언젠가는 죽이러 올라갈 겁니다.”

오드아이의 히스테리를 잘 아는 나는 층간소음이 반드시 위층만의 문제는 아니라는 생각에 그만 초치는 말을 하고 말았다.

"너무 예민하시다아. 화장실 물 내리는 소리야 참을 수 있는 것 아닙니까? 백설 공주도 아니고."

"뭘 몰라도 한참을 모르시네. 왜 멀쩡한 침대 놔두고 화장실에서 그러는지 모르겠어 정말. 이 웬수를 어떻게 갚지? 화장실에서는 소리가 더 크게 들린다는 거, 그거 모르죠?"

이야기가 이상한 방향으로 흘러간다 싶어 술을 더 시켰다.

그러는 사이 히아신스도 자신의 사정을 말했다.

"아직은 혼자 맨정신으로 문 따고 들어가는 게 익숙하지 않아서……."

"아직이라면?"

"작년 가을에 갈라섰죠."

"애는 있을 것 아닙니까?"

"갈라서는 김에 다 줘버렸죠. 아시죠? 돌싱?"

노처녀인 줄 알았는데 히아신스는 애까지 낳은 이혼녀였다. 한번 말문이 터지자 그녀는 자신의 치부를 드러내는 데 거침이 없었다. 보통 이런 얘기는 3차에 가서나 푸는 인생 보따리인데 초장부터 휘날리는 것으로 보아 다른 술자리에서도 많이 풀어본 푼수였다. 히아신스의 토로에 장단을 맞춘 이는 의외로 초심이었다. 부회장인 초심이 임원답게 히아신스의 프라이버시에 깊숙이 뛰어들었다.

"애까지 줬다면 남은 건 뭐죠?"

"집이 있잖아요? 이편한세상. 사십오 평."

"그렇게나 넓은?"

"그 작자가 벌어놓은 건 많았어요."

"좋으시겠네."

"그러는 초심님은 어째서 집에 못 들어가는데요?"

히아신스가 너무 깊숙이 들어온 초심을 은근슬쩍 밀어내며 물었다.

"나야 뭐, 어디서 밥도 못 얻어먹고 돌아다니냐는 소리가 듣기 싫은 거지."

"그렇담, 행복하게 잘 사시는 거예요."

그 말에 초심은 갑자기 누군가의 얼굴이 생각난다며 소주로만 채워진 맥주잔을 원샷으로 때렸다.

순서에 입각해 모두의 시선이 내게로 쏠렸다. 나도 무슨 말이든 해야 했으나 히아신스와 똑같은 처지라고 말할 수는 없었다. 그것도 벌써 3년 전의 일이라고 까놓고 말하기가 좀 그랬다. 그래서 이렇게 둘러댔다.

"난 기러기 아빠랍니다. 애들은 3년 전에 캐나다로 떠났고……, 마누라도 애들 뒷바라지한다고 떠났고……."

내 말이 떠나는 것에서만 맴돌고 있어 누가 봐도 둘러댄다는 표가 났을 것이다. 그래도 다들 눈치 빠르게 내가 너무 짧은 담요를 덮고 있는 걸 알면서도 모르는 체했다. 머리를 감추면 발이 나오고 발을 감추면 머리가 삐져나오는 진실의 담요. 술을 마실 줄 아는 사람은 본인이 굳이 말하지 않는 것에 대해 관대한 편이다.

오드아이가 여전히 나를 향한 시선을 거두지 않고 있는 히아신스의 팔을 끌어당기며 속삭였다.

"떠났대. 떠났다잖아."

이날 우리는 빈속에 마신 술로 인해 1차만으로도 대취했다. 히아신스는 초심과 방향이 같아 카카오택시를 불러서 타고 갔고, 나는 오드아이와 3차까지 간 후, 24시간 편의점에 들러 화장실 소음이 들리지 않도록 필름이 완전히 끊어질 수 있는 독한 드라이진을 사주었다.

나는 집으로 향해 곧장 뻗은 길을 버리고 활처럼 휘어진 에움길을 휘돌아 너울너울, 휘청휘청, 애도 떠나고, 마누라도 떠나고, 나도 떠나고, 너도 떠나고, 모두 다 떠나고를 외쳐 부르며, 걷고 또 걸었다.

4월은 야외 출사 대신 오프라인 정모가 열리는 달이었다. 5월에 있을 문디팍 회원사진전에 대한 안내가 있었고, 외부 강사를 초청해 타임랩스 사진 찍는 방법과 드론 사진 촬영 기술에 대한 특강이 있었다. 스틸 사진에만 안주해 있던 회원들에겐 신선한 충격이었다. 특히 히아신스가 새로 장만해 등짐으로 지고 온 장비의 충격은 대단한 것이었다. 캐논 5D Mark IV 바디와 표준, 망원, 광각의 렌즈 3종 세트, 매크로 접사 렌즈까지. 그것도 모두 빨간 줄이 선명한 캐논 오리지날 정품. 여기에다 580 EX-II 플래시와 짓조 삼각대. 가격은 누가 봐도 천만 원 이상. 등짐 하나로 지기엔 벅찬 물량이었다.

‘생명’을 주제로 한 회원전의 날짜가 확정되었다.

이번 전시회는 5월 5일 어린이날을 전후해 총 열흘간 문종시 중앙청사 1층 로비에서 개최하기로 했다. 일 인당 세 점씩 수량을 정해 인화 작업에 들어갔다. 사진은 자기가 직접 찍은 것 중 생명의 소중함을 구현한 작품으로 한정하고, 인화와 표구 비용도 각자 부담하기로 했다. 해마다 주제를 바꿔가며 지속해온 행사인지라 특별히 달라진 건 없었다.

변수가 생겼다. 전임 회장, 즉, 상임고문인 ‘칸나나’가 2m×3m짜리 대작을 세 점이나 출품한 것이다. 보통 40cm×60cm 사이즈가 대부분인데 무려 다섯 배나 큰 것이었다. 팔순을 자축하기 위한 통 큰 결단이라고 했다. 인화와 표구 비용도 엄청났을 것이다. 과연 칸나나다웠다. 그녀의 ID는 ‘나는 칸이다’를 뒤집은 ‘칸나나’였다.

몽골 초원만한 크기의 대작이라 공간 확보가 문제였다. 입구 맞은편 정중앙이 아니면 걸 곳이 없었다. 걸기로 친다면야 못할 것도 없지만 문제는 다른 회원들의 작품이 주상전하 뒤의 내시나 부채든 시녀로 보인다는 점이었다. 개인전이라면야 농구장만한 걸 갖다 걸어도 뭐랄 사람은 없지만, 회원전에서 이러는 건 경우가 아니었다. 아무리 전임 회장이라 해도, 팔순이 아니라 백수를 살았어도 경우에 어긋나는 짓이었다.

그러나 이보다 큰 문제는 그녀의 ID가 암시하듯, 일단 그녀가 한번 마음먹으면 도대체가 타협이 없는 몽골 제국의 칸이 된다는 사실이었다. 거부하는 것 이외엔 아무런 선택지가 없는 벽창호. 그리

문디팍 사람들

고 무엇보다도 이런 상황을 중재하기 위해 나설 사람이 전혀 없다는 점이었다. 그것은 그녀만의 필살기, '끝까지 따라가 피 말려 죽이기'를 회원 모두가 잘 알고 있기 때문이었다. 그녀에게 한 번이라도 밉상을 보이면 지구 끝까지라도 쫓아가서 요절을 내야만 일이 끝난다. 당한 사람이 한둘이 아니었다. 도무지 어떻게 해볼 도리가 없었다. 상식? 그런 거 없다. 손해? 상관없다. 체면? 그게 뭔데? 법? 웃기는 소리 말라고 해. 심지어 어떤 회원은 멀리 이사 갔고, 호주로 이민 떠난 사람도 있었다.

날짜는 바짝바짝 다가오는데, 굳이 그러지 않아도 되는데, 초청하지도 않은 문종시장이 축사를 해주겠다는 연락이 왔다. 지방자치 시대의 어찌할 수 없는 결후結喉였다. 그 바람에 칸이 둘로 늘어났다. 칸나나의 대작을 붙였다 떼었다를 반복하다가 개관일이 코앞에 닥쳤다. 현임 회장인 우거진 수풀이 총대를 메고 전화를 걸었다. 하지만 칸나나는 먹은 나이만큼 가는귀먹어서 무슨 소리를 하는지 안 들린다며 전화를 톡 끊었다. 논의 끝에 다수가 참여하는 회원전인 만큼 소수를 희생시키기로 했다. 대작을 치우고 그 자리에 회원들의 작품을 넉넉히 내걸었다. 오로지 바랄 것은 거동이 불편한 그녀가 개관식 행사에 나타나지 않는 것뿐이었다.

그러나 모두의 희망을 저버리고 칸나나가 휠체어를 끌고 나타났다. 그녀가 행사장에 도착한 시간은 디팍 전국회장의 축하 화환을 필두로 울긋불긋 꽃대궐이 차려진 단상에 문종시장이 올라가 막 축사를 하려던 찰나였다. 그것은 또한 칸나나가 자신의 대작이 전시장 정면에 걸려 있지 않음을 확인한 순간이기도 했다. 즉 로버트 카파의 '결정적 순간'에 비견될 만한 절체절명의 바로 그 순간, 하지만 칸나나는 노회한 팔순 노인답게 현 정권의 실세인 문종시장의 눈 밖에 나는 일은 하지 않았다. 그녀는 다소곳이 휠체어를 입구에 멈춰 세우고 회장의 축사가 끝나기를 기다렸다 살갑게 박수도 쳤다. 개관식 행사가 끝나고 우거진 수풀의 안내를 받으며 시장이 전시장을 한 바퀴 돌 때도 조용했다. 눈밭을 뚫고 올라온 복수초와 노루귀, 노랑망태버섯 타임랩스 사진, 내가 찍은 산수유마을의 봄 풍경, 캣워킹의 계집아이 에나멜 구두 아웃포커싱 사진이 이번 회원전의 주제인 새 생명을 노래하며 보는 이의 시선을 오래 붙잡았다.

이윽고 내빈들이 모두 퇴장하고 전시장 안에는 문디파 회원과 관람객 몇 명만이 남아있었다. 그때 칸나나가 화장실 청소도구함에서 가져온 것이 분명한 봉걸레를 창처럼 겨눠 들고 나타났다. 회원들이 바닥에 물기가 떨어졌나를 살피는 동안 칸나나는 로비 정면에 걸린 사진을 향해 기병대처럼 돌진해 들어갔다. 아무도 손쓸 틈이 없었다. 전시된 사진이 봉걸레에 맞아 바닥에 뒹굴었다. 유리 액자는 크레모아처럼 터졌고, 표구 사진은 마름모꼴로 찢어져 떨어졌다. 아크릴 사진도 날카로운 모서리를 남긴 채 산산이 부서졌다. 순식간에 생명 사진전이 전쟁 사진전으로 바뀌었다. 칸나나에게 피습당한 사진은 공교롭게도 만방과 캣워킹의 작품이었다. 나이대접한다고 우대해 로비 정면에 배치한 것들이었다.

입구에 앉아 믹스커피를 마시던 만방이 득달같이 달려와 휠체어에 앉은 칸나나를 발로 차 바닥에 굴렸다. 그리고는 벽 뒤에 세워 두었던 그녀의 대작을 모조리 끌어내 순식간에 넝마로 만들어버렸다. 칸나나가 여태껏 경험해 보지 못한 강력한 화력의 총공세였다. 강 대 강의 격돌. 연식이나 말빨로는 칸나나가 이긴다고 쳐도 두 바퀴 휠체어에 갇혀 사는 앉은뱅이 신세인지라 만방을 당할 수는 없는 노릇이었다.

만방의 일방적 개가로 상황이 종료되었다. 회원들이 달려들어 자신의 대작을 끌어안고 눈물짓는 칸나나를 휠체어로 옮겨 실었고, 만방은 만방대로 밭은 숨을 몰아쉬며 식은 커피를 흔들어 마셨다. 이 정도로 상황이 종료된 게 그나마 다행이었다. 만약 캣워킹도 이 자리에 있었다면 그의 가볍고 날렵한 몸동작으로 인해 전쟁은 지상전이 아닌 공중전으로 확대되었을 것이다. 캣워킹은 집에 무슨 일이 생겼는지 며칠째 연락도 안 되고 작품만 실어다 놓고는 감감무소식이었다.

칸나나와 만방이 사라진 뒤 회원들은 부서진 캣워킹의 사진을 보며 걱정에 휩싸였다. 원본 파일이 있어야 다시 인화해서 걸든가 할 텐데 당사자가 없으니 방법이 없었다. 전화를 걸었다. 신호가 길게 갔으나 응답이 없었다. 시간 간격을 두고 다시 걸었다. 마찬가지였다. 첫날은 그렇게 지나갔다. 둘째 날도 사정은 마찬가지였다. 순번을 돌아가며 전시장을 지키는 회원들이 인수인계한 번호로 계속 통화를 시도했다. 아무런 답이 없었다. 그렇게 닷새째인

어린이날도 지나갔다.

어버이날인 여드레가 되는 날. 드디어 통화가 이루어졌다. 캣워킹 대신 경찰이 전화를 받았다. 경찰이 캣워킹의 전화기를 들고 전시장으로 찾아온 것이었다. 몰랐었는데 캣워킹은 원룸에서 혼자 살고 있었던 모양이었다. 유황 냄새가 난다는 이웃의 신고로 경찰이 현관문을 따고 들어갔다. 시취屍臭였다. 캣워킹이 화장실 손잡이에 목을 매고 죽어있었다고 했다. 경찰이 말했다. 문손잡이에 목줄을 걸고 앉아 다리를 쪽 뻗으면 엉덩이와 손이 바닥에 닿지 않고 대롱대롱 목이 걸린다고 했다. 칸나나가 비록 싸움 현장에서는 졌지만, 끝까지 따라가 죽인다는 그녀의 필살기가 통한 셈이었다.

즉시 회장에게 연락했다. 여자라 무서워서 못 간다고 빼는 바람에 부회장인 초심과 총무인 내가 신원 확인차 경찰관을 따라갔다. 현장은 폴리스 라인을 칭칭 둘렀고, 시신은 쪽이불에 덮여 있었다. 경찰관이 이불을 내려 맨얼굴을 보여주었다. 삭흔索痕의 한복판을 뚫고 나온 혀가 이빨 사이에 물려 있었다. 무섬증이 등골을 타고 흘렀다. 언젠가, 사람이 목 졸려 죽으면 혀가 길게 빠져나온다는 얘기를 들은 적이 있었다. 혀만 아니었다면 열흘 전에 본 캣워킹의 얼굴 그대로였다.

경찰관이 휴대폰을 뒤져 아들인 듯한 이름을 찾아냈으나 최근 몇 년 동안 통화한 기록이 없고 전화도 받지 않아 우리가 대신 신원을 확인해 주었다. 신원 확인이 끝나자 들것이 들어와 강제로 혀를 밀어 넣고 시신을 내갔다. 문틀에 걸린 한쪽 팔이 산 사람처럼 들것 밖으로 툭 불거져 나동그라졌다.

나는 몸을 돌려 나오지도 못하고 뒷걸음질로 그 방을 나왔다. 맞은편 벽에 아들, 손녀, 며느리로 보이는 가족사진이 걸려 있었다. 그리고 그 밑에는 계집아이가 신는 에나멜 구두가 한 켤레 놓여 있었다. 그의 전시 사진에서 본 것과 똑같은 신발이었다. 신발은 사진 속의 손녀가 신기에 딱 어울려 보였다. 가족사진이라고 하면 할아버지인 캣워킹도 그 안에 들어가 있어야 할 텐데 외따로 떨어져 나와 있었다. 아버지가 싫어서 아들이 뺀 건지, 아들이 싫어서 아버지가 일부러 빠진 건지 알 수 없었다.

사설 장례식장을 빌려 상주 없이 삼일장을 치렀다. 비용이 삼백만 원 넘게 나왔다. 회원당 십만 원씩 걷고 모자란 돈은 회비에서 충당했다. 다들 십만 원씩 냈는데 만방은 신입이라며 오만 원을 냈다. 이를 보면서 사람은 나이가 들면 둥글고 원만해진다는 말이 맞지 않는다는 생각이 들었다. 이건 옳고 그름의 문제가 아니었다. 누구의 잘못도 아니었다. 그저 늙고 완고해졌을 뿐이다.

장례식과 사진전이 엇물려 돌아갔다. 인원을 절반씩 나누어 행사를 치렀고, 전시회 마지막 날에는 회원 모두가 모여 작품을 철거했다. 작업이 종료된 후 전에 모였던 주당 넷이 전날의 그 실내포차에서 다시 만났다.

오늘의 대화 주제는 고독사였다. 이날은 네 사람 모두 3차까지 갔다. 히아신스는 3차가 진행되는 내내 좋은 사람 있으면 소개해 달라며 예전의 푼수를 되풀이했고, 오드아이는 포차에서 팔지 않는 드라이진을 마시겠다며 고집을 부렸다. 나는 캣콜링의 원룸 벽에 붙은 사진과 에나멜 신발의 무섬증이 떠올라 외돌아 앉아 있었고, 초심은 빈속에 마시는 첫 잔처럼 원샷으로 잔을 비워냈다.

비가 오기 시작했다. 나는 흐르는 빗물을 가까이에서 보기 위해 스툴을 밀어 창가로 다가갔다. 습기로 얼룩진 통창이 원룸의 벽처럼 막혀 있었다. 손바닥을 펴서 유리창을 쓸어내리자 창밖이 드러났다. 밤이어서 그런지 빗줄기는 보이지 않았고 빗소리도 들리지 않았다. 오래 내릴 비 같았다. 바깥과의 습도 차이로 인해 유리창에 다시 물벽이 생겼다. 티슈를 여러 장 포개 소리 나게 닦았다. 창밖이 일시에 밝아지고 벽이 허물어졌다. 나는 이때부터 누구보다도 많이, 누구보다도 빨리, 사람에 취하지 않고 술에 빠져들었다. 유리창이 젖으면 다시 닦았다. 비는 늦은 시간까지 새워 내렸다. 넷 중 누가 먼저 자리를 떴는지 모르게 우리는 대취했고, 술에 떠밀려 정처없이 흩어져갔다.

족구가 축구에게

대한민국 공군 팬텀기 조종사 강승규 씨.

그가 전역 후 국적기인 대한항공이나 아시아나에 취업하지 못하고 중남미 엘살바도르에서 화물기나 몰 수밖에 없었던 이유는, 천억 원이 넘는 F-4 팬텀기를 추락시킨 이력 때문이었다. 블랙박스를 조사한 결과 그의 잘못이 아니었음에도 비행기를 구하지 못한 책임에서 벗어나지 못했다. 따라서 캐노피를 뚫고 상큼하게 동체를 이탈한 기억 말고는 공군에서의 추억이 아름다울 수 없었다.

비행기를 버리고 탈출한 그를 매국노라고 매도한 이도 있었지만, 이건 애국심의 문제가 아니었다. 군인이라고 모두 애국심으로 똘똘 뭉쳐 있으란 법은 없다. 애국심과 국유 재산은 항등식으로 정리되지도 않는다. 어차피 비행기를 구할 수 없는 상황이라면 가미카제처럼 비행기와 함께 산화할 이유는 없었다. 결국 그는 승진 기회에서 멀어져 중령 계급을 끝으로 옷을 벗었다.

불명예를 회복할 기회를 찾았다. 국외로 눈을 돌렸다. 엘살바도르 항공에 취업해 재기할 기회를 노렸다. 하지만 불운은 계속되었다. 그것은 겉봉에 개 사료라고 표기된 가루를 화물기에 싣고 안데

스를 넘었다는 이유에서 비롯되었다. 허물이라고는 화주가 위탁한 화물을 싣고 국경을 넘은 죄밖에 없는 그를 엘살바도르 정부는 마약 운반책이라는 한심한 혐의로 체포해 강제 추방했다. 이 또한 어쩔 수 없는 일이었다. 사료 봉지를 뜯어 찍어 먹어볼 수는 없는 노릇이었으니까.

하늘에서의 운이 다했다고 생각한 그는 지상으로 내려와 불명예를 회복할 만한 일을 찾기로 했다. 그래서 자신이 태어나고 자란 금산 땅으로 돌아왔다. 다행인 것은 고향에서의 그의 인기와 위상이 여전히 살아있다는 점이었다. 그가 처음 공군사관학교 입학시험에 합격했을 때, 어깨에 반짝이는 다이아몬드를 달고 첫 휴가 나왔을 때, 환갑을 맞은 아버지를 태우고 파란 번호판을 단 지프로 카퍼레이드하여 동네를 한 바퀴 돌았을 때와 별반 다르지 않았다. 그는 고향 집에서 며칠을 쉬고 난 뒤 곧장 금산군수를 만나러 갔고, 금산군의회 의원과 체육회 인사들을 두루 만나고 다닌 끝에……금산군 체육회장이 되었다. 드디어 명예를 회복할 기회를 찾은 것이다.

반발이 없었던 것은 아니었다.

가장 먼저 거론된 것은 체육인으로서의 그의 경력이 전무하다는 지적이었다. 그러나 이것은 족구로 간단히 해결했다. 아는 사람은 알겠지만, 족구는 우리 민족 고유의 독창성이 집약된 전통 구기 종목이며, 이 종목이 처음 체계화된 곳이 공군이라는 점, 그리고 무엇보다도 강승규 씨가 초창기 공군 족구팀의 주장이었다는 사실이었다. 그것은 그가 체육인으로서 공군 족구팀을 이끌고 이룩한 명예로운 승리의 업적, 예컨대, 육, 해, 공 삼군 통합 족구 대회에서 내리 3연속 우승한 쾌거를 동영상 파일로 제작해 금산 체육계에 두루 뿌린 결과였다.

두 번째 반발은 체육회장이라는 자리가 거액의 후원금을 척척 내놓는 회사 대표이거나 전직 고위 공무원이 주로 앉는 자린데, 돈도 없고 고위직도 아닌 그가 뭘 내놓을 수 있겠냐는 것이었다. 이 반발도 강승규 씨는 한 방에 해결했다. 국적 민항기 조종사로 근무하고 있는 옛 전우의 도움을 받아 비행기 한 대 값을 척 내놓았다. 정확히 말하자면, 비행기 한 대를 전세 내어 금산군 정계와 체육계 인사들을 두루 태우고 4박 5일, '남나암쪽 꿈의 나라, 십자성 저 별빛은 어머님 얼굴'을 뵙고 오게 해준 결과였다.

세 번째 반발은 그가 오래전에 고향을 떠났기에 금산에 대한 애향심과 비전이 부족하다는 지적이었다. 이것 역시 금산군을 족구의 메카로 키우겠다는 '족구 비전 선포식'을 개최함으로써 우려를 종식했다. 인근의 무주군이 태권도를 유치해 태권도의 성지가 된 것처럼, 금산군도 족구를 유치해 '인삼보다는 족구'를 먼저 떠올리게 하겠다는 그의 장대한 포부가 심금을 울렸다. 특히 그것은 엘리트 체육과 생활 체육의 분리를 강조하는 기조연설에서 더욱 빛을 발했다.

해마다 군민체육대회가 열리면 군의 주인이자 유권자인 군민은 개밥에 도토리, 똥 친 막대기, 금 간 바가지 신세가 되어 종이 모자나 하나 얻어 쓰고 남들 뛰노는 걸 구경 다녔었다. 그러나 그는 우레탄 붉게 깔린 금산종합운동장에서 엘리트 체육인 대신 황토 묻은 흙발의 백성들이 맘껏 뛰어노는 풀뿌리 군민 체육대회를 개최하겠다며 연단을 내리쳤다. 세상에나, 이렇듯 드높은 애향심의 극치, 황톳빛 대축제, 금산군 개군 이래 이처럼 찬란한 비전은 다시 없었다.

이렇게 해서 강승규 씨는 금산 체육계의 현재와 미래를 한몸에 짊어진 금산군 체육회장이 되었다.

금산군 진산면에 축구팀 대신 족구팀이 결성되는 계기가 마련된 건 신임 체육회장과 진산면장이 처음 맞대면하는 자리에서였다. 진산면의 명예와 공적 재화를 총괄하는 이재화 면장은 진산면을 초도방문한 체육회장을 진산의 맛집으로 유명한 '진산 투뿔한우'로 안내해 입에서 살살 녹는 소고기 안창살을 대접하며 이렇게 말했다.

"체육회장 당선을 진심으로 축하드립니다. 보잘것없는 우리 면을 방문해 주심에 감사드립니다."

체육회장이 누군가? 팬텀기를 몰고 하늘을 날던 사람 아니었던가? 누추하다고 밑자리를 까는 면장의 스텝을 슬쩍 피하며 면장보다 낮은 자리로 얼른 내려앉았다.

"보잘것없다니요? 당치도 않습니다. 진산면이야말로 이 나라의 정계와 종교계를 두루 아우르는 큰 인물이 난 고장 아닙니까? 7선

국회의원에다가 신민당 총재를 역임하셨고, 대화와 타협의 통 큰 정치를 실현했던 유진산 씨. 조선 최고의 자화상으로 유명한 윤두서의 후손이자, 조선 최초의 천주교 순교자인 윤지충 바오로가 살던 곳.”

체육회장은 진산면을 방문하기에 앞서 꼼꼼히 읽어두었던 금산군지錦山郡誌를 떠올리며 말했다. 면장이 안창살 육즙으로 뿌듯해진 입술을 조붓하게 가리며,

“아니, 그 옛날 그 먼 과거에 지나간 일들을 어찌 그리 소상히 아십니까?”

체육회장은 회장 자리가 거저 얻은 게 아님을 입증할 필요가 있었다.

“어디 그뿐인가요? 진산이 천주교의 성지가 된 것은 물론, 진산 성당과 대전의 장태산 5만 그루 메타세콰이어길을 잇는 순례길은 또 어떻구요? 이 밖에도 현대 야당 정치의 도도한 강물, 더불어민주당의 수석 샤우터 정청래가 태어난 곳.”

“아니, 그런 것까지 어떻게?”

“또 있지요. 기독교복음선교회의 교주 정명석의 고향.”

이 말은 하지 말았어야 했다. 하지만 체육회장은 굳이 어여쁜 시녀를 많이 거느리고 침실 나들이 다니던 얼굴 찡그린 JMS를 거론했다. 이유는 간단했다. 진산면의 사정을 속속들이 다 알고 있으니 얼른 본론으로 들어가자는 외통수였다. 모든 마을에 아름다운 전설만 있는 건 아니다.

이쯤에서 나, 이을우에 대해 말해야 한다. 나는 금산 교육의 자랑, 진산의 금산하이텍고를 졸업하고 하이테크 농법으로 딸기와 깻잎, 상추, 인삼 등을 길러내는 연평균 소득 사천의 부농, 독농 청년이다. 여자 구경하기 힘든 시골에 산다는 이유만으로 장가를 못 간 핸디캡이 있지만, 단언컨대, 육체와 정신 모두 건강한 삼십 대 총각이다. 증명하자면, 진산면 조기축구회의 붙박이 중앙공격수, 매주 토요일 아침이면 만나게 되는 진산초등학교 운동장에서의 호나우두, 메시, 그게 바로 나다.

나의 자존감은 포지션에서 나온다고 할 수 있다. 나는 똥볼이나 걷어내는 수비수나 빈 골대를 지키는 골키퍼가 아니다. 공격만이 최선의 방어라는 세계전쟁사의 아포리즘을 몸소 실천하는 중앙공격수, 센터포워드다. 나의 존재감은 전광석화 같은 공격력에서 찾을 수 있다. 상대편 페널티 라인까지 공을 몰고 가 헛발질로 수비수의 태클을 무너뜨린 다음, 슬쩍 몸을 돌려 골대를 향해 날리는 무회전 바이시클 킥. 그 누구도 따라올 수 없는 현란한 피지컬의 완성. 물론 월드컵이나 잉글랜드 프리미어 리그를 많이 본 바에 기인한 상상 킥이긴 하지만, 어쨌든 그게 바로 나다.

앞서도 말했듯이, 시골에는 젊은 여자도 없지만 젊은 남자도 드물어 온전한 형태의 축구팀을 짤 수는 없다. 그 어떤 모임도 회라든가 팀이라는 집합명사를 쓰지 못한다. 진산 조기축구회의 경우도 마찬가지다. 토요일 아침이면 포터나 대림이를 타고 나타난 숫자를 전부 합치면 다 해서 일곱이다. 내 또래가 셋, 다섯 살 위가 둘, 다섯 살 아래가 둘. 정확히 십 년 터울의 청장년 일곱 명이 모여 만든 축구팀이 바로 우리 진산 조기축구회다.

맞대결을 벌일 상대란 건 아예 없다. 팀을 둘로 나누어 그중 실력이 나은 팀은 세 명, 모자란 팀은 네 명, 이런 식으로 편을 짠다. 월 사용료 7만 원의 진산초등학교 운동장은 애초 코흘리개 놀이터인지라 넓이가 코딱지만 하지만 우리는 그보다도 더 좁은 운동장 한 귀퉁이 농구장에다 미니 골대를 세워놓고 주말마다 공을 찼다.

사정이 이렇다 보니 우리의 존재를 아는 이도 드물었다. 기껏해야 회원의 가족들이나, 운동이 끝나면 들르는 해장국집 주인 정도가 전부였다. 요즘은 시골이 도회지보다 바빠서 다들 뭘 해 먹고 사는지, 누가 오는지, 가는지, 죽었는지, 살았는지, 도무지 관심이 없다. 알고 싶지도 않고, 알 수도 없고, 알 것도 없는 마을. 그곳이 지금의 시골이자 진산면이다. 그러나 이재화 진산면장은 우리의 존재를 아는 몇 안 되는 사람 중의 하나였다. 면장도 아무나 하는 자리가 아니다. 알아야 면장을 한다. 시골서는 찾아보기 힘든 젊은 청년들이, 그것도 일곱 명씩이나 모여 공을 차는 걸 모를 리 없었다.

식사가 끝나갈 즈음, 체육회장이 봉투 하나를 식탁 위에 슬쩍 올려놓았다. 언뜻 보니 신사임당 여러 장이 포개져 있었다.

"얼마 안 되지만 우선 이걸로 창단 준비금에 보태시지요?"

면장의 눈썰미가 발동했다. 백 장은 안 되고, 오십 장은 넘어 보이는 두께. 필경 삼백만 원일 것이다. 3이라는 숫자에 관심을 가져 본다. 지금은 없어졌지만 삼륜 트럭은 살 수 있는 금액. 하지만 지금은 사륜 전기차의 시대. 만족하지 않기로 했다.

"무슨 창단을 말씀하시는지, 당최?"

체육회장이 거푸 마신 6년근 인삼주에 취했는지 허리를 풀고 팔을 뒤로 짚었다.

"아시잖습니까? 제가 족구팀 창단에 공들이고 있는 것. 금산을 족구의 메카로 키우겠다는 원대한 포부와 비전."

"제가 어찌 그걸 모르겠습니까? 족구팀 창단에 무척 공을 들이신다 들었습니다. 훌륭하십니다."

"진산면에도 축구를 좋아하는 청년이 많다 하더군요."

"물론입니다."

"그 청년들의 관심을 축구에서 족구로 돌리는 게 어떨까 해서 말이죠."

체육회장이 뒤로 짚었던 팔을 풀어 상체를 접으며 방문한 이유를 분명히 말했다. 이 말에 더는 버티기 어렵다는 판단이 선 면장이 장황하게 대답했다.

"아실지 모르겠지만, 우리 진산면은 지난 2002 월드컵 4강 이후한국 축구의 미래를 책임져온 축구의 메카 아닙니까? 이런 마당에 하루아침에 축구팀을 해체하고 족구팀으로 전환한다는 건 아무래도 시기상조가 아닐까 합니다. 아직 이렇다 할 국대가 나온 건 아니지만, 진산 조기축구회라고, 요즘도 낮밤을 안 가리고 맹훈련 중이랍니다. 열한 명이 똘똘 뭉쳐서."

면장이 말끝에 11명을 상징하는 V자를 그려 보였다. 면장의 속

셈은 이랬다. 족구의 엔트리는 4명, 축구의 엔트리는 11명. 사륜이면 족히 굴러갈 족구팀에 비해 11륜 축구팀은 당연히 운영비도 많이 들고, 먹새도 세고, 유니폼도 있어야 하고. 신발도 사야 하고, 삼백만 원이면 창단은커녕 축구화 한 켤레씩만 사도 동나는 액수임을 강조하기 위한 발언이었다. 삼백을 열로만 나눈다 해도 일 인당 삼십만 원. 얼마나 쩨쩨한 금액인가? 기왕 족구팀으로 전환할 바에야 창단 지원금이나 두둑하게 받아내자는 복심이었다.

체육회장의 11명에 대한 반응이 궁금했다. 체육회장이 당장에 할 수 있는 일은 선수들 숫자에 맞추어 지원금 봉투를 부풀려 내놓는 것. 이재에 밝은 이재화 면장의 딜이 성공하는 순간이었다. 면장이 불판에서 쪼그라들고 있는 마지막 안창살을 건져올리며 반응을 살폈다. 그러자 체육회장이 내 이럴 줄 알았지, 하는 표정으로 상글상글 웃으며 상의 안주머니를 뒤졌다.

"면장님 살뜰하신 거야 본청에서도 뜨르르 알고 있는바, 많이 드릴 수 있으면야 오죽 좋겠냐만, 전체 면을 다 돌아야 하니깐두루, 가만 보자. 우리 진산 조기축구회 선수 명단을 받아둔 게 어디 있었는데, 옳지, 여깄구만. 이름도 외우기 쉽네. 갑을병정무기경. 십간＋干의 열을 다 채우지 못해 아쉽긴 하지만서두."

물증이 나오는 바람에 면장은 목젖으로 넘어가던 고기를 도로 뱉고픈 심정이었다. 아닌 게 아니라 진산 조기축구회원 일곱 명 명단에는 신묘한 배열이 숨어 있었다. '갑성이, 을우, 병룡이, 정철이, 무균이, 기준이, 경업이.' 성은 각기 달라도 이름은 천간天干이

한 줄로 엮이는 묘한 순열을 보이고 있었다. 과연 체육회장은 내공이 깊은 사람이었다. 우리도 이미 우리 이름에 이런 상서로운 기운이 깃들어 있음을 발견하고 스스로 경탄한 바 있고, 공차는 실력도 이 순서라는 사실을 암암리에 공유하고 있었다.

체육회장은 선수를 빼앗긴 면장을 다그치는 대신 지원금 증액 문제는 뒷전으로 미루는 방식으로 상황을 정리했고, 면장은 회원들과 상의한 다음 연락드리겠다며 최종 결정을 유보하는 방식으로 즉답을 피했다.

면장이 이렇게 후일을 기약한 이유는 축구나 족구 모두 발로 하는 운동이긴 해도 축구회 회원들이 당장 축구를 걷어치우고 족구로 전환해 줄 것인가가 의문이었다. 체육회장을 배웅하고 돌아오면서 되뇌어본 '진산 조기족구회'라는 이름이 자꾸만 '진상 조기조까회'로 엉키는 것도 불안한 심리를 반영한 결과였다. 그래도 면장이 내심 비빌 수 있는 언덕은 체육회장이 마지막으로 남긴 말.

"우승 상금 천만 원, 준우승 칠백, 삼등 오백. 이미 금년도에 확정된 예산입니다. 체육회 예산도 따로 있구요. 등수 안에 들기만 해도 최소 오백은 따논 당상입니다."

돈 마다할 사람은 없다. 아직 다른 면에서 족구팀을 창단했다는 얘기는 들은 바 없으니 진산면이 발 빠르게 창단해서 순위 안에 들기만 하면 기본 오백은 거저 굴러오는 공돈이었다. 면장은 면소로 돌아오는 즉시 회장인 손갑성에게 전화를 걸어 이런 사실을 알렸고, 각 동네 이장에게도 통문을 돌려 의견을 수렴했다.

이제 진산 조기축구회 회장인 손갑성에 대해 말해보자. 나보다 5년 선배이자 전직 경륜 선수 출신이면서, 삼천리 자전거 진산 대리점 사장인 그는 인품도 훌륭하고 행동거지도 조심스러워 요즘 보기 드물게 건실한 청년이었다. 그를 나쁘게 말하는 사람이 있다면 바로 그놈이 나쁜 놈이라고 보면 되는 그런 사람이었다. 축구 선수로 친다면 런던 토트넘 홋스퍼의 인성 좋은 손흥민이었다. 운동선수 출신답게 공도 잘 찼다. 그가 나와 얽히는 유일한 불화라면 포지션이 겹친다는 사실 하나뿐. 그의 포지션도 나와 똑같은 공격수였다. 그래서 우리는 주말 아침이면 항상 적으로 만난다. 승률은 그가 나보다 높다. 그가 나를 이기는 이유는 수도 없이 많다. 선배지, 운동선수 출신이지, 결혼해서 애도 있지, 사장이지, 인품도 훌륭하지……. 나는 그 반대편에 있다고 보면 된다. 후배지, 논두렁 출신이지, 애는커녕 결혼도 못 했지, 사장도 아니지, 인품은? 음, 그건 내가 판단할 영역이 아니다. 굳이 말한다면, 뭐, 원만하지는 않다. 아직 나이가 있으니까. 요컨대, 파리 생제르망의 젊은 피 이강인이라고 보면 된다.

갑성이 형은 면장을 만나 장시간 그의 고민을 수렴했고, 수렴된 내용을 우리에게 전달했다.

"면장님께서 말씀하시길, 신임 체육회장이 족구광이신데, 그분이 금산을 족구의 메카로 만들겠다는 포부를 가졌다는데, 우리가 이에 부응해 축구 대신 족구로 운동 종목을 전환하면 좋겠다. 금년에 열리는 첫 대회에서 삼등만 해도 오백은 기본이고, 우승하면 천만 원, 게다가 창단 지원금으로 이미 삼백을 받았다. 따지고 보면 축구나 족구 모두 발로 하는 운동이고, 기왕에 쪽수도 모자랐는데, 누이 좋고 매부 좋고, 도랑 치고 가재 잡고, 님도 보고 뽕도 따고. 이참에 축구를 접고 족구로 갈아타는 게 어떻겠어?"

이는 주말 운동이 끝나면 항상 가던 '장모님 뼈다귀해장국' 대신 '진산 투뿔한우'에서 등심을 구워 먹고 난 후 나온 말이었다. 말이 매끄럽고 조화로운 건 갑성이 형의 인품에서 기인한 것이고, 상위 버전 식당으로의 업그레이드는 이재에 밝은 면장의 업무처리 방식, 육즙이 흐르는 등심구이는 창단 지원금에서 나온 돈이었다.

의견이 둘로 갈렸다. 축구는 인류가 창안해낸 최고의 운동 종목이자 지루하지 않은 꿈, 올림픽의 하이라이트인데 반해, 족구는 올림픽 종목도 아니고, 기껏해야 국내에서나 하는 운동, 꿈도 비전도 없고, 어감도 좆같은 족구를 우리더러 하란 말이냐, 라는 반발이 먼저 터져 나왔다.

이를 거꾸로 뒤집으면 반대 의견이 된다. 족구는 어감으로 하는 운동이 아니고, 가장 민족적인 것이 가장 세계적이라는 말처럼 언젠가는 올림픽 정식 종목으로 채택될 수도 있으며, 덤으로 종주국의 영예까지 얻게 되니 마다할 이유가 없다는 것이었다. 특히 막내인 최경업이 우리에게도 새로운 꿈과 목표가 생겼다며 이괄의 난을 평정한 임경업 장군처럼 호기롭게 외쳤다.

속마음을 정해놓고 하는 토론은 경부선 철길 같아서 밤을 새워도 하나로 모이지 않는다. 다수결은 이럴 때 쓰라고 있는 것이다.

당장 벽에 붙은 달력을 뜯어낸 종이로 투표용지를 만들었다. 족구로의 전환에 찬성하면 O표, 반대하면 X표. 회원이 일곱인 게 신의 한 수였다. 찬성 4, 반대 3으로 전환이 확정되었다. 결과를 초조하게 기다리던 면장이 전화를 받자마자 잔뿌리 미삼주를 두 병이나 붙안고 달려왔고, 안주도 치맛살로 업그레이드되었다.

취기로 가득한 창단의 첫날은 이토록 풍요로웠다. 이 자리에서 면장은 유라시아 대륙을 평정한 칸처럼 감독 겸 구단주를 자청했다. 자진해서 물주 노릇을 하겠다는데 마다할 사람이 누가 있겠는가? 동네 이장에게 통문을 돌린 결과도 족구로의 전환에 찬성했다. 지원금도 주고 상금도 많다는데 망설일 이유가 없다고 했다.

최근까지 경기도 어딘가에서 살다가 진산면으로 귀농한 정신규라는 청년이 족구단의 새 일원이 된 것도 크나큰 경사였다. 네 명씩 편을 갈라 운동하기도 좋고, 그의 이름 가운데 자가 신이라면 할 때 그 신辛자인지라 천간의 기운이 임경업 장군 다음으로 이어진다며 하늘의 도우심도 함께한다는 점이 강조되었다.

당장에 축구를 갈아엎고 족구를 시작했다. 시간과 장소는 전과 동, 복장과 신발도 전과 동, 굳이 달라진 게 있다면 골대 대신 네트를 사용했고, 전 후반전 대신에 15점 3세트로 경기가 진행된다는 점이었다. 규칙은 축구의 경험을 살려 우리끼리 알아서 정했다. 처음 접하는 종목이라 다소 우왕좌왕한 면도 있었지만 애들 빠끔살이가 어른 신혼살림보다 재미난 법이어서 거푸 다섯 게임을 뛰고도 지치지 않았다. 청년들 노는 모습이 보기 좋다며 삼장 뜰으러

가던 노인네들이 경운기를 멈추고 오래 구경하기도 했다.

그러던 어느 주말 아침. 나의 모교, 그러니까 금산하이텍고에 근무하는 선생님 한 분이 산책을 나왔다가 우리가 족구 하는 모습을 보고 환하게 웃어주었다. 낯은 익었어도 아무래도 선생은 외지인인지라 서로 데면데면 지내왔었다. 그날따라 우리는 집안 행사로 한 명이 불참하는 바람에 짝수가 맞지 않는 경기를 하고 있었는데, 먼발치에서 그의 존재를 알아본 인성 좋은 갑성이 형이 지나가는 말로 인사를 닦았다.

"선생님, 안 바쁘시면 같이 한판 하시쥬머?"

이 말이 우리의 운명을 바꿔놓았다. 역시 말은 하고 볼 일이다. 그가 우릴 보고 웃었던 건 재미있어서가 아니라 한심해서라는 걸 나중에야 알았다. 비유가 적절한지 모르지만 우리는 전생이 보일 정도로 깨졌다. 낯선 이방인의 등장 하나로 우리는 그동안 경험하지 못한 족구의 신세계를 발견했고, 무림의 고수는 사방에 널렸다는 교훈도 얻었다. 그가 숨은 고수인 것은, 그가 나의 모교에 부임한 이래 죽어라 말 안 듣는 고삐리들을 토종 깨붕어처럼 가르쳐왔다는 점이었다. 아는 사람은 알겠지만, 진산의 금산하이텍고는 대전과 거리가 가까워 내가 다니던 그 시절에도 대전에서 추방된 학폭들이 대거 모여들던 퇴학생의 최종 집결지였다. 반짝이는 교명校名과 달리.

체육선생인 그는 석사 학위를 받은 엘리트 체육인이었고, 축구나 스쿼시, 에어로빅 같은 생활체육을 전공한 지도자였다. 말하자면 우리 같은 시골 청년들과 노는 물이 달랐다. 달라도 너무 달랐다. 모든 차이의 출발은 언어에서 비롯한다. 그에 의해 처음 알게 된 족구의 명칭은 아주 생소한 것이었다. 족구는 우리 한민족을 시원으로 하는 운동 종목인 만큼 '볼'은 공'이고, '킥'은 '찬다'였다. '인사이드킥'은 '안축차기', '토킥'은 '발코차기', '드롭킥'은 '발날밑차기', 무엇보다 그동안 우리가 모르고 써왔던 '큐스'라는 말도 알고 보니 '듀스'였다. 동점 상황일 때 우리 입에서 자연스럽게 흘러나온, "큐스니까 신중하게 차야 해."라고 말했을 때 그의 입가에 오래 머물렀던 선지식의 미소는 아직도 우리 기억 속에 선연히 남아 있었다.

상의 단추를 그대로 여민 채 코트에 들어온 그는 수비수 한 명이 빠진 자리를 채웠다. 우리팀의 붙박이 공격수는 나였고, 상대팀 공격수는 갑성이 형이었다. 먼저 갑성이 형 쪽에서 서브가 날아왔다. 공이 우수비수인 정신규 쪽으로 향했다. 당연한 공격 방향이었다. 엊그제 입회한 그는 뭍에 갓 올라온 펭귄이었다. 그런 그가 짧은 펭귄 다리로 공을 받느라 번번이 알을 깠다. 거듭된 공격 모두 득점으로 이어졌고, 네 번째 서브가 이번에는 선생 쪽으로 쏠렸다. 선생의 실력이 어떤지 간을 보기 위한 공격이었다. 이번에도 신규 쪽으로 공이 올 줄 알고 엉거주춤 짝다리를 짚고 서 있던 선생에게 느닷없이 공이 날아오자 어어, 하며 공을 놓치고 말았다. 연속된 실점에 점수 차가 크게 벌어졌다.

점심 내기가 걸린 시합인지라 상대편의 기가 살았다. 호구를 잡힌 선생 쪽으로 공격 방향이 바뀐 건 당연한 이치였다. 이번에는 그나마 사정을 봐주느라 밋밋한 아리랑 볼이 들어왔다. 그러자 심기일전한 선생이 멀찍이 뒤로 물러섰다가 세터인 정철이가 받기 좋게 볼을 띄워 올렸다. 여기에서 또다시 실수가 나왔다. 선생이 찬 공이 너무도 아름다운 궤적을 그리며 올라오자 넋 놓고 바라보던 정철이가 그만 헛발질을 하는 바람에 공이 엉뚱한 방향으로 튀었다. 내가 쫓아가서 받기엔 너무 먼 거리였다. 포기하고 돌아서려는데 어느 틈에 달려왔는지 선생이 물 찬 제비처럼 다리를 쭉 뻗어 날렵하게 공을 받았고, 공에 회전력이 얹히면서 상대방 코트로 빠르게 넘어갔다. 그러자 바닥에 튕긴 공이 떼구루루 구르며 탄력을 잃고 미끄러졌다. 공에 스핀이 걸렸기 때문이었다. 드디어 첫 만회 골 성공.

공수가 바뀌었다. 서브 차례를 넘겨받은 선생이 공을 두어 번 바닥에 튕긴 후 발날을 이용해 서브를 넣었다. 공이 둥근 원을 그리며 상대편 코트로 날아가더니 바닥에 닿는 순간 스핀이 걸리면서 바깥쪽으로 찌그러져 흘렀다. 미식축구나 럭비에서 볼 수 있는 불규칙 바운드. 다시 득점에 성공.

선생의 서브가 계속되었다. 이번에는 안축 틀어차기 서브. 간신히 첫 방어에는 성공했지만 받은 공이 엉뚱한 방향으로 튀어 또다시 득점. 안정적인 리시브를 위해 상대방 모두 수비수로 물러났다. 그러자 이번에는 네트를 살짝 넘기는 발날 역회전 비껴차기 서브. 광속으로 날아와 받아도 처리하기 어려운 공. 연속 득점에 성공.

상대 팀의 작전타임 요청이 있었다. 의견을 모았으나 해결책은 없었다. 갑성이 형 팀은 선생의 서브 하나를 처리하지 못해 첫 세트를 내주고 말았다. 그걸로 끝이 아니었다. 선생은 서브면 서브, 블로킹이면 블로킹, 넘어차기, 꺾어차기, 찍어차기, 연타공격, 빠른공격을 종합 선물세트로 차려놓고 하나씩 선보였다. 헤딩은 또 어떤가? 후위에서 달려와 공중에 붕 떠서 아래로 내려찍는 2단 백어택. 어시스트도 필요 없는 핵탄두 미사일 폭격. 말하자면, 인간이 노는 곳에 신선이 나타난 것이다. 결과는 3대 0으로 경기 끄으읕.

처참한 경기 결과에 화가 날 만도 한데 상대 팀은 물론 우리 모두는 화성에라도 온 것 같은 우주적 차이를 절감하며 경이로워했다. 경기가 끝나자 갑성이 형이 선생의 앞에 우리 모두를 한 줄로 맞춰 세운 뒤 이렇게 말했다.

"앞으로 선생님을 우리의 족구 지도자로 모시고자 하는데 이의 있는 사람?"

손 들고 자시고 할 것도 없이, 선생의 수락 여부와도 상관없이, 만장일치로 우리는 그를 족구 영도자로 옹립했다. 그의 이름은 '하동구'.

나이가 우리 또랜 줄 알았는데 갑성이 형보다 네 살이나 위였다. 하 선생은 말이 없는 사람이었다. 말보다 몸이 먼저 움직이는 사람이었다. 그가 가장 먼저 한 일은 전용 구장을 진산초에서 금산하이텍고로 옮기는 일이었다. 학교장의 승낙을 받는 일이 남았지만, 운동장 관리는 전적으로 체육선생에게 맡긴다는 신념을 가진 교장 선생님이 음료수 다섯 박스를 인편에 보내주는 것으로 승낙의 메시지를 대신했다.

하 선생의 지도를 받으면서 정말이지 우리는 그동안 좆도 모르면서 족구를 해 왔다는 사실을 알았다. 우선 공부터 달랐다. 족구 공은 축구공보다 작고 알록달록했다. 경기장도 그동안은 막대기로 대충 그려서 사용했는데 엔드라인, 사이드라인, 서비스존까지 그려진 정규 구장을 보니 격세지감이 들었다. 네트도 규격에 맞게 설치하고, 안테나까지 세우고 나니 또다시 화성에 온 기분이었다.

연습은 전과 같이 매주 토요일 실시했으나 시간은 대폭 늘었다. 하 선생은 체력 훈련을 강조해 실전 대신 트럭 타이어나 밧줄, 초시계로 우리를 지치게 만들었다. 팀의 내력이 원래가 조기축구인지라 다들 공복으로 뛰었는데 하 선생의 지도 이후 아침밥을 든든히 먹고 운동장에 나왔다. 비가 오면 빈 교실에서 이론을 병행한 전술 훈련도 배웠다. 실력이 늘 수밖에 없는 시간이 쌓여갔다.

노장 대 소장으로 팀을 나누어 연습경기도 가졌다. 노장팀 공격수는 갑성이 형, 세터에 병용이 형, 수비에는 기준이와 새로 들어온 신규. 소장팀 공격수는 나, 세터는 동기인 정철이, 수비로는 후배인 무균이와 경업이 맡았다. 노장팀은 실수가 적고 안정적이었으나 득점력이 떨어지는 반면, 소장팀은 공격력은 높았어도 실수가 잦아 불안정한 경기력을 보였다. 우리는 젊은 체력을 앞세워 노장팀을 압도하려 했지만, 자주 점심값을 뜯기곤 했다.

승부는 공격수의 공격력으로 결정된다고 볼 수 있다. 경륜 선수 출신인데다 하체가 튼튼한 갑성이 형의 발재간은 종종 나의 심기를 건드렸다. 특히 연타공격으로 실점했을 때가 그러했다. 강하게 찰 것으로 예상해 멀찍이 물러나 있으면 발날 역회전 비껴차기로 공을 네트 근처에 톡 떨군다. 반대로 네트 가까이에 붙어 있으면 엔드라인까지 가는 발코차기 공격으로 공을 멀리 보낸다. 일부러 그러는 건 아니지만 형은 그럴 때마다 목젖이 보이게 활짝 웃곤 했다. 이겨서 웃는다는 데야 뭐랄 수 없지만 문제는 언제나 웃는다는 점이었다. 져도 웃고, 이겨도 웃고, 좋아도 웃고, 나빠도 웃고, 한 번도 인상 쓰는 걸 보지 못했다. 좋을 땐 좋아도 아닐 땐 아닌 것인데……. 웃는 얼굴에 침 못 뱉으니 나는 나한테 침을 뱉었다. 속으로, 나만 아는 드롭샷으로, 엣퉤.

나의 득점 포인트는 뭐니 뭐니해도 넘어차기 공격이다. 한쪽 손을 바닥에 짚고 허리 회전을 이용해 내리꽂는 안축 넘어차기 공격. 이건 갑성이 형도 따라 하지 못한다. 나와 긴 시간 호흡을 맞춰 온 세터 정철이가 알맞은 높이로 띄워 올려준 눈깔사탕 모양의 알록달록한 족구공. 공을 향해 45도 각도로 몸을 틀어 한 손은 땅을 짚고 한 발은 하늘을 향해 쭉 뻗어 올라가면서 팽창하는 정중동의 고요. 그 끝에서 광풍을 일으키며 날아가는 신기전神機箭의 불화살. 당구로 치면 4쿠션 예술구가 바로 이런 궤적을 그린다. 물론 실수가 잦아 자주 네트에 꼬라박긴 하지만, 한번 기가 살면 누구도 내 공격을 받아내지 못한다. 특히 각도 큰 안축 밀어차기 공격은 나의 또 다른 비밀 병기다. 이런 신무기가 나의 족구 창고에 차곡차곡 쌓여가고 있었다.

실전 연습도 자주 가졌다. 상대는 하이텍고 학생들. 얘들 실력이 장난이 아니었다. 십 대를 이기는 연령대는 없다. 노장팀이 노련한 경기 운영으로 더러 이기기는 하지만 소장팀은 번번이 깨졌다. 내가 구사하는 현란한 넘어차기 공격도 예사로 받아넘겼다. 공부에는 소질이 없어도 한 글자 빠진 공에는 진심인 아이들. 축구처럼 진영을 뒤섞어 붙었다면 발목 서너 번은 부러졌을 것이다. 우리 소장팀은 석 달이 지난 후에야 겨우 한 세트를 땄고, 육 개월이 지나서야 한 게임 이겼을 뿐이었다.

그렇게 봄이 가고, 여름 오고, 농번기도 끝나 연말이 가까운 어느 날. 드디어 '제1회 금산 족구 대제전'이 열렸다. 금산군 8개 면과 금산읍을 합쳐 총 9개 팀이 예선 리그전을 치르고, 4강부터는 토너먼트로 진행하는 경기 방식이었다. 진산족구단은 면장이 사비로 대절한 봉고를 타고 금산종합운동장으로 향했다. 감독은 면장, 코치는 하 선생, 주장에는 손갑성, 팀원 7명이 선수로 나섰다. 한 가지 아쉬운 점은 경기가 평일에 열리는 바람에 수업을 뺄 수 없는 하 선생이 함께하지 못했다. 대신 경기력을 최고조로 끌어올릴 응원단이 동행하고 있었기에 우리의 사기는 하늘을 찔렀다. 이름하여 '스파이크 걸스 응원단'. 이들은 아홉을 안 넘기기 위해 한국 나이, 만 나이, 생일 나이 등 온갖 구실로 나이를 붙들어 맨 만년 스물아홉 면장의 외동딸 경순이와 그녀의 두 절친이었다. 처음에는

‘사차원 시스터스’로 지었었다는데 최근에 개명했다고 한다. 왜 애초의 이름이 사차원이었는가 하는 의문은 곧 풀리게 된다. 이들은 지금 현대캐피탈 남자 배구단 소속 무보수 자원봉사단원들인데 이날 금산에서 족구 시합이 열린다는 소식에 아버지를 도와 응원하러 온 것이었다. 그들이 옷이랍시고 걸치고 나온 클리비지 룩의 아득함에 취해 개회식장 분위기는 주최 측도 예상치 못하게 후끈 달아올랐다.

예선 리그전은 갑성이 형이 심지를 잘 뽑은 덕에 네 팀이 묶인 조에 편성되었다. 삼판양승 15점 3세트 경기. 부리면과의 첫 시합은 노장팀이 출전해 2대 0 스트레이트로 이겼다. 남일면과 붙은 두 번째 경기는 소장팀인 우리가 출전해 2대 1로 이겼다. 군북면과 치르게 될 예선전 마지막 경기는 우리가 지더라도 자력으로 토너먼트에 진출할 수 있었기에 체력 비축 차원에서 최선을 다하지 않기로 했다. 이게 화근이 될 줄은 몰랐다.

소장팀이 출전해 첫 세트는 15대 11로 이겼으나, 둘째 세트는 접전 끝에 15대 17로 지고 말았다. 지나치게 힘을 뺀 결과였다. 더 정확하게 말하자면 나 때문에 졌다. 그것은 내 비장의 무기인 안축 밀어차기 공격이 번번이 네트에 걸리면서 15대 15 듀스까지 몰렸고, 마지막 두 포인트를 연속으로 실점하면서 맥없이 지고 말았다. 이어지는 마지막 3세트 경기. 우리가 5대 8로 밀리는 상황에서 감독인 면장이 느닷없이 선수교체를 단행했다. 나와 정철이를 빼고 갑성이 형과 병룡이 형으로 교체한 것이었다. 하 선생이 있었다면 그의 판단으로 선수교체가 이루어졌을 텐데 면장이 단독으로 선수교체를 단행한 것이다. 조 2위로 예선을 통과하면 준결승전에서 다른 조 1위와 붙게 되니 불가피하게 내린 결정이었다.

그럴 수 있다. 우승을 위해서라면 얼마든지 그럴 수 있다. 그러나 교체 타이밍이 문제였다. 그것은 응원단의 리더인 경순이가 연달아 실점하고 있는 우리를 응원한답시고 배꼽이 훤히 드러나는 크롭 티에, Y존이 도도록한 숏 팬츠, 왁싱으로 허옇게 민 겨드랑이를 드높이 치켜들고 외친 사차원적 샤우팅, "이 경기 이기면 한 코 준다."라는 선언이 터져 나온 직후였다.

면장은 경기 초반부터 딸의 초절약형 의상과 응원 구호, 예컨대, 실점할 때마다 터져나오는 깻잎머리 비명, 득점하면 역시 같은 톤의 "오빠 내 꺼야. 개죽인다."와 같이 남자에 환장한 년이나 질러대는 구호에 몹시 심기가 불편해 있었다. 아무리 신세대라 해도 너무했지, 시집도 안 간 숫처녀가, 금산 군민이 모두 보는 앞에서, 그것도 자기 관할구역인 진산면 총각들이 죄다 듣는 데서, 톡 까놓고, 소중한 뭔가를 한 코 준다고 외쳐댔으니 꼭지가 돌아버렸다.

꼭지가 돈 사람은 또 있었다. 그건 바로 나와 정철이었다. 우리역시 가뜩이나 경기가 안 풀려 한껏 뿔이 나 있었는데, 경순이의 섹시한 샤우팅에 힘입어 비로소 깨어난 원초적 본능이 클라이맥스를 향해 가파르게 팽창하던 바로 그 순간, 내 발끝에서 떠난 공이 상대방 진영의 빈 곳을 향해 강하게 내리꽂히던 바로 그때, 그만 공이 네트에 걸리고 말았다. 이것이 면장이 선수교체를 결심한 배경이었다. 이는 혼기를 꽉 채운 이십 대 여성의 처절함, 끝이 보이지 않는 삼십 대 남성의 막막함이 교차하는 절체절명의 순간이기도 했다.

언제나 웃음을 잃지 않는 갑성이 형이 교체되어 들어오면서 떠올린 미소도 찬물에 찬물을 더했다. 노장팀의 노련한 경기 운영으로 결국 우리팀이 이겨서 면장의 결정이 빛을 발하긴 했으나 한번식은 소장팀의 사기는 데워지지 않았다.

리그전이 끝나고 오후에는 4강이 겨루는 토너먼트전이 진행되었다. 진산면은 A조 1위로 진출해 B조 2위인 복수면과 준결승전에서 만나게 되었다. 복수면과는 최근에 가졌던 친선경기에서 가볍게 이긴 바 있고, 예선전도 부전승으로 올라온 팀이라 쉬운 상대였다. 당연히 목표는 결승전에 맞춰졌다.

점심시간을 이용해 금산군 체육회장이 협회 임원들을 대동하고 각 팀의 응원 텐트를 돌며 선수들과 일일이 악수를 나누었고, 이미 구면이 된 면장과 함께 주먹을 치켜올리는 어퍼컷 세리머니로 진산면의 명예와 애향심을 한껏 부추기는 기념사진도 여러 방 찍었다. 코치인 하 선생이 오전 수업을 마치고 달려온 것도 전력을 끌어올리는 데 큰 힘이 되었다. 하 선생은 B조 1위로 올라온 금산읍 팀의 결승 진출을 기정사실로 보고 이에 상응하는 맞춤형 전략을 내놓았다. 그가 도출해낸 작전의 대강은 이러했다.

"금산읍 팀은 우리보다 젊은 선수가 많고 체력이 우세해 결승 진출이 확실시된다. 우리는 이를 역이용해 노련한 노장팀이 상대하

면 승산이 높다. 따라서 준결승 전에는 소장팀이 나가고, 결승전에
는 노장팀이 출전해 최종 승리를 쟁취하자.”

예선전에서의 선수 운용으로 재미를 본 면장도 이에 동의했다.
그러나 나는 심기가 뒤틀렸다. 상대가 젊다면 우리도 소장팀이 출
전해 결승전을 강 대 강으로 화끈하게 맞붙어보자는 게 내 생각이
었다. 젊어서 좋다는 게 뭔가? 굴하지 않는 도전정신, 패배를 두려
워하지 않는 자신감, 가슴에서 들끓는 젊은 사자의 피, 왜 이걸 몰
라주지? 노땅들의 생각은 늘 저렇다니까……. 시무룩한 표정의 정
철이에게서도 나와 같은 심기가 읽혀졌다.

준결승전이 시작되기 직전, 화장실에 들렀다. 소변기 앞에서 바
지춤을 내리다가 홧김에 내지른 발길질이 변기의 각진 모서리에
닿았다. 순간, 벗겨진 전깃줄에 맨살이 닿은 듯한 충격이 발끝부터
햄스트링을 지나 허리까지 치받아 올라왔다. 강한 통증이었다. 엄
지발가락이 변기에 부딪혀 어떻게 된 모양이었다. 신을 벗고 마사
지를 할 새도 없이 경기가 시작되었다. 응급 처방으로 내가 세터로
내려앉고 정철이가 공격수로 나섰다.

1세트는 그럭저럭 이겼다. 2세트 들어 복수면의 선수교체가 있
었다. 마라도나처럼 땅딸막한 키에 낯빛이 하얀 젊은 친구가 공격
수로 나섰다. 처음 보는 얼굴이었다. 그의 주특기는 속공 플레이.
그가 한 스텝 빨리 움직여 우리를 공격해 들어왔다. 몸놀림이 예사
롭지 않았다. 어어, 하다가 두 번째 세트를 잃고 말았다. 생소한 포
지션 탓에 스텝이 엉키면서 속공 공격에 당하고 만 것이다. 결국

세트 스코어 1대 1 동점.

　마지막 3세트의 경기 초반. 우리팀의 작전타임 요청이 있었다. 우선 이기고 보자며 면장이 예선전 때처럼 노장팀으로 선수를 교체하자는 안을 내놓았다. 틀린 생각은 아니었다. 여기서 지면 결승전이고 뭐고 자동 탈락이기 때문이었다. 그러나 교체의 이유가 어이없었다. 면장이 뜬금없이 체육회장과 나누었던 애향심을 부추기면서 진산면의 명예를 들먹이고 나선 것이다.

　"진산의 명예를 위해 우리는 반드시 첫 대회에서 우승해야 해."

　물론 탈락의 위기에 봉착한 팀의 사기를 끌어올리기 위해 한 말이겠지만 첫 대회에서 우승해야 할 이유가 진산면의 명예를 위해서라니? 가뜩이나 없는 반찬에 겨우 떠먹던 밥상을 홀랑 까뒤집힌 심정이었다. 듣는 선수들 모두 어안이 벙벙했다. 이 와중에 애향심이 가당키나 한 말일까? 우리가 언제부터 진산면의 명예를 위해 싸웠나? 물론 면의 살림을 총괄하는 면장의 입장에서야 얼마든지 욕심을 내 볼만한 주문이었지만 가장 기겁한 건 하 선생이었다. 하 선생도 이 점에서 우리와 생각이 같았다. 고장의 명예도 중요하지만, 선수를 교체하는 이유가 그것이라면 받아들이기 어려운 주문이었다. 그동안 선수들을 지도해 온 코치로서 지금 할 일은 팀의 정신력을 재무장시켜 전황을 뒤집는 일이었다. 따라서 급한 마음에 섣불리 선수교체를 단행한다면, 설령 이번 게임을 이겨서 결승전에 진출한다고 하더라도 노장팀의 체력 소모가 심해 우승 가능성이 희박해질 거라는 판단이었다. 요컨대, 그는 애향심이나 고장의 명예보다는 선수의 사기와 체력안배가 중요하며, 설령 우승하지 못하더라도 내년에 다시 기회가 있으니 당장의 승부에 연연하지 말자는 생각이었다. 구구절절이 옳은 판단이었다.

그러나 면장은 이러한 코치의 주장에 파르르 날을 세웠다. 코치는 애당초 진산면 사람이 아니니까 애향심이 부족해서 그런 소리를 한다며 언성을 높였다. 시간은 자꾸 흐르는데 계속되는 애향심 타령에 화가 치민 하 선생이 참다못해,

"진산면이 무슨 대단한 동네라도 되는 줄 아십니까?"라며 대들었다.

결국 하나로 뭉쳐도 모자랄 판에 자중지란이 일어나고 만 것이다. 엎친 데 덮친 격으로 더욱 간소해진 복장과 새로운 컨셉으로 다음 응원을 준비하던 스파이크 걸스가 팀의 분란에 발끈해 파르르 진저리를 치며 응원석을 떠나버렸다.

심판이 경기 재개를 재촉했다. 일단 소장팀이 그대로 경기를 진행하기로 했다. 나는 아직도 풀리지 않는 하체의 뻣뻣함을 손날로 두드리며 원래 포지션으로 돌아왔다. 만일 내게 선수교체 여부를 물었다면 이 모든 사단의 원인이 내 탓이니 순순히 물러날 용의가 있음을 말했을 것이다. 하지만 나는 그렇게 하지 않았다. 이길 수 있다는 자신감도 여전히 높았다. 무엇보다도 나는 젊지 않은가? 얼마든지 맞서 싸울 용기가 있었다. 오랜 훈련으로 단련된 비장의 무기도 있지 않은가?

경기가 재개되었지만 상대방 공격수는 여전히 펄펄 날았고, 우

리는 질질 끌려다녔다. 내 생각과 달리 현실은 녹록지 않았다. 상대가 8점으로 달아나는 동안 우리는 겨우 3점을 땄을 뿐이었다. 다시 우리팀의 작전타임 요청이 있었다. 응원석은 여전히 비어 있었고, 하 선생도 어디로 갔는지 보이지 않았다. 이번에도 타임을 외친 것은 면장이었다. 결국 그의 뜻에 따라 선수교체가 이루어졌다. 나와 정철이가 빠지고 그 자리를 갑성이 형과 병용이 형이 채웠다. 반전은 일어나지 않았다. 큰 점수 차를 안고 싸우는 바람에 이를 극복하지 못한 노장팀이 결국 지고 말았다.

최종적으로 우리는 결승전에 진출하지 못했고, 3, 4위전으로 밀려나 노장팀이 출전해 3위를 차지했다. 첫 출전치고 나쁘지 않은 결과였다. 상금으로 오백만 원을 받았고, 체육회장이 챙겨준 발전 기금도 따로 이백만 원이나 받았다. 정말이지 나쁘지 않은 결과였다.

경기가 끝난 뒤 면장은 애향심과 관련하여 누군가와 싸워서 이긴다는 건 면 단위의 작은 공동체건 나라 전체의 큰 공동체건 간에 불멸의 새 역사를 창조하는 과정이라는 의미심장한 말을 남겼고, 나는 X-RAY 촬영 결과 엄지발가락이 부러졌다는 진단을 받았다.

얼마 후, 중동 카타르에서 코로나로 미뤄졌던 2023 아시안컵 축구대회가 열렸다. 조 2위로 예선을 통과한 한국 팀은 사우디와의 16강전에서 종료 1분을 남기고 조규성이 헤딩골을 성공시켜 연장전 접전 끝에 승부차기로 이겼다. 이어진 호주와의 8강전 역시 0

대 1로 끌려가다가 종료 직전, 손흥민이 얻은 페널티킥과 연장전에서의 프리킥으로 경기를 뒤집었다. 두 번이나 계속된 극적인 승리는 2002 월드컵을 떠올리기에 충분했다. 각종 SNS나 유튜브, 언론은 물론, 온 나라가 들썩였다. 60년 만의 아시안컵 우승이 기대된다며 국뽕에 차올라 호들갑을 떨었다.

이어진 요르단과의 준결승전, 이미 예선전에서 한 차례 만났던 팀이라 무난히 이길 것으로 예상했는데 그만 패하고 말았다. 패인을 알고 봤더니 경기 전날 주장인 손흥민과 이강인이 싸워 손흥민이 손을 다쳤고, 그 여파로 요르단과의 경기에서 졌다는 충격적인 소식이 전해졌다.

다들 한국 축구의 위상이 무너지는 순간이라고 입을 모았고, 국가의 이미지가 나락으로 추락했다며 국민의 분노가 하늘을 찔렀다. 해외 언론까지 나서서 한국의 패배를 대서특필했으며, 유튜브나 브이로그, 메이저 언론까지 가세해 난리를 쳤다. 한국에서 헌털뱅이 중고차나 수입해 가는 요르단에게 두 골이나 먹고 무참히 깨졌다고, 선수들끼리 싸움박질이나 해서 졌다고, 애국심이 바닥을 쳤다고……. 축구협회장과 감독의 지도력이 입방아에 올라 결국 대표팀 감독인 클린스만이 해임되었다.

이런 경기 결과를 보니 국가 대표 축구팀이 우리 족구팀과 많이 닮았다는 생각이 들었다. 주장인 손흥민은 갑성이 형, 패인을 제공한 이강인은 나 이을우, 애향심을 부추긴 건 강승규 금산군 체육회장, 외국인인 클린스만 감독은 족구와 거리가 먼 이재화 진산면장, 준결승전에서 패배한 경기 결과도 우리와 똑같았다. 이걸 보면서 국가 대표 축구팀과 시골 족구팀이 거기서 거기라는 생각이 들었다.

경기 결과를 확대해석하는 것 역시 옳지 않다는 생각이 들었다. 진산 족구팀이 졌다고 진산면의 명예가 실추되는 것도 아니고, 요르단에게 졌다고 한국의 명예가 어떻게 되는 것도 아니다. 족구는 족구고 축구는 축구일 뿐이다. 애초에 운동 경기란 하나가 이기면 다른 누군가는 질 수밖에 없는 승부일 뿐이다. 경기는 경기로 끝나는 것이지 고장의 명예나 국가의 자존심으로 확대할 필요는 없다고 본다. 후진국으로 갈수록 이런 경향이 심하다. 아무튼 우리는 지금 박항서의 베트남 축구가 아니지 않은가?

발이 나은 후 나는 좌수비수로 포지션을 옮겼고, 하 선생은 정기 인사발령이 나서 다른 학교로 전근을 떠나셨다. 하 선생은 면장과 화해했고, 우리는 하 선생을 위해 성대한 송별회 자리를 마련했다. 하 선생은 우리와 함께했던 시간이 무척 행복했다며 여러 차례 말했고, 송별회 역시 무척이나 따뜻한 환송의 자리였다며 흡족해했다. 주장인 갑성이 형은 그 후로도 언제나 웃고 다녔고, 훨씬 나중의 일이지만, 면장의 딸 경순이는 정신규와 결혼해 면사무소 옆에다 살림을 차렸다. 면장은 신혼부부가 눈치를 주는데도 불구하고 딸네 집에 점심을 먹으러 들락거렸고, 외손자를 본 다음부터는 아예 그 집에서 눌러살다시피 했다. 나는 깻잎 농사를 지어 번 돈으

족구가 축구에게

로 중고트럭을 한 대 장만해 애향심과는 아무 상관도 없는 동네를 돌아다니며 농산물 배달업을 시작했다. 사업은 어느 땐 잘되다가도 더러는 말아먹기도 하면서 그냥저냥 굴러갔다.

족구 시합은 이후로도 해마다 열렸고, 우리는 매년 빠지지 않고 출전했다. 경기 결과에 연연하지는 않았다. 때로는 지기도 하고, 더러는 이기기도 하면서 우리는 즐겁게 운동했다. 금산은 체육회장의 선거 공약과 달리 족구의 성지가 되지는 않았다. 금산의 명예는 여전히 족구가 아닌 인삼이 지키고 있었다. 금산 하면 뭐니 뭐니 해도 인삼이었다. 인삼이야말로 금산을 지키는 애향심의 근간이었다.

이각형(二角形)

이명耳鳴은 낮고 강한 쇳소리를 내며 나를 깨운다.

밝음과 어둠이 교차하는 새벽, 그것은 뇌수의 막을 걷어내고 나보다 먼저 기지개를 켜며 일어났다. 처음에는 저승 밑바닥에서 울리는 먼동 소리였다가 차츰 이승의 둔덕을 넘어오면서 사자처럼 갈기를 흔들고 나를 물어뜯기 시작했다. 한낮에는 주위의 소음에 묻혀 사라졌다가도 밤이 되면 다시 찾아왔다. 밤이 깊을수록 이명은 더욱 맹렬한 기세로 나를 흔들었다. 도망치면 도망칠수록 더욱 독하게 달라붙는 애증처럼 온몸으로 울어댔다. 밤새 그 소리에 시달리다 보면 새벽은 더디 오고, 나는 영화 속 피곤한 캐릭터처럼 아침을 시작한다. 이명과 함께 하루를 보내는 건 고통스러운 일이다. 고통의 시간은 영원처럼 늘어난다. 자의적 시간이 이렇게 길어진다면 내 일생은 하루면 충분히 오래 산 세월이다.

차라리 이명을 사랑하기로 했다. 피할 수 없는 운명이라면 음악처럼 듣기로 했다. 그러나 오산이었다. 이명은 더욱 등등한 기세로 제집에 친구 데려온 악동처럼 집안을 뒤엎고, 잊고 지냈던 장난감 하나에도 텃세를 부렸다. 소리의 해일이었다. 이번에는 무관심하기로 했다. 신경 쓰지 않기로 했다. 무관심은 소리의 덫에서 벗어나는 데 효과가 있었다. 그러나 그것도 잠시, 이명은 이내 흡혈충으로 변신해 피 칠갑 옷을 입고 달려들었다. 소리의 고통에서 벗어나자마자 피곤한 육신이 질러대는 또 다른 절규가 이명 뒤에 숨어 있다가 피 흘리며 일어섰다. 그것은 점혈點穴처럼 온몸에 번져있는 피부병에서 스며 나온 썩은 피, 맑은 선홍이 아닌 탁한 화농이었다.

지난여름, 아람 문학회 회원들과 함께 어울려 놀던 바닷가에서, 함께 어울려 떠먹는 찌개 냄비에 수저를 담그다 말고, 나는 손등에 앉은 벌레 하나를 발견했다. 훅 불어버리려다가 손가락으로 지그시 눌렀다. 바닷가에 사는 이름 모를 벌레 한 마리가 이방인의 손등에서 무심코 죽어간 것이었다. 아니 죽었다고 말할 수도 없다. '훅 불다'와 '지그시 누르다'의 차이가 생사의 경계일 수는 없다. 벌레의 존재 부재는 존재하던 것의 죽음이 아니라 애초부터 존재하지 않았던 것의 사라짐이었다. 그러나 그런 존재의 사라짐이 남긴 흔적이 처음에는 귀찮은 가려움증으로, 다음에는 할창割創의 고통으로, 지금은 죽음으로까지 나를 몰아가고 있었다. 애초부터 어울려 떠먹는 찌개 냄비에 숟가락을 댈 일이 아니었다.

바닷가에서 돌아오는 즉시 병원을 찾았다. 의사는 '긁어 부스럼'이라는 진단을 내렸다. 신경 쓰지 않고 며칠 지나면 저절로 낫는다고 했다. 나는 가려워 죽을 지경인데 의사는 신경 쓰지 말라고 했다. 나는 의사의 말에 신경 쓰지 않기로 했다. 손톱 날을 세워 부스럼을 긁었다. 시원해졌다. 그 자리에 다시 부스럼이 돋았다. 또 긁었다. 거울아 거울아, 세상에서 가장 시원할 때가 언제니? 라고 물으면, 나는 단연코 손톱 날을 세워 환창의 그곳을 후비듯 파낼 때라고 말할 것이다. 후벼파고 득득 긁어 피를 본 다음에 헤어드라이어로 말릴 때라고 말할 것이다. 이때의 시원함은 모든 전율戰慄의 총합이다. 전율이란 이럴 때 쓰는 말이다. 전율의 결과로 가려움증은 가라앉았지만, 상처 부위에 손톱독이 올라 진물이 흐르고 두툼한 피딱지가 생겼다. 가려움이 진물에 스며들고 피딱지 뒤로 숨었다.

  진물에 스미고 피딱지 뒤에 숨은 가려움의 정체는 무엇일까? 긁음과 가려움의 빈도가 잦아질수록 가려움은 내가 손대지 못할 더욱 깊은 곳으로 숨어들었다. 급기야 나는 손톱 날을 창처럼 깎아 들고 가려움의 근원을 찾아 깊은 공격을 가했다. 그러자 가려움은 일시적으로 자취를 감추었다가 더 넓은 영역으로 번져나갔다. 양말을 신다가 문득 발등을 긁었다는 이유로 발 전체에 부스럼이 퍼졌고, 머리를 감다가도 손톱이 두피를 후벼파 정수리에 부스럼 꽃이 피었다. 목울대에 임파선 부종도 생겼다. 구레나룻 쪽으로도 혹이 만져졌다. 균이 피하 깊숙한 곳으로 잠복해 들어간 모양이었다. 심장이 가려웠다. 균사의 끝이 심방에 닿은 느낌이었다. 심장은 긁을 수 없어 가슴을 쥐어뜯었다. 가려움은 설맞은 개처럼 길길이 날뛰었다. 그건 내가 설맞은 개처럼 펄쩍펄쩍 뛰었다는 뜻이기도 했다.

우리 동네가 재건축된다는 소문이 마침내 현실로 드러났다.

표목과 페인트 통을 든 인부가 대문과 담벼락마다 붉은 칠을 하며 돌아다녔다. 곧이어 토지수용을 알리는 통고장이 날아들었다. 어머니가 이웃에 마실 나가 재건축에 대한 정보를 수집해왔다. 수집한 정보를 종합하면, 재건축되는 아파트의 평수가 넓어 우리가 분양 딱지를 받더라도 차액을 낼 능력이 없으며, 설령 분양을 받더라도 관리비가 비싸 감당하기 어렵고, 이주 보상금이 적어 지금보다 훨씬 형편이 못한 곳으로 이사 갈 수밖에 없다는 것이었다. 뼈 아픈 얘기지만 어머니와 나는 이곳에서 더는 살 수 없다는 결론이었다. 어머니가 겪었을 공황장애의 충격을 나도 겪었다.

나는 어머니의 속내를 알고자 했다. 무슨 변통을 해서라도 아파트를 분양받아 살던 이곳에서 계속 살 건지, 아니면 지대는 높지만 외진 변두리라도 이사 가야 할지를 결정해야 했다. 그러나 어머니는 입을 닫아걸고 혼자만의 독백으로 세월을 보냈다. 외상성 치매가 온 것 같았다. 푸념은 밤에 더욱 심해졌다. 독백의 내용은 이러했다.

"이날이 올 줄 알았다. 내가 처음 시집와서 시댁 선산엘 가보고 그때 알아봤다. 잘난 박씨 집안 씨알머리들. 네 증조할아버지, 욕심은 족제비지 뭐냐? 묏등만 봐도 알 수 있지. 왜 봉분이 셋이겠냐? 마누라 하나로는 성이 안 차 첩질로 세월 다 보내고, 뗏장 이불 덮어서도 양옆에 큰마누라 작은마누라 끼고 누워 자식 손자들한테 좋은 거 갈치고. 네 할아버지도 그래. 본 마누라 먼저 보냈으면 혼자 조용히 살다 죽을 일이지, 며느리보다 어린 새 마누라 얻어, 있는 논 없는 땅 죄 팔아 말아먹더니, 말년에 근천 떠는 꼴 참보기 좋더라. 죽은 니 애비는 말하는 나만 입 아프다. 쪽 대문 단칸방 하나 겨우 남겨놓고 뭐가 그리 급해서 몌별袂別차게 가버렸냐? 그리고 넌 또 왜 그렇게 머저리 화상이냐? 박씨 성이 바뀌었냐? 여자라고는 귀때기 두꺼운 년 하나 꿰차고 들어오길 하나, 허구한 날 방구석에 처박혀 뭘 하고 자빠졌는지 종일 문밖에 나오길 하나, 집 허무는 인부들 곡괭이질에 하늘이 뻥 뚫려야 그때 가서 나올래? 늙은 에미 땅바닥 세멘바닥에 패대기쳐지면 아나 좋겠다야? 천하에 못난 놈. 인제 어디로 갈 것이여? 엄동설한에 석새삼베 벗어 입고 길바닥에 나앉아봐야 정신 차릴래? 에라 이 썩을 놈."

　보상금은 약속한 날짜에 어김없이 나왔다. 나는 구청에서 수령한 보상금을 십 원 한 장 빼지 않고 어머니께 갖다 드렸다. 어머니의 수중에 들어간 돈은 그후 어찌 되었는지 오리무중 감감무소식인데, 수령증 하단에 적힌 철거 기한은 성큼성큼 다가왔다. 정해진 것은 언제나 빨리 오는 법이다.

　기한이 끝나기 무섭게 포클레인이 전차처럼 나타나 동네를 허물기 시작했다. 삽날이 들릴 때마다 옴치고 살아왔던 삶의 터전들이 맥없이 숨을 놨다. 기왓장이 큰물에 가라앉듯 주저앉았다. 처녀들 감춰둔 피 걸레가 농짝 뒤에서 굴러 나왔고, 미라 싼 마포 같은 벽지가 뜯겨나갔다. 숯검정 부엌살림이 개복 수술 환자의 내장처럼 흘러내렸고, 옹기 변소가 깨지면서 온 동네가 구린내 천지로 변했다.

어느 날, 나는 시시각각 전진해 오는 포클레인 소리를 들으며 철거 현장을 배회하다가 잔해 속에서 전기스탠드 하나를 찾아냈다. 먼지를 털어내고 갓을 닦으니 그런대로 쓸 만했다. 본체에 드리워진 줄을 잡아당기자 주 램프, 보조 램프가 차례로 들어왔다. 겉에서는 보이지 않았으나 몸체 안쪽에 보조 램프가 들어 있었다. 연하고 파란색 불이 켜지는 아르곤 램프였다.

나는 밤마다 보조 램프를 켜고 들여다보았다. 어느 때는 낮에도 커튼을 닫고 램프를 켰다. 파란 하늘은 세상을 파랗게 물들이지 않지만 파란 등은 방 안을 파랗게 물들였다. 광원에 손가락을 대 보았다. 손톱이 파랗게 물들었다. 에나멜을 칠한 천박한 파란색이 아니라 피가 도는 파란 손가락이었다. 발도 대 보았다. 볼품없는 모양새의 발가락이 파란 유리 구두로 살아났다. 스탠드 앞에 쪼그리고 앉아 발등으로 전달되는 파란 온기에 취해 무릎잠을 자기도 했다. 어머니가 이걸 보고는 끌끌 혀를 찼다.

포클레인 소리가 더욱 가까워졌다. 구청 직원이 내일은 우리 집 차례라고 말했다. 내일이면 우리집이 헐린다고 했다. 도대체 어머니는 왜 가만히 계시는 걸까?

마지막 남은 하룻밤을 위해 나는 성전이라도 꾸미듯 반듯하게 이불을 개고 스탠드를 정갈하게 닦아 창문 쪽에 세워두었다. 창문 밖으로 내일이면 허물어질 담장이 보였다. 저녁놀이 낮게 드리워지고 있었다. 시시각각 변하는 붉은색, 푸른색, 주황색의 석양이 귀소하는 새들의 날갯짓에 물감 찍혀 흩뿌려졌다. 존재하는 것의 마지막은 언제나 아름다웠다.

　사흘 전, 나는 아람 문학회 정기 모임에 참석했었다. 회원들은 내가 나타나자 전에 없던 그윽한 친절을 베풀었고, 그 바람에 나는 그들의 변화된 태도에 감사한 마음도 가졌었다. 총무는 며칠 전 나에게 전화를 걸어와, 오늘 긴급총회가 열릴 예정이니 반드시 참석해야 한다고 거듭 강조했었다. 나의 출석 여부가 이렇듯 중요하게 거론된 적은 없었다.

　내가 문을 열고 안으로 들어와 자리를 잡기도 전에 회원들은 나를 홀의 전면으로 오도록 안내했다. 언제나 말석이었던 나로서 이 또한 처음 있는 일이었다. 오늘은 처음 일어나는 일이 참으로 많았다. 무엇보다도 전 회원이 정해진 시간에 맞추어 참석한 것부터 의외였다. 평상시라면 회원들은 모두가 조용필이었다. 조용필은 마지막 순서로 무대에 오른다. 그들은 늘 자기가 조용필인 것처럼 맨 나중에 나타났다. 그러나 오늘, 그들이 지각하지 않은 이유는 유독 나 하나만 빼고 한 시간 전에 조기 소집되었기 때문이었다. 그래서 오늘은 내가 조용필이었다.

　그들은 내가 당도하자마자 메인테이블로 나를 안내하더니 곧바로 회의를 시작했다. 첫 순서는 뜻밖에도 나와 관련된 내용이었다. 이것도 처음 있는 일이었다. 그들은 회의의 첫 순서로, 며칠 전 내가 금옥에게 보낸 e메일을 공개하는 순서를 가졌다. 나중에 안 일이지만, 내가 금옥에게 보낸 e메일은 한 시간 전에 조기 소집된 회의에서 회원들에게 공람한 뒤였고, 이미 회원들의 뜻을 하나로 모은 의사결정서까지 채택한 다음이었다. 그러나 그들은 이런 사실을 밝히지 않은 채 이 모든 번거로운 일들을 나를 위해 재현해 주었다. 그들은 이후 계속된 회의에서 그동안 없었던 친절과 품위를 더해, 이제는 내가 그들의 울타리 안에서, 즉, 그들과 함께 문학회 활동을 수행할 수 없게 되었음을, 격식 있고 정갈하게 설명해 주었다.

내가 처음엔 무슨 영문인지 몰라 어리둥절한 걸 눈치챈 총무가 회의가 진행되는 동안 날카로운 입내가 나는 귓속말로 상황을 설명해 주었다. 그때서야 나는 비로소 내가 우리 문학회 회원 중 하나인 금옥에게 보낸 e메일이 회원 모두의 입 도마 위에 올려진 사실을 깨달았다.

회장을 대신해 부회장이 회의를 진행했다. 회장은 이런 일에 끼어들 만큼 한가롭지 않다는 태도로 멀찍이 물러앉아 고인 턱으로 옆 사람과 대화를 나누고 있었다. 부회장이 애들 머리통같이 생긴 마이크 대가리를 톡톡 건드린 후 회의를 시작했다.

"아아. 메일 내용은 박장대 회원 본인이 직접 쓴 거니까 다 읽을 필요는 없겠고. 아아. 우리가 관심 갖는 대목은 바로 이 부분입니다. 워낙에 장문이라 시간을 절약하는 의미에서 이 부분만 따로 뽑아 읽겠습니다. 아아. 그럼 시작합니다."

《지난밤 우리들의 모임이 끝난 후 귀가하는 길에 문득 앞서가는 당신을 보았습니다. 갑작스레 내린 비로 촉촉하게 젖은 당신을 보자 불현듯 안아주고 싶다는 생각이 들었습니다. 더 정확히 말하자면, 나는 당신으로부터 누군가가 자기를 포근히 안아주길 바란다는 느낌을 강하게 받았습니다. 어깨선이 그대로 드러나 보이는 젖은 옷을 입고 걷는 여인의 뒷모습을 상상해 보세요. 보는 나로서는 당연히 당신을 안아줄 수밖에 없는 환경에 처하게 된 것이고, 여자도 대개 이런 방식으로 남자의 시선을 끄는 것 아니겠습니까? 나는 당신이 언어 이외의 방법으로 이렇게 온전히 자신을 드러내는 능력이 있다는 사실에 무척 놀랐습니다. 당신은 잘 모르겠지만, 내가 보기에 당신은 좀 섹시한 구석이 있고, 남자들에게 콧대 높은 여자로 행세하는 경향도 있습니다.》

부회장이 여기까지 읽고 난 후 금옥에게로 시선을 돌려, 혹시 그때, 비 올 그 당시에, 누군가가 자신을 안아주길 기대했었는지 물었다.

"난 그냥 내 길을 걸어간 것뿐이에욧."

금옥이 방울뱀이라도 밟은 것처럼 화들짝 놀라 말했다.

부회장이 이번에는 회원들에게 물었다.

"금옥 씨가 섹시하고 콧대가 높은 여자라고 생각하는 사람?"

아무도 손들지 않았다. 누구도 그렇게 생각하지 않는 모양이었다. 나만 그렇게 생각한 걸까?

부회장이 회장을 돌아보았다. 회장이 새로 산 신형 폴더블폰을 주먹처럼 말아쥐고 흔들며 어서 계속하라는 사인을 보냈다. 부회장이 다시 읽기 시작했다.

이각형(二角形)　　213

《남자에게 안기고 싶으면 떳떳이 말하세요. 남녀 관계는 전혀 거짓이 없고 자유로워야지 내숭이나 떨고, 책임이나 따지고, 내가 사귀는 사람을 네가 왜 집적거려? 하며 다른 사람의 접근을 차단한다거나, 그것을 기화로 남을 전횡해서도 안 되지요. 사람은 각자 자기 방식대로 서로 만나고 사랑하며 더불어 살아야 합니다. 금옥 씨도 마땅히 그래야 하고요. 이런 말을 한다고 나를 경원시하지는 마세요. 나는 당신의 적이 아닙니다. 난 금옥 씨가 우리 회원 중 누구와 사귀든 상관하지 않습니다. 여자들은 참 이상해요. 애인이 생기거나 누굴 만나게 되면 다른 모든 남자를 적으로 보는 이상한 습성이 있더군요. 세상 사람 절반이 남잔데 그 많은 남자를 모두 대적할 만한 힘이 갑자기 어디서 생기기라도 하는 건지?》

부회장이 다시 읽기를 중단하고 금옥에게 물었다.

"누군가에게 안기고 싶다고 생각한 적이 있나요?"

"있지요. 왜 없겠어요? 나도 여잔데."

"누구랑요?"

금옥이 자연스럽게 떠오르는 미소를 살뜰하게 다독여 즉답하려다 말고 무슨 변덕이 났는지 뾰로통 입을 다물었다. 유도신문에 걸린 게 불쾌하다는 표정이었다. 부회장은 눈치가 빠른 사람이라 금방 자신의 질문을 수정하더니, 평생을 모르쇠로 살아온 중늙은이처럼 물었다.

"아참! 그건 개인의 프라이버시라 안 물은 것으로 하겠습니다.

그래도 혹시 우리 회원 중에 누구 염두에 두고 있는 사람은 없나
요?”

“꼭 대답해야 하나요?”

“아니, 뭐⋯⋯.”

“대답하겠어요. 최소한 저기 앉아 있는 오늘의 주인공 박장대 씨
는 아니에요.”

금옥이 손가락으로 나를 가리키며 꽃처럼 내 이름을 불러주었
다. 깜짝 놀랐다. 내 이름이 금옥의 입에서 그렇게도 자연스럽게,
스스럼없이, 오늘의 주인공으로 승격되어, 올라갈 때 보지 못한 그
꽃으로 튀어나올 줄은 몰랐다. 나는 그 말의 의미를 생각하기도 전
에 감격스러워졌다. 그러나 금옥의 말이 채 끝나기도 전에 회원들
은 한꺼번에 책상을 치며 박장대소하기 시작했다. 홀 안을 뒤져 웃
지 않는 사람은 나 하나뿐이었다. 어리둥절한 나도 좀 웃어볼까를
고민했으나 부회장이 펠리컨처럼 벌렸던 입을 재빨리 씻으며 다
음 말을 잇는 바람에 그만두었다.

“아아. 조용들 하세요. 금옥 씨에게 하나만 더 묻겠습니다. 박장
대 씨를 적으로 생각하나요?”

“적은 무슨⋯⋯?”

금옥은 사람들을 한꺼번에 몰아 웃게 만드는 능력도 있었다. 성
조가 분명치 않은 우리말에, 최소한의 성조를 입혀 발음한 네 음절
만으로도, 심지어 말끝을 얼버무리기까지 했는데도, 다시금 회원
들이 자지러졌다. 이번에는 부회장도 부싯깃처럼 웃으며 회원들

의 웃음이 끝나기를 기다렸다가 큰잔치 음식 얻어먹은 투레질로 장내를 정리했다. 장내가 조용해지자 그가 침방울 튄 턱을 훔쳐내고 나머지를 읽었다.

《나는 최소한 우리 회원들끼리는 마음이 하나여야 한다고 봐요. 남자는 남자끼리, 여자는 여자끼리, 맘 맞는 사람은 자기들끼리, 돈 있는 사람은 부자끼리, 가난뱅이는 가난뱅이끼리, 그렇게 따로따로가 아니라, 모두가 하나되어 함께 어울려야 한다고 봐요. 금옥 씨. 솔직히 나는 당신을 좋아합니다. 안고 싶다는 게 좋아한다는 뜻이지 뭐겠어요? 비가 오면 내게 카톡을 날려요. 아니, 아예 집으로 찾아오세요. 며느릿감을 보고 싶어하는 우리 어머니가 대환영하실 겁니다. 내가 당신을 끌어안고 밤새 별짓을 다 해도 전혀 모른 체하실 분입니다. 어머니는 밖에 나가 주무시는 한이 있더라도 결코 우릴 방해할 분이 아닙니다.

비가 올 때는 잊지 마세요. 언제나 나와 함께 오붓한 시간을 즐길 수 있다는 사실을. 이런 얘길 직접 들려주지 못해서 미안해요. 나는 말보다는 글이 좋아요. 글은 다소 시간이 걸리더라도 생각을 깔끔하게 정리할 수 있고, 퇴고의 과정을 거치면서 오류를 최소화할 수 있지만, 말이란 건 어디 그래요? 내 말뜻은 원래 이랬는데 입에서 나갔다 하면 벌써 왜곡되기 시작하더니, 그 왜곡을 바로잡아 줄 말을 찾다 보면 처음에 무슨 말을 했는지 가물가물해지고, 이런 상태에서 다시 말이 오가다 보면 이번에는 또 다른 왜곡이 덧붙여지

단편선

고, 그래서 그걸 정정하다 보면 의도치 않게 뜻이 헝클어지고, 왜곡이 왜곡을 낳고, 오해가 오해를 낳고, 결국엔 말싸움이 나고, 말싸움이 개싸움 되고, 개싸움이 애싸움 되고, 애싸움이 패싸움 되고, 급기야는 동네싸움, 나라싸움, 세계대전이 되고 그렇잖습니까? 그래서 그런 거니까 우선 메일로 내 생각을 적어 전합니다. 그럼 이만 총총.》

　부회장이 읽기를 마치고 ‘피유우’ 한숨을 돌린 후 지금까지 읽은 내용에 대한 논평을 덧붙였다.

　“박장대 씨, 당신의 결정적인 실수는 공유되지 않은 생각을 유포했다는 사실입니다. 금옥 씨는 당신이 관심 가질만한 그 어떤 행동이나 의사를 표시한 적이 없다고 증언했습니다. 단지 당신이 금옥 씨를 그렇게 생각한 것이고, 그것은 전적으로 당신만의 생각이었습니다. 그리고 그 생각이 매우 일방적이고 심지어 외설적이라는 점입니다. 뭐랄까 개기름 같다고나 할까? 아니면 외사시外斜視라고나 할까? 아무튼 동료를 외설의 대상으로 보는 건 명백한 잘못입니다. 아! 물론 당신이 금옥 씨를 연애 감정으로 대하는 걸 나무라진 않습니다. 그것까지야 어찌 말리겠습니까? 요는 금옥 씨가 당신이 보낸 메일을 받고 무척 기분이 상했으며, 성폭행을 당한 느낌이며, 관종병關種病에 걸린 건 아닌지 물어봐 달라고까지 했습니다. 관종병 알죠? 바바리맨 같은 거?

　결론적으로 말해 금옥 씨는 우리 아람 문학회가 당신을 회원으

이각형(二角形)

로 용납해서 안 된다고 주장했습니다. 보십시오. 요즘이 어떤 시댑니까? 남자는 여자를 대할 때 합당한 예우를 갖춰야 할 뿐만 아니라, 여자를 하나의 완성된 인격체로 봐야지 성적 대상으로 봐선 안되는 시대입니다. 한 마디로 혼자서 좆 잡고 개지랄 떨지 말라는 얘기지요. 그리고 당신이 저지른 가장 결정적인 실수가 하나 있는데 그게 뭐라고 생각합니까? 잘 모르겠다고요? 말로 하지 않고 글로 썼다는 겁니다. 증거를 남겼다는 거지요. 말로야 세상 사람 다 때려죽인다 해도 증거가 없으면 누가 알겠어요? 그러나 글이야 썩기를 하나, 타기를 하나, 저절로 퍼지고 돌아 세상천지가 다 알게되지요. 넨장맞을. 저 죽을 줄 모르고 메일은 무슨? 꼴에.”

나는 부회장의 말을 곰곰 생각해보았다. 나를 엿 먹이자는 건지, 돕자는 건지 분간이 가질 않았다. 마지막에 덧붙인 ‘꼴에’라는 언짢은 뉘앙스의 단어만 빼고는 구구절절 옳은 말이었다. 그러나 도대체 내가 어쨌다는 것인가? 내가 금옥의 손목이라도 잡았다는 말인가? 하다못해 입술을 찍기라도 했단 말인가? 또 SNS에 올려 명예를 더럽히기라도 했단 말인가? 나는 단지 나의 희망과 상상력을 글로 옮긴 것뿐이고, 문학을 사랑하는 동호인으로서, 또 금옥이 문예문을 이해할 수 있는 능력자라고 생각해서, 그래서 그렇게 보통의 남자가 보통의 여자를 대하는 방식으로, 그것도 매우 사적인 통신 수단을 통해, 그냥 허심탄회하게 내 뜻을 전달했던 것뿐인데, 일이 이 지경까지 비화할 줄은 몰랐다.

또 금옥도 그렇지, 설령 메일을 받고 기분이 나빴으면 조용히 나를 불러, 선은 이렇고 후는 저렇다, 내가 이런 기분이다, 자초지종 얘기하면, 아하! 내가 이만저만한 실수를 저질렀구나! 정말 미안하게 됐다, 추후엔 이런 일이 일어나지 않도록 조심하겠다, 뭐 그러면 될 일을, 사전에 일언반구 언질도 없이, 개인이 개인에게 보낸 사적 서신을, 쪼로록 만천하에 공개해서, 날 곤경에 빠뜨리는 행위는 도대체 무엇이냐? 라고 항변하고 싶었다.

나는 금옥을 애처로운 눈으로 쳐다보았다. 나락에서 구원해 줄 말을 한없이 고대하며 처연하게 바라보았다. 나는 또 이렇게 말하고도 싶었다.

'금옥 씨. 사람은 사회적 존재이면서 동시에 생물학적 존재인 점도 인정해 주어요. 사람도 동물이란 말이죠. 남자인 내가 비에 젖어 외로워 보이는 여자를 좀 안아주어야겠다고 생각한 걸 가지고 이렇게 길길이 날뛸 건 없다고 봐요. 난 당신과 친해지고 싶어서 그랬단 말입니다. 나는 당신의 적이 아닙니다. 내가 당신을 안고 싶다고 생각한 게 그렇게 죽을죄란 말입니까?'

그러나 금옥은 처절한 내 눈길을 외면하면서 남의 땅에서 자라는 맨드라미처럼 딴청을 부리다가 입을 열었다. 금옥은 이렇게 말했다.

"난 당신을 우리 모임에서 축출하기 위해서만 메일을 공개한 건 아니에요. 남자들의 사고방식이 바뀌어야만 한다는 거지요. 이젠 마초의 세상이 아니란 걸 모두가 알아야 해요. 당신 같은 남성 쓰레기가 더는 나오지 않게 말이죠. 그리고 까놓고 말해서, 남자라고

이각형(二角形)

다 똑같은 줄 아세요? 질적으로 여러 층하가 있다는 것을, 아무리 몰라도 분수가 있지, 자신을 한번 되돌아봐요. 모르세요?"

끝말의 '모르세요?'를 발음하면서 보여준 금옥 씨의 손동작은 절묘했다. 마치 중요한 서류 작성을 모두 끝내고 마지막으로 엔터키를 '탁'치는 타자수의 숙련된 손동작을 연출해 낸 것이다. 이를 본 회원 서넛이 그 동작에 감탄해 자신도 모르게 따라 했을 정도로 유연한 것이었다. 이처럼 모든 것의 끝은 언제나 아름다웠다.

부회장이 총무에게 눈짓을 보내자 총무가 고개를 끄덕였다. 모의를 함께 꾸민 자들만의 은어가 오갔다. 부회장은 총무에게 투표용지를 돌리라고 말했다. 총무가 인원수에 맞게 용지를 세서 앞 테이블에 내려놓자 순식간에 맨 뒤까지 전달되었다.

부회장이 말했다.

"다들 받았지요? 박장대 회원의 제명에 찬성하시면 ○표, 반대하시면 ×표를 해주세요. 기표는 민주주의 방식의 무기명 비밀투표입니다."

이때 회장이 폴더블폰을 소리 나게 닫으며 말했다.

"거수로 하지 그래?"

필기구를 돌려쓰느라 웅성대던 회원들이 일시에 조용해졌다. 부회장이 상황을 파악하기 위해 회장을 돌아보았다.

"반란표가 나와서는 안 된다는 뜻입니다."

회장의 목소리는 옹골지고 다부졌다. 회장은 나를 완전히 죽이기로 작정한 모양이었다. 나는 지푸라기라도 잡는 심정으로 금옥에게 말했다.

"좀 따져나 봅시다. 메일이라는 것이 사적인 대화의 방식인데 보낸 사람의 동의도 없이 맘대로 공개한 건 잘못이라고 봅니다 난."

"누가 보내라고 했나요?"

대뜸 반격이 들어왔다. 반응이 있다는 건 좋은 징조다.

"연애편지를 누가 보내라고 해서 보냅니까?"

"내가 언제 연애하자고 했나요?"

"내 말은 내용을 문제 삼자는 게 아니라 형식의 문제, 즉, 사적으로 보낸 편지를 만천하에 공개해서 왜 날 개망신시키냐 하는 겁니다."

"개망신당할 일을 자초했잖아요?"

"어허, 당신이 나를 개망신시킨 거라니깐."

"끌어안고 별짓 다 하고 싶다고 한 게 누군데?"

"그거야 내 희망 사항이고."

"나를 어떻게 해보자는 속셈 아녜요?"

"막 나가지 맙시다."

"어머, 별꼴이야 정말."

"뭐? 별꼴? 이게 사람을 뭘로 보고?"

"이게? 이게라니?"

말싸움이 일어났다. 나는 그만 나도 모르게, 테이블을 밀치고 벌떡 일어나, 멀리 있는 금옥을 향해, 말아쥔 종주먹을 힘껏 던졌다. 그러자 회장이 대신 나섰다.

"야 이 색꺄!"

회장이 반격으로 나를 향해 전화기를 던졌다. 폴더블폰이 내 귓등을 스치며 날아와 문자판을 발랑 뒤집고 바닥에 나뒹굴었다. 그와 동시에 회장이 한걸음으로 날아와 내 멱살을 틀어쥐었다.

"이게 어디서 종주먹을 휘둘러? 내가 공개하라고 시켰다. 어쩔래? 금옥 씨가 누군 줄 알아? 내 여자야. 내 여자. 왜? 몰랐었냐? 이 새끼 당장에 제명시켜."

회장은 나보다 두 배는 커 보이는 부푼 주먹을 휘두르며 마초를 과시했다. 나는 폴더블폰이 스치고 지나간 귓전에서 번지기 시작하는 가려움증을 느꼈다. 나는 솔직히 회장이 그렇게까지 분개하는 이유를 알 수 없었다. 그래서 묻지 않을 수 없었다.

"우리 회원 중에 금옥 씨가 회장님의 여자라는 걸 모르는 사람이 어딨습니까? 그러나 당신과 금옥 씨가 그렇고 그런 사이라는 것하고, 내가 금옥을 좋아하는 것하고는 전혀 별개의 일입니다. 당신이 금옥 씨를 좋아하는 건 인정되어야 하고, 내가 금옥 씨를 좋아하는 건 무시되어야 합니까? 내가 당신의 애정 행위를 옹호해야 할 의무라도 있단 말입니까? 나의 개인적 감정까지 당신이 전횡해야 하는 이유가 도대체 뭡니까?"

나는 내가 평소 가지고 있던 생각과 신념을 여러 가지 각도에서 차례로 물었다. 그러나 회장은 대답 대신 하나로 묶인 질문을 내게 던졌다. 신중하지 않은 태도였다. 내 반응이 고울 리 없었다.

"너 지금 그걸 알면서도 그랬단 말이지?"

“글쎄 알고 모르고는 아무 상관이 없다니까 그러네.”

“이거 완전 미친놈 아냐?”

“미치긴 누가 미쳤다고 그래? 당신의 감정은 인정받아야 하고, 내 감정은 공개적으로 망신을 당해야 하는 거야?”

금옥이 까르르 웃으며 끼어들었다.

“나를 사이에 두고 싸우는 거 맞죠? 아유 재밌어라.”

“일을 엉뚱한 방향으로 몰지 말아요. 나는 지금 나의 사유 방식이 침해당한 것에 어필하는 겁니다.”

금옥이 코웃음쳤다.

“꼭 야구 감독 같으시다. 어필?”

나는 그때까지도 잘 버티던 냉정을 그 코맹맹이 소리 때문에 잃고 말았다. 그래서 이렇게 말했다.

“당신을 안아보겠다고 생각한 걸 후회합니다.”

“무슨 뜻이죠?”

“경박하지 않은 줄 알았다는 뜻입니다.”

순간 회장이 벌떡 일어나더니 참을 수 없는 분노를 폭발시켰다.

“이 새끼는 말이 필요 없는 놈이야.”

그러더니 회장이 나를 코너로 몰고 가 두들겨 패기 시작했다. 나는 선방으로 맞은 눈두덩의 얼얼함에 취해 급격히 늘어지는 몸을 추스르기도 바빴고, 맞주먹을 내기는커녕 그의 허리춤을 붙잡고 버티는 것만으로도 벅찼다. 회장은 산양의 뿔처럼 나를 조각조각 튀기며 무찔러 들어왔다. 그렇게 해서 나는 많이 얻어맞고, 개처럼 끌려 나가 회의장 밖에 버려졌다.

'아아! 내가 미친놈이었지. 오두방정이었지. 어쩌자고 메일을 보냈을까? 혼자만 알고, 혼자만 생각하다가, 그러다 말걸. 공연한 짓을 했어. 익명으로 단톡방에나 올릴 걸 그랬어. 감히 회장의 여자를 넘보다니.'

나는 이렇게 해서 그들에게 제명당했고, 어필은커녕 어퍼컷 한 방 못 날리고 일방적으로 깨졌다. 그것은 바로 내 방이 헐리기 사흘 전에 일어난 일이었다.

어머니는 내 방문을 열고 서서 멍이 들어 퍼렇게 변한 내 얼굴을 바라봤지만, 얼굴이 상한 이유는 묻지 않았다. 다만 스탠드에 발가락을 쪼이고 앉아 있는 것에 대해서만 '빙충맞은 놈'이라 규정지으며 문을 쾅 닫았다. 어찌나 세게 닫았던지 닫혔던 문이 열렸다가 도로 닫혔다.

맞은 자리의 통증이 우연해지자 다시 이명과 가려움증이 찾아왔다. 나에게 이 둘은 무엇일까? 그것은 세상과의 소통 과정에서 체득한 나름의 생존 방식인 것 같았다. 그것은 유전자 속에 숨어 있다가 잠복기를 거쳐 나타난 원형질과도 같고, 풍화작용의 결과로 숨김없이 벗겨져 드러난 본성과도 같았다. 또 그것은 멧새가 일렁여 놓은 나뭇가지의 흔들림이나, 무수히 만났다가 사라져간 사람들과의 접촉에서 생긴 결과이기도 했다. 요컨대 그것은 타인과의 소통 과정에서 비롯된 엇갈림이나, 끊임없이 나를 괴롭히고 전횡하는 것들을 대하는 내 나름의 시니시즘이기도 했다.

　그러나 이렇듯 고상하게 나의 존재 방식을 말하고는 있지만, 지금의 나는 스탠드에 발가락을 쪼이고 앉아서, 등도 긁어보고 발가락 사이의 진물도 터뜨려가며, 이 밤이 새기 전에 내 몸 하나 온전히 누일 방 한 칸을 어떻게 마련할 수 있을까를 고민하면서 낮보다 긴 밤을 보내고 있을 뿐이었다. 이 한 몸 누일 곳이 그렇게도 없단 말인가?

　더는 지체할 시간이 없었다. 여명의 찬 기운이 창가에 번지기 시작했다. 날이 밝는 대로 어머니를 졸라 작지만 방 두 개짜리 사글세를 얻어 나가 살자고 간청하는 게 좋을 것 같았다. 어머니가 내 뜻을 선선히 받아줄까? 나와 함께 살자는 제안을 어머니는 수용할까? 금옥처럼 길길이 날뛰지는 않을까? 생각이 여기까지 미치자 더는 앉아 있을 수가 없었다. 내 한 몸 누일 공간을 찾아야만 했다.

　무릎걸음으로 어머니의 방에 건너가 방문을 흔들어보았다. 기척이 없었다. 잠귀가 밝은 분이 못 들으실 리 없는데? 다시 흔들어본다. 움직임이 느껴지지 않았다. 방문을 열었다. 어둠에 갇힌 방안 풍경이 윤곽으로 살아나지 않았다. 어머니를 불러보았다. 대답이 없었다. 손더듬이로 스위치를 찾아 불을 켰다. 방이 밝아지면서 동공 가득 빛이 쏟아져 들어왔다. 밝음에 익숙해지면서 나는 고개만 반짝 들고 네 발로 엎드린 나를 발견할 수 있었다. 방안에는 아무도 없었다. 삼각형의 한 변이 열린 공간 속으로 사라져버리고 이각형만 남았다. 어머니가 누워 있던 잠자리를 더듬어 보았다. 온기조차 남아 있지 않았다. 이 밤에 어딜 가신 걸까?

열린 창문 틈으로 새벽 별빛에서 흘러들어온 냉기가 귀청을 뚫고 뇌수를 가르며 소나기처럼 쏟아지기 시작했다. 귀를 막아도 손가락 사이로 비집고 들어와 까마득히 덮였다. 등은 왜 또 가렵기 시작한 걸까? 어깨 너머로 손을 뻗어 가려운 부위를 찾았다. 손은 연신 허방을 짚고 가려움증은 손끝 저 너머로 달아났다. 가려움증의 근원을 찾아 손을 늘여 뻗다가 그만 나동그라지고 말았다. 평소에 안 하던 동작을 취하는 바람에 담이 들고 말았다. 방바닥이 흔들린다는 느낌이 왔다. 포클레인이 온 것일까? 삽날이 번쩍 들리며 담을 허물고 달려드는 환영에 빠지면서 나는 등 전체로 번지는 가려움증을 이기지 못해 역으로 몸을 꼬았다.

어머니는 나를 두고 혼자 어디로 도망쳐 버린 것일까? 평면 너머의 열린 선분 뒤로 숨어버린 건 아닐까? 여명이 걷히고 스탠드 불빛처럼 파란 하늘이 열렸지만, 어머니의 귀소歸巢에는 아무런 기척이 얹히지 않았다.

가을이와 고양이의 시간

바람도 살랑살랑 불어 꽃잎 날리고, 애옥살이하던 목련 동백도 피고, 주말인 토요일이고, 그런 화창한 봄날에, 팔이 부실한 아내 대신 내가, 겨우내 다릿목에 겹쳐 덮던 차렵이불을 창밖에 내걸고 팡팡 터는 일. 해서는 안 되는 일일까? 정말 해서는 안 되는 일일까? 내 집에서 내 이불 터는데 누가 뭐랄 거냐고? 하지만 나는 그걸 하지 못한다. 아래층 여편네 때문이다. 그 여자가 베란다에다 고양이를 키우고 있어 창밖에서 무슨 소리만 나면 고양이가 이처럼 외친다고 한다.

"꺄아악, 누가 창문을 깨고 들어와 우릴 죽이려 해요."

그러면 아래층 여자는 고양이 말만 듣고 바로 위층인 우리 집에 인터폰을 해댄다.

"아유, 우리 애들 다 죽네."

어처구니가 없다. 나는 단지 이불을 털었을 뿐인데……. 이불 터는 소리에 고양이가 죽다니?

그럴지도 모른다. 이 여자는 고양이라면 사족을 못 쓴다. 집에서 키우는 거야 그렇다 쳐도 길고양이에게까지 친정엄마 노릇을 한다. 아파트 관리사무소에서 야생동물에게 먹이를 주지 말라고 그렇게 밤낮으로 방송함에도, 주차된 차바퀴 밑이나 정원수 아래에다 몰래 사료를 놓아둔다. 동네 고양이들은 스테인리스 밥그릇 내려놓는 소리만 듣고도 하얗게 몰려온다. 그래서 나는 그녀의 별명을 스테인리스 밥그릇을 줄여 '스뎅'이라 부르기로 했다.

비 오는 어느 날, 나는 새로 산 자석 청소기로 베란다 유리창을 닦고 있었다. 유리창 바깥쪽은 손이 닿지 않아 인터넷을 샅샅이 뒤져 구입한 것이다. 사용 방법에 익숙지 않아 줄 달린 바깥쪽을 몇 번 떨어뜨렸더니 득달같이 인터폰이 울렸다. 고양이가 창밖에 독수리라도 나타난 것처럼 호들갑을 떨어댄 모양이었다. 나는 스뎅과 싸우기 싫어 그날로 청소기를 내다 버렸다. 우기고 더 닦았다가는 고양이 눈을 뜨고 식칼을 품은 채 달려 올라왔을 것이다.

아래층에 고양이가 있다면 우리 집엔 개가 있다. 하얀색 말티즈, 이름은 '가을이'. 가을에 왔다고 해서 붙인 이름이다. 유기견 보호센터에서 데려온 아이라 나이는 모르지만, 우리 집에 온 뒤로 무탈하게 팔 년을 살았다. 그런 가을이가 지난해 가을 배탈이 났었다.

작년 가을, 내 고향집 전답을 도지 한 푼 없이 공짜로 일궈 먹는 최씨 할아버지네 막내아들 삼영이가 그 밭에서 키운 고구마를 한 상자 보내왔었다. 삼영이는 사람은 착한데 다소 지능이 떨어지는 측면이 있었다. 딸만 내리 다섯을 낳은 뒤에 본 첫아들인지라 비싼 용을 과하게 달여 먹인 결과였다. 드디어 최 노인이 내 땅에서 난

소출을 참견할 수 없는 상황이 온 듯했다. 구순이 넘었으니 그럴 나이도 지났다. 만일 최 노인이 아들이 한 일을 알았다면 유휴농지 대리경작법 시행령을 들먹거리며 가잠나룻을 가파르게 꼬아 올렸을 것이다.

어찌나 양이 많던지 가으내 깎아 먹고, 쪄 먹고, 구워 먹어도 줄지 않았다. 성마른 집사람이 썩어서 버리기 전에 갈무리한답시고 남은 걸 모두 삶아 베란다에 널어놓았다. 그랬더니 가을이가 밤새 들락거리며 훔쳐 먹고는 배탈이 났다. 사흘 연속 고구마 똥을 좍좍 싸댔다. 동물 약으로도 안 들어 사람 먹는 설사약을 갈아 먹여 겨우 살려냈다.

나는 웬만하면 스뎅과 겹치지 않기 위해 바깥출입을 삼갔지만, 한 라인에 살기에 어쩔 수 없이 만나게 된다. 어느 날, 일 층 현관을 나서다가 고양이 밥그릇을 든 스뎅과 마주쳤다.

"앞으로 자주 만나겠네요?"

"네?"

"퇴직하신다면서요."

"아? 네. 그렇게 됐습니다."

"언니한테 들었어요. 명퇴하신다고. 좋으시겠어요?"

"네?"

"놀게 돼서."

영업 실적 부진으로 밀려나는 걸 명퇴로 포장해서 말했을 집사람의 고충이 이해되었다. 분명 그랬을 것이다. 외면하는 집사람을 붙들고 나의 명퇴 사유를 집요하게 캐물었을 것이다.

나는 심사가 뒤틀려 데면데면 물었다.

"놀면 좋은가요?"

"난 좋던데요. 사시사철 룰루랄라, 띵까띵까."

스뎅이 손에 든 스테인리스 밥그릇을 노래방 찰찰이처럼 흔들며 내 앞을 잘라 지나갔다.

명퇴에 대해 말하자면 사연이 좀 서글프다. 새로 부임한 지사장은 나보다 네 살이나 어린 사람이었다. 성과급 영업사원에게 연공서열이란 존재하지 않는다. 차를 많이 팔수록 직급이 올라가고 수당이 쌓이는 구조다.

"한 부장님. 트위터 계정이 어떻게 되시죠?"

지사장이 부임 후 직원과 차례로 면담하는 자리에서 내게 물었다.

"안 하는데요."

"그럼 페이스북은?"

"그것도요."

"그럼 뭐로 차를 팔죠?"

"이래 봬도 제 단골이 꽤 된답니다."

지사장은 트위터나 페이스북은 물론, 인스타그램도 하고, 구독자 수가 십만이 넘으면 받는다는 실버버튼 유튜버이기도 했다.

나는 내가 가진 유일한 현대적 기억장치인 휴대폰을 꺼내 그 안에 입력된 전화번호를 스크롤해 보여주었다. 삼천 명 고객 명단이 영화의 엔딩 자막처럼 올라갔다. 이를 본 지사장이 고장 난 마리오네트 같은 처량한 표정을 지으며 오금을 박느라 한 마디 덧붙였다.

"나이가 들면 생긴다는 전립선염에 좋은 처방을 하나 알고 있는데, 가르쳐 드릴까요?"

이는 내가 내방 고객과의 상담 도중 오줌을 참지 못해 화장실에 들락거리는 통에 다된 계약 놓치는 걸 봤기에 나온 말일 것이다. 나는 나이 든 남자라면 대부분 걸린다는 전립선 비대증을 여러 해째 앓고 있었다. 내가 뒤틀린 심사로 대꾸했다.

"제 병은 전립선염이 아니라 전립선 비대증입니다."

지사장이 수시로 울리는 자신의 최신형 접이식 휴대폰을 엄지손가락으로 밀며 말했다.

"그게 그거 아닌가요?"

우리 아파트는 지은 지 30년이 넘었지만, 벽에 금 간 데 없지, 시내버스 노선 많지, 재래시장 가깝지, 공기 좋지, 살기에 이만한 곳도 드물었다. 오래된 아파트라서 지하 주차장이 없고, 주차공간이 좁은 것만 빼면 정말이지 살기 좋은 동네다.

어느 비 오는 아침, 나는 우산을 쓰고 음식물 쓰레기를 버리러 나왔다가 현관 바로 앞 장애인 주차장에 낯선 차 한 대가 서 있는 걸 보았다. 현대 펠리세이드. 우리 라인에 이런 차를 가진 사람은 없었다. 손차양을 만들어 안을 들여다보았다. 장애인 스티커가 붙어 있었다. 주말을 이용해 다니러 온 손님이겠거니 했다. 대형차라서 비켜 가기도 어려웠다. 문짝에 쓸려 봉투 속 내용물이 삐져나오고 바짓단이 젖었다. 다음 날, 그 차가 다시 나타났다. 우리 동 입주민 중 누군가 새로 차를 뽑은 모양이라 생각했다.

고구마 똥이 가시고 대여섯 달 지났을까? 가을이의 배에 실금이 보이기 시작하더니 배가 눈에 띄게 불러왔다. 처음엔 어디서 흘레라도 붙었나 하다가 문득 간경화가 의심되었다. 인터넷을 뒤져보니 개도 사람처럼 간에 이상이 생기면 실핏줄이 터지고 복수가 찬다고 나와 있었다. 가을이를 안고 동물병원에 갔다. 가는 내내 부푼 배가 눌려서인지 몸을 뒤틀고 버둥거려서 여러 번 놓칠 뻔했다.
　수의사가 물었다.
　“이름이 뭐죠?”
　“가을이요.”
　“나이는?”
　“몰라요. 유기견 센터에서 데려온 애라서.”
　간호사가 권총처럼 생긴 측정기를 가을이의 등에 대고 쐈다. 입양할 때 센터 직원이 했던 말이 생각났다.
　“몸에 칩을 심어놨으니 유기하면 곧바로 견주의 신원이 확인됩니다.”
　내장된 칩 정보가 떴다.
　“입양한 지 팔 년 되었군요. 그럼 대략 나이가 열여섯 살쯤, 사람으로 치면 팔십 노인네입니다."

"어떻게 나이를 알죠?"

"캐리어 난에 모견이라고 적혀 있네요."

"모견이 무슨 뜻이죠?"

"새끼 낳는 강아지. 보세요, 이 개가 유난히 작죠? 개는 크기가 작을수록 값이 나가고 모견으로들 많이 키웁니다. 아마 이 개도 열 번 이상 새끼를 뺐을 겁니다."

"그걸 어떻게 알죠?"

"배와 이빨을 보면 압니다. 모견으로서 수명이 다한 거죠. 새끼 낳는 데 팔 년, 손님이 데려다 키운 거 팔 년. 합이 십육 년. 나이가 딱 나오지요. 보세요. 이빨도 다 빠지고 생리하는 거 못 보셨죠?"

수의사가 일사천리로 묻고 답했다. 이빨이야 그렇다 쳐도 생리 안 하는 것까지 알아맞히는 걸 보니 전문가는 전문가인 모양이었다.

속으로 셈을 해보았다.

'열 번이면 지금까지 모두 몇 마리를 낳은 거야? 개는 새끼를 한 번에 몇 마리씩 낳더라? 다섯 마리? 열 마리? 그렇다면 가을이가 낳은 새끼가 적게는 오십 마리, 많게는 백 마리? 어쩐지 동네 수캐들이 쳐다도 안 보더라니, 늙어서 그런 거였군. 도도하게 굴어서 보기 좋았었는데…… 그런 거였어?'

"병명은 뭐죠?"

"음. 간경화가 맞긴 하지만 쉽게 말해 노환인 거죠. 개의 평균 수

명이 얼만지는 잘 아시죠?”

수의사는 경망스럽게도 가을이가 빤히 듣는 앞에서 ‘생명 끝’을
선언했다. 사람 말귀를 다 알아듣는 가을이가 고개를 툭 떨궜다.
집사람이 냉큼 가을이를 안아 들었다. 수의사는 처방해줄 약도 없
다며 진찰비만 오만 원을 받았다.

가을이를 안고 오는 내내 집사람이, “니 새끼 다 얻다 팔아먹었
어?” 하며 찔찔 짰다.

호주머니가 허전했다. 휴대폰이 보이지 않았다. 가을이가 하도
버둥거리는 통에 어디서 빠뜨린 모양이었다. 곧바로 경찰서에 신
고했더니 휴대폰의 이동 경로를 알려주었다. 동물병원 가는 길 중
간쯤에서 신호가 멈추었다가 엉뚱한 방향으로 이동해 신호가 끊
겼다고 했다. 흘린 휴대폰을 누군가 집어간 모양이었다. 느닷없이
세상 깜깜이가 되고 말았다. 외우는 번호 몇 개만 빼고 삼천 명 고
객 명단이 송두리째 날아가버렸다. 당장 휴대폰 케이스에 넣어둔
운전면허증이 필요했다. 혹시 몰라 열흘을 기다렸으나 아무런 연
락이 없었다. 요즘도 이런 사람이 있다니? 휴대폰을 새로 사서 연
락처를 복구하느라 부산을 떨고, 증명사진 다시 찍으랴, 면허증 재
발급받느라 허투루 하루를 썼다. 이런 일련의 일들도 나의 퇴직을
재촉하는 계기로 작용했다.

가을이의 배는 하루가 다르게 부풀었다. 서혜부에 만져지던 작은
돌기가 커지고 단단해졌다. 며칠 사이에 배가 빵빵해졌다. 금방이
라도 터질 것만 같았다. 먹은 게 없는데도 배는 나날이 부풀었다.

“저 차의 저게 뭐죠?”

누군가 주차된 차들 사이에서 불쑥 일어섰다. 스뎅이었다. 그건 스뎅이 자동차 바퀴 밑 여기저기에 숨겨둔 고양이 밥그릇에 사료를 붓다 말고 일어나며 던진 질문이었다. 그것은 또한 그 밥그릇 중 하나를 바짝 일그러뜨리기 위해 치켜들었던 내 발길이 멈칫하는 순간이기도 했다. 놀라긴 서로가 마찬가지였다.

“무슨 차 말입니까?”

“저 차.”

스뎅이 검지를 뻗어 장애인 주차장에 세워진 팰리세이드를 가리켰다. 내가 자동차 영업사원임을 익히 알고 있었기에 하는 질문일 것이다.

“아! 현대에서 나온 팰리세이드라는 찹니다.”

“아니, 차 이름 말고, 저기 저거.”

스뎅이 손가락을 모아 차의 전면 유리창에 붙은 스티커를 정조준했다. 휠체어 모양의 동그란 스티커가 붙어 있었다.

“장애인 스티커 말입니까?”

“맞아요. 그런데 좀 이상하지 않나요?”

“뭐가요?”

“장애인 스티커는 홀로그램으로 되어 있다고 하던데.”

“홀로그램이 어쨌다는 겁니까?”

“이건 홀로그램이 아니잖아요?”

내가 모르쇠로 능치며 지나치려 하자 스뎅이 언성을 높여 말했다.

“자동차 딜러라면서 그것도 몰라요?”

스뎅의 빈정대는 말투에 내 눈꼴이 휘어졌다. 스뎅의 말본새가 원래 그랬다. 욱하는 엇박자가 속에서 치밀었다. 하지만 이번엔 반발심 대신 호기심이 생겼다. 자동차에 관한 얘기라면 경우가 다르다. 평생을 이 직종에서 살아온 내가 장애인 등록 차량의 표시 사항을 모를 리 없었다.

스티커를 자세히 들여다보았다. 아닌 게 아니라 이상하긴 했다. 장애인 스티커는 장애인을 상징하는 휠체어가 홀로그램으로 그려져 있어서 위변조를 못 하게 되어 있다. 이런 것쯤은 자동차 딜러라면 다 아는 사실이었다. 하지만 나는 곧이곧대로 말하고 싶지 않아 이렇게 말했다.

“차 안이 어두워서 그렇게 보이는가 보죠.”

이 말을 하면서 나는 문득 ‘타인은 지옥’이라는 생각이 들었다. 많은 얘기를 나눠보진 않았으나 그녀의 말투는 언제나 거슬렸다. 빨리 자리를 뜨고만 싶었다. 음식물 쓰레기를 들고나오지 않은 게 다행이었다. 만일 그녀가 그걸 봤다면, “남자가 오죽 시원찮으면 벌건 대낮에 쓰레기나 버리러 나와요?” 하며 조롱을 터뜨렸을 것이다.

벗어나려는 나의 조급증과 달리 스뎅은 코모도도마뱀처럼 집요하게 물고 늘어졌다.

“어쩔 거예요?”

“뭘 말입니까?”

"신고해야죠."

"무슨 신고?"

"불법 스티커 부착 차량 신고."

정말이지 지옥으로 끌려가는 느낌이었다. 그렇게 신고가 하고 싶으면 자기가 하면 되지 애꿎은 나를 끌어들이려는 심보가 고약했다. 나는 더 엮이기 싫어 자동차 딜러라면 누구나 알고 있는 장애인 표시 불법 사용 신고 요령을 말해 주었다.

"안전신문고 어플을 다운받아 신고하면 됩니다."

"어떻게 다운받는 줄 모르는데?"

"쉬워요. 플레이스토어에 들어가서 안전신문고 치면 바로 나옵니다."

스뎅이 난감한 표정을 지었다. 하긴 가정주부가 모를 내용이긴 했다.

"잘 모르면 애들한테 물어보시든가?"

"애들은 바쁜데."

"그럼 남편한테 물어보세요."

"남편도 바쁘고."

스뎅이 바쁘다는 말을 연발한 것은 아무래도, 집에서 한가하게 노는 네가 신고를 대신해주면 안 되겠니, 라는 뉘앙스가 담겨 있었다. 나는 이쯤에서 대화를 끝내기로 했다. 스뎅의 시선이 뒤통수에 오래 꽂히는 걸 느끼면서 나는 때마침 열리는 엘리베이터를 향해 총총히 걸음을 옮겼다.

가을이의 배가 더욱 부풀었다. 마침내 복어 배가 되었다. 배가 부풀자 개의 일상도 사라졌다. 현관에 누군가 들어서기만 하면 일 분을 꽉 채워 짖어대던 샤우팅이 사라졌다. 초인종이 울리면 가장 먼저 개가 짖지 못하게 안아 들어야 했었다. 처음 보는 사람이야 얼마든지 그럴 수 있지만, 같이 사는 집식구가 들어와도 막무가내로 짖어댔다. 타협과 이해심을 모르는 기생 생물. 인간의 생명과 재산을 지켜야 한다는 알고리즘으로 똘똘 뭉친 존재. 그 한결같은 코드 하나로 가을이는 팔 년 내내, 누가 시키지 않았는데도, 지킬 것도 없는 현관문을 굳게 지켰다. 이종異種 간의 좁혀질 수 없는 거리. 수정과 소통을 모르는 완고함.

개와 산다는 건 그런 것이다. 평생 먹이를 챙겨줘야 하고, 똥오줌을 치워야 하고, 목욕과 산책을 시키고, 하루에도 몇 번씩 패드를 갈아줘야 한다. 처음엔 멋모르고 데려왔지만 나이가 들수록 거추장스럽고 피곤해진 존재. 도무지 어떻게 해볼 수 없는 막다른 절벽. 막막함.

원래 가을이는 아들과 살았어야 했다. 지금은 결혼해서 나가 사는 아들이 어릴 적 하도 노래를 불러 데려왔더니 금방 정 뗀 장난감 신세가 되고 말았다. 도로 갖다줄 수도 없었다. 유기견 보호센터의 분양 규칙은 일단 한번 분양을 받으면 철회할 수 없는 조건이었다. 집사람도 개에 대한 애정이 별로여서 똥 치우고 패드 갈아주는 건 언제나 내 차지였다. 그래도 명색이 모견 출신인지라 아이처럼 놀아주지 않아도 칭얼대지 않았고, 목줄 채워 산책이나 가끔 시

 단편선

켜주면 만족하는, 있는 듯 없는 듯 순한 개였다.

그러던 모든 일상이 깨지고 말았다. 종일 엎드려 코만 핥을 뿐 미동조차 없었다. 안 먹고 안 싸면 좋을 것 같아도 그게 아니다. 개도 안 먹고 안 싸면 죽는다. 산 생명이 눈앞에서 죽어가는 걸 바라볼 수만은 없었다.

가을이를 처음 데려왔을 때가 생각났다. 유기견 보호센터의 철제 컨테이너에 갇혀 새로운 주인이 나타나기를 기다리는 수백 마리의 버려진 개들. 2주일 동안 입양자가 나타나지 않으면 살처분되는 존재. 그들에게 이름이 붙는다는 건 죽음에서 건져 올려졌다는 뜻이다. 내가 입양을 결심해 가을이라는 이름을 붙여주었을 때 가을이는 새 생명을 얻었다. 나의 선택과 명명으로 인해 되살아난 존재. 가을이의 이름에는 그런 처절함이 담겨 있었다.

급기야 먹은 것도 없이 물똥을 싸기 시작했다. 온 집안이 똥내로 가득 찼다. 패드는 혈변으로 수북했고, 밤 동안 끙끙대며 찍고 다닌 똥물 도장이 거실 바닥을 뒤덮었다. 사람이 잘못 밟아 미끄러질까 싶어 밤에도 불을 켜두었다. 남은 시간은 길어야 1주일. 죽음이 현실로 다가왔다. 주검을 눈앞에서 본다면 평생 아픈 기억으로 남을 것이다. 가을이를 살아있는 모습으로만 기억하고 싶었다.

가을이를 방석째 안아 들고 다시 동물병원을 찾았다. 이번에는 혼자 갔다. 구면이 된 수의사가 개를 병원에 두고 가면 알아서 처리해주겠다고 말했다. 그가 내놓은 서류에는 세 종류의 사체 처리 유형이 적혀 있었다. 금액은 번호가 아래로 내려갈수록 저렴했다.

1. 화장하여 수습한 유골을 유골함에 담아 인도하는 방법

2. 납골당에 안치해 언제든 볼 수 있게 하는 방법

3. 처리 후 아무런 결과도 안내받지 않는 방법

몇 번을 고를지 집사람에게 전화해서 물어볼까 고민했다. 미뤄지는 내 결정에 수의사가 참다못해 3번 항에 볼펜을 누르고 말했다.

"대개 이걸 택하더라고요."

그가 나 대신 3번에 동그라미를 쳤고, 나는 신용카드를 내밀었다. 간호사가 34만 원이 적힌 영수증과 가을이를 맞바꾸었다. 간호사가 가을이를 안고 일어섰다. 가을이는 영문도 모르고 간호사의 품에 안겨 병원 안쪽으로 들어갔다. 수술실 문이 닫히며 검정 고무장갑을 끼는 수의사의 실루엣이 먼빛에 얼비쳤다.

스티커가 확실히 이상하긴 했다. 휠체어는 홀로그램이 아니었고, 아랫부분이 반 넘게 가려져 있어 내용을 확인할 수도 없었다. 위변조의 혐의가 짙었다. 며칠을 눈여겨보았다.

그러던 어느 날 저녁, 팰리세이드에서 내리는 사람이 눈에 들어왔다. 퇴근하고 들어오는 모양이었다. 겨드랑이에 고야드 클러치백을 낀 덩치 큰 40대의 남자. 그가 비어 있는 장애인 주차장에 버젓이 차를 세운 뒤 건너편 앞 동 현관문을 열고 들어가 사라졌다. 목덜미를 타고 기어 올라간 구렁이 타투가 인상적이었다. 부산 서면의 돌려차기범이 생각났다. 일면식도 없는 여성을 발로 차고 무차별 폭행해 강간하려 했던 사건.

‘이것 봐라? 장애인이 아니잖아? 우리 동 사람도 아니고. 사지 멀쩡한 놈이 어떻게 저럴 수가 있지? 장애인 주차장을 제집처럼 사용하고 있잖아? 문신을 한 것으로 보아 조폭 양아치일 거야. 생김새도 꼭 그놈을 닮았어. 이놈을 어떻게 하지? 당장 쫓아가서 혼을 내줄까? 주차구역 위반 사실을 알리는 메모를 써서 차에 남길까? 위조 스티커 차량을 전문적으로 추적하는 유튜버에게 알릴까?’

외제 차를 굴릴 정도는 아니어도 돈은 좀 있어 보이고, 가짜 스티커를 붙이고 다니는 걸로 보아 불법적인 일을 하는 사람일 것이고, 거침없는 걸음걸이로 미루어 건달 생활을 하는 망나니일 거라는 판단이 섰다.

급선무는 장애인 스티커가 가짜임을 확인하는 일이었다. 확인 방법은 간단했다. 구청에 전화해서 차량번호만 불러주면 즉석에서 알 수 있다. 일단 사실관계를 알아보기로 했다. 구청 해당과에 전화를 걸어 차량번호를 알려주었다. 5초 만에 대답이 돌아왔다.

“장애인 스터커 발급 사실이 확인되지 않습니다.”

“확실한가요?”

“네. 확실합니다.”

“그렇담, 이 전화로 신고에 가름할 수 있나요?”

“안 됩니다. 안전신문고로 접수해야 합니다.”

“꼭 그래야 합니까?”

“그런 걸 신고하라고 안전신문고를 만들었지요. 거기에 신고하면 됩니다. 정 원하신다면.”

구청 직원의 마지막 말이 여운으로 남았다.

‘정 원하신다면.’

법률이 정한 바에 따르면, 장애인 주차구역 위반 과태료는 10만 원, 장애인 표지 사용 위반은 그것의 스무 배인 200만 원이다. 얼마짜리로 할까? 10만 원은 너무 적다. 혼잡한 주차장을 홍해처럼 가르고 들어와 제집인 양 떡하니 차를 대는 행위, 금지된 일을 서슴없이 자행하는 막무가내, 무엇이든 제 맘대로 해치우는 안하무인, 10만 원은 아무래도 약하다. 200만 원짜리로 하자. 살림이 거덜 날 정도는 아니지만 자다가 깨서도 속이 쓰릴 금액. 그래, 이것으로 가자.

당장 휴대폰을 열었다.

플레이스토어에서 안전신문고 클릭, 다운로드 시작, 해당 사이트 입장.

사진이나 동영상을 녹화하도록 허용하시겠습니까? 허용.

차려진 테이블 메뉴가 차례로 떴다.

불법 주정차 신고, 엔터.

장애인 전용구역 불법주차, 엔터.

사진/동영상 촬영, 엔터.

발생지역 위치 찾기 자동실행, 엔터.

사진 촬영은 일 분 이상 시차를 두고 두 장 이상을 찍어야 한다. 일 분을 기다렸다가 두 장을 찍었다. 사진이 썸네일로 변환되어 곧

바로 신문고 화면에 올라갔다.

위반 내용 작성란, 엔터.

위조된 스티커로 불법주차를 밥 먹듯 자행하고 있음, 이라고 적었다.

마지막 선택, 제출하기와 취소하기.

어떤 걸 누를까? 당연히 제출하기를 눌러야지. ……하지만, 나는, 으음, 취소하기를 눌렀다.

아무리 조폭 양아치 새끼라도 한 동네 사는 이웃인데 좋게 좋게 해결해야지 벌금을 200만 원씩이 물려서야 쓰겠어? 하며 내 속의 또 다른 내가 나를 뜯어말렸다.

일단 신문고 어플에서 빠져나왔다. 아무래도 팰리세이드 운전석 위에 붙은 카메라를 생각하지 않을 수도 없었다. 요즘은 차량마다 카메라가 설치되어 있어서 사진을 찍고 있는 내 모습이 찍힐 수도 있었다. 내 신원이 밝혀져서 좋은 일은 없을 것이다. 이 일로 인해 무슨 봉변이라도 당한다면 쪽팔려서 이 동네에 살 수도 없을 것이다. 이건 나잇살이나 먹은 사람이 할 짓이 아니라는 생각이 들었다.

서두르지 말고 좀 지켜보기로 했다. 일주일이 지나고 보름이 흘렀다. 팰리세이드는 여전히 장애인 주차장을 점거한 채 위용을 떨치고 있었다.

'아파트 관리사무소에다 얘기할까? 그래. 그렇게 하자. 내가 직접 나설 필요까지는 없지 뭐.'

관리사무소를 방문해 야간 당직자에게 위반 사실을 알렸다. 차량번호도 꼼꼼히 적어주었다. 당직자는 내일 날이 밝는 즉시 관리소장에게 보고해 시정조치 하겠다며 흥분하고 격분했다. 흥분과 달리 며칠이 지나도 감감무소식이었다. 격분은커녕 도통 변화가 없었다. 망설이는 사이 또 며칠이 지났다.

이상한 일이 생겼다. 팰리세이드와 똑같은 위조 스티커를 부착한 차량이 한 대 더 나타난 것이다. 기아자동차의 최신형 SUV 카니발 하이브리드. 차폭도 팰리세이드 버금가게 넓었고, 색깔도 새하얀 흰색이었다. 이번에도 구청에 전화를 걸어 번호를 조회했더니 팰리세이드와 똑같은 답을 들었다. 카니발 역시 장애인 등록 차량이 아니었다. 개탄스러운 일이다. 우리 아파트가 언제부터 이런 무법천지가 되었나 싶었다. 두 대 모두 신고해서 벌금을 물려야겠다는 생각을 굳히고 있었다.

그러던 어느 날부터인가, 카니발과 팰리세이드가 장애인 주차장 점령을 위한 싸움을 벌이기 시작했다. 승리는 번번이 카니발 쪽이었다. 승리의 요건은 자주 운행하지 않는 것. 출근하지 않고 집에서 노는 차가 승리하는 싸움이었다. 낮에 출근하지 않는다면 어디에 주차해도 상관없는데 카니발은 너른 주차장을 비워두고 장애인 주차장만을 고집했다. 저녁에 퇴근해 돌아온 팰리세이드가 차 댈 곳을 찾지 못해 빙빙 돌다가 돌아나갔다. 먼 곳에 차를 대고 돌아온 타투의 남자가 카니발의 장애인 스티커를 노려보다가 앞 동으로 사라졌다.

주말에는 사정이 바뀌었다. 카니발이 외출한 틈을 타 팰리세이드가 떡하니 장애인 주차장을 점령하고 있었다. 싸움은 주말을 경계로 승패가 갈리곤 했다. 이를 보자 속에서 부아가 치밀어올랐다. 겉으론 아파트 앞 마당이 조용해 보여도 장애인 주차 자리를 선점하기 위한 전쟁터가 되고 말았다. 몸이 불편한 장애인을 위해 만든 주차 편의시설이 불법으로 차를 대기 위한 싸움터로 변했다는 사실에 격분하지 않을 수 없었다.

마침내 나는 칼을 뽑아 들었다. 도합 400만 원짜리 정의의 칼로 주차장 싸움을 벌이는 위법 차량 두 대를 작살내기로 작정했다. 관리사무소에서 나서지 않는다면 내가 직접 나서서 불법 행위를 바로잡기로 마음먹었다.

나는 휴대폰을 창처럼 겨눠 들고 주차장으로 향했다. 주중이라 주차장에는 카니발이 한낮의 분분한 햇살 속에 뽀얗게 빛나고 있었다. 팰리세이드는 출근했는지 보이지 않았다. 우선 카니발부터 손을 보기로 했다.

나는 팔꿈치를 접어 휴대폰 액정을 꼼꼼히 닦은 후 생생한 현장 사진을 찍기 위해 카니발 앞에 섰다. 안전신문고에 접속해 화면을 드래그했다. 테이블 메뉴가 차례로 뜨기 시작했다.

그때 발밑에서 새된 비명이 들렸다.

"지금 뭐하는 거예욧?"

스뎅이 주차된 차들 사이에서 사료 봉지를 들고 일어섰고, 동시에 나는 내 발밑에서 무언가가 밟혀 으스러지는 소리를 들었다. 고양이 밥그릇이었다. 일부러 그런 건 아니지만 고의성이 전혀 없었던 것도 아니다.

"아! 밥그릇이 놓인 줄 모르고 그만."

나는 은근슬쩍 밥그릇을 발로 밀어내며 싱긋 웃었다. 나의 즉각적인 사과에 스뎅이 눈에 켜던 잉걸불을 다스리며 따라 웃었다.

나는 스뎅과 말 섞기가 싫어 얼른 휴대폰으로 눈을 돌렸다.

메뉴바를 터치하자 카메라 기능이 활성화되었다. 위조된 스티커를 중심으로 포커스를 조절해 차량의 전면부를 찍었다. 찍힌 사진이 실시간으로 휴대폰 액정에 업로드되었다. 일 분을 기다렸다가 다시 한 장을 더 찍으면 촬영이 끝나게 된다.

그때 내게로 다가오는 스뎅의 움직임이 느껴졌다. 닿을 듯 근접한 그녀가 고개를 늘여 내 휴대폰 속에 목을 집어넣고 물었다.

"지금 뭐 찍는 거예요? 가을이 아빠."

전에 없던 밝은 목소리에 웃음기까지 얹은 질문이었다. 나를 가을이 아빠라고 불러 닭살이 돋았지만, 얼굴을 바짝 들이밀고 정겹게 묻는 질문인지라 대답하지 않을 수 없었다.

"보면 모릅니까? 사진을 찍고 있죠."

나는 두 번째 사진을 찍기 위해 휴대폰 액정 상단에 표시되는 시계의 숫자가 바뀌기를 기다리면서 심드렁하게 답했다. 그러자 스뎅이 나의 의도적 외면에도 불구하고 앞을 막아서며 말했다.

"어떻게 아셨어요? 이게 우리 차인 줄. 뽑은 지 얼마 되지도 않

     단편선

았는데 말이죠. 역시 이웃사촌이라 관심이 많으신가 봐요. 호홋. 하이브리드라서 연비는 좋더라구요. 값이 좀 비싼 게 흠이긴 하지만.”

스뎅은 한 번에 말해도 될 일을 굳이 여러 개의 문장으로 나누어 늘어놓았다. 내가 무슨 의도로 사진을 찍는다는 것도 알고 있는 눈치였다.

“스티커도 별것 아니더라구요. 인터넷에서 찾으면 금방 나오더라구요. 칼라로 뺄 것도 없이 흑백으로 빼서 오려 붙이니까 감쪽같더라구요.”

스뎅이 굳이 반복하지 않아도 될 ‘라구요’라는 말을 되풀이했다. 켕기는 게 있지 않고서야 이렇게 말할 이유는 없었다.

순간 나는 스뎅의 목을 틀어쥘 기회가 왔음을 직감했다. 드디어 200만 원 과태료 폭탄으로 스뎅을 무찌를 절호의 찬스, 그동안 베란다 고양이로 인해 당해왔던 수모를 일거에 되갚을 순간. 우리 집에서 무슨 소리만 내도 쪼르르 전화해 닦달하던 못된 심사를 다스릴 절체절명의 기회. 이를 위해 나는 지금 차량의 번호판도 찍고, 위조된 스티커도 찍고, 차의 전체 모습도 찍고, 도합 석 장의 사진을 안전신문고에 찍어 올려 과태료 200만 원의 폭탄을 터뜨리게 될 것이다.

하지만 나는 그렇게 하는 대신 다음과 같이 말했다.

“차가 참 비싸고 좋아 보이네요. 언제 시승식을 겸해 위아래 집이 함께 드라이브나 나가면 어떨까요?"

정말이지 나는, 어쩌자고 나는, 이렇게 말했다. 스뎅의 반응은 당연히 수긋한 것이었다.

"생각이 참 남다르시군요. 난 미처 그런 생각까진 못 했는데. 역시 고객을 많이 상대해본 분이라 눈치도 빠르셔. 머리 회전도 좋고. 호홋. 드라이브는 남편과 상의해서 나중에 인터폰으로 전화할게요."

사실 나는 이런 식으로 말하고 싶진 않았지만, 결과적으로 그렇게 말하고 말았다. 위아래 사는 사람끼리 흠집을 내선 안 된다는 생각 때문이었다. 가을이와 돌려차기범, 고양이의 영상이 바람막이처럼 흔들리며 지나갔다.

말을 마치자 스뎅은 고양이 밥그릇을 챙겨 들고 자리를 떠났고, 나는 그 자리에 그대로 남아 그때까지도 차 밑에 숨어있던 길고양이를 내려다보았다. 양쪽 눈알의 색깔이 확연히 다른 오드아이 고양이였다. 버리기 아까운 고양이였다. 버린 게 아니라 제 발로 도망쳐 나온 것인지도 모른다는 생각이 들었다.

나는 고양이를 바라보면서 이참에 고양이나 한 마리 길러볼까 생각했다. 그런 생각을 하는 동안, 나를 맞바라보던 오드아이 고양이가 허리부터 몸을 일으켜 세워 꼬리를 치켜들고는 야옹거리며 내 발을 즈려밟고 지나갔다.

태고사 가는 길

오늘은 석가탄신일이다.

20년 전에도 석가탄신일은 있었고, 20년이 지난 오늘 석가탄신일이 다시 돌아왔다. 올해 처음 대체 공휴일로 지정되어 3일간의 황금연휴를 맞았다. 일기예보에 의하면 3일 내내 비가 온다고 했다. 비는 아무래도 좋았다.

새벽에 깨어 화장실에서 나오다가 오늘 태고사에 가기로 했던 게 생각났다. 아직 한밤중이다. 자리에 다시 누웠다. 한숨 더 자고 나면 날이 밝겠지? 빗소리는 들리지 않는다. 누구랑 같이 가기로 약속한 건 아니니까 비가 굵으면 안 가도 그만이고, 는개라면 우산을 쓰고 나서도 되겠지. 우산 속에서 빗소리 들으며 산길 걷는 것도 좋을 거야, 하다가 잠이 들었다. 잠이 꿈으로 이어졌다.

꿈에서는 비가 왔다. 하지감자도 못 캐게 연일 쏟아붓는 장대비를 뚫고, 어머니는 학교 보내달라고 조르는 나를 붙잡으러 아청빛 작두날을 뽑아 들고, 고샅길, 밭둑길을 쫓아다녔다. 다른 자식들은 아무 소리도 않는데, 아들도 아닌 계집년이, 첫째도 아닌 둘째 년이, 대처에 나가 무슨 큰 공부를 하겠다는 것이냐며, 남들 손에 죽기 전에 내 손으로 먼저 죽인다며, 흙물에도 젖지 않은 진솔 버선발로 온 동네를 뛰어다녔다. 나는 어머니를 피해 추깃물 흐르는 논둑길로 도망치다가 미간으로 날아든 작두를 맞고 잠에서 깼다.

어머니의 꿈은 항상 이랬다. 제 몫 챙기기보다는 남들 퍼주기를 좋아하신 어머니. 키도 작고 근력도 없는 당신이었지만, 구순 시어머니 병 수발로 평생을 보냈으면서도 큰소리 한번 안 내고 자식 다섯을 키웠다. 오늘도 어머니는 속 아파 낳은 제 자식보다 배고픈 덴동어미 방물장수를 더 챙기느라 꿈에서도 딸에게 작두를 던졌다.

꿈이 지나가고 날이 밝았다. 비는 오지 않았다.

머리를 감고, 세수를 하고, 선크림을 발랐다. 차양이 넓은 모자를 쓰고, 선글라스를 쓰고, 물병을 챙겼다. 절밥에 대한 기대감으로 아침은 건너뛰었다. 하늘은 흐렸으나 화창한 봄날의 여행자 차림으로 집을 나섰다. 시동을 걸고, 내비게이션을 켜고, 태고사를 찍었다. 티맵 추천 경로로 50분 거리. 한 시간이면 닿을 수 있는 곳. 지금은 가까워졌지만, 20년 전에는 멀고도 멀었던 아득한 그곳.

"내일 석가탄신일인데 절에나 한번 다녀와."

첫돌이 막 지난 외손자가 깰세라 딸은 영화관에서 거는 목소리로 전화했다. '얘가 웬일이야? 애 낳고 키워보니 엄마가 달리 보이나? 무슨 일이 있었나?'

"절?"

"나 어릴 때 절에 갔었잖아? 석가탄신일 날."

“그걸 기억해?”

“태고사였을 걸. 엄마랑 갔던 게 기억나.”

딸이 태고사를 기억하고 있었다. 나는 까맣게 잊고 있었는데. ‘처음 간 게 언제였더라? 마지막으로 간 건 또 언제였지? 딸은 왜 뜬금없이 절 타령일까?’

뭉쳐 있던 기억의 실타래가 일상의 먼지와 뒤섞여 줄줄이 풀려나왔다.

“아! 그래! 태고사.”

태곳적에 생겨났거나 태곳적에 사라졌을 이름의 절. 뉘앙스가 묘했다. 언제까지나 남아 있을 것 같고, 먼 옛날에 사라져버린 것도 같았다. 있어도 없고 없어도 있는 곳. 색불이공 공불이색色不異空 空不異色 같은 절. 그 절이 아직도 그곳에 있을까? 금산 태고사太古寺.

“같이 갈래?”

“찰떡이가 어려서 아직은 못 가지.”

찰떡이는 외손자의 태명이다. 엄마 뱃속에 찰떡같이 붙어 있다가 세상 살러 나오라고 지은 이름이다.

“그럼 나 혼자 가라고?”

“갔다 와서 얘기해주면 되지.”

“……그럴까?”

“나 대신 시주 많이 하고 와. 찰떡이 주셔서 고맙다고.”

“이유가 그거야?”

“뭐가 더 있겠어?”

“찰떡이 치성이라면 태고사 아니래두 어디든지…….”

“찰떡이 깼나봐.”

딸은 깨지도 않은 애를 핑계로 전화를 끊었다.

안영 IC 옆에 새로 뚫린 4차선 국도를 타고 가다가 진산 갈림길에서 우회전했다. 길가 풍경이 많이 달라져 있었다. 국화를 재배하는 화원이 새로 생겼다. 레미콘 공장도 들어섰고, 분교는 폐교되었다. 터널이 뚫리고, 휘어진 길이 곧아졌다. 내가 오지 않는 사이에 많은 것이 생기고 허물어지고 변하고 사라졌다.

‘천주교 진산 성지聖地가 그때도 있었던가? 예전에는 이렇게 규모가 크지 않았는데? 위치도 많이 바뀌었네.’ 장태산과 진산 성당을 잇는 한국판 산티아고 순례길이 개통되었다는 표지판이 보였고, 십자가를 든 사람들이 모여 무슨 종교행사를 치르고 있었다. 안내판을 보니 어느 천주교회 신부의 유해 안장식이 진행 중이었다. 시골길이 사람과 차로 뒤덮여 꽉 막힌 주말의 도심지 같았다. 석가탄신일인데 교회가 절보다 더 바빴다.

굽잇길 몇 개를 돌아 대둔산 밑에 다다르니 전에 없던 저수지가 보였다. 내가 없어도 새 저수지에 물은 고였을 것이다. 산록을 허물어 전보다 넓게 조성한 주차장에도 석가탄신일을 맞아 몰려든 차로 북적였다. 모든 것이 변하는 동안 나는 그곳에 없었다.

주차장에 들어서려니 주차봉을 든 처사가 차량을 갓길로 안내했다. 주차장이 꽉 차 태고사에 가려면 길가에 차를 두고 걸어가거나 절에서 운영하는 봉고차를 타라고 했다. 나는 걷기로 했다.

트렁크에서 우산을 꺼내려는데 처사가 말했다.

"오늘은 비 안 옵니다. 절에서 주는 비빔밥도 맛있고."

우산을 도로 집어넣었다. 앞뒤 문장이 서로 아무 연관이 없어서 처사의 말을 믿기로 했다.

오르막 초입이 나타났다. 기억 속 태고사 길은 높지 않은 평지 길이었다. 세 모퉁이를 돌기도 전에 경사가 급격히 가팔라졌다. '이렇게까지 비탈지고 높았었나?' 무릎이 아리고 발목이 시큰거렸다. 트렁크에 넣어둔 등산용 스틱이 생각났다.

'그걸 가져왔어야 했는데……'

되짚어 갔다 오기엔 이미 먼 거리였다. 우산에만 골몰하다가 스틱 챙길 생각을 못 했다. 지팡이로 쓸 만한 나무를 찾았다. 숲 안쪽을 눈여겨보며 걸었다. 숲 대신 수로에서 물길 따라 흘렀을 나무막대 하나를 발견했다. 곁가지를 쳐내고 바위에 옹이를 문질러 다듬자 제법 짚을 만했다. 먼 발이 나갈 때 함께 짚으니 걷기가 한결 수월해졌다.

숲길을 따라 사각 별꽃 모양의 산딸나무 군락지가 안개꽃 성단星團을 이루며 이어지고 있었다. 산초나무 새순도 연둣빛으로 수굿하게 올라와 나풀거렸다. 야들야들한 끄트머리를 끊어 입 안에 넣고 씹었다. 산 냄새가 오래 났다. '태고사에 처음 왔을 때가 이맘때였을까? 그때는 이런 것들보다 온통 침엽수림 천지였는데……' 온전한 기억은 아니었다. 보지 못했을 수도 있었다. 흐린 기억 속에 길은 없고 절만 남아 있었다.

길은 옹고집만으로 살다 간 노인처럼 산정을 향해 가파르게 치달았다. 산길을 걷는 사람은 아무도 없고, '태고사'라는 행선지를 써 붙인 봉고차가 번갈아 오르내리며 불자들을 실어 날랐다. 오늘만 특별히 운행하는 차량인 모양이었다. 차는 산 아래에서부터 엔진음을 높여 치달아 올라왔다. 선팅이 짙어 안에 탄 사람은 보이지 않았으나 모퉁이를 돌 때마다 얕은 비명이 쏟아져 나왔다. 차가 다가오면 나는 길 밖에 멈춰 서 있다가 매연이 걷힌 후 다시 걸었다.

20년 전.

겹살구 꽃이 한창이던 어느 늦은 봄날. 고향 동무 금순이가 찾아와 하룻밤을 같이 보낸 적이 있었다. 당시 나는 대전에서 딸을 데리고 혼자 살던 때였다.

금순이네 동네 이름은 대불리大佛里다. 이름처럼 마을에 큰스님이 날 거라는 얘기가 있었는데 말이 씨가 되었다. 금순이의 남동생 둘이 나란히 출가出家한 것이다. 학교 공부도 마쳤겠다, 이제 며느릿감 고여 바칠 나이가 된 큰동생이 색시를 데려오기는커녕 난데없이 머리 깎고 절로 들어가더니, 곧바로 동생도 따라 들어갔다. 한꺼번에 아들을 둘이나 잃은 금순이 어머니는 자식들이 떠난 버스 정류장에 나와 가으내 울었다.

태고사는 금순이 큰동생이 행자 생활하던 곳이었다. 금순이는 저 혼자 가도 될 일을 굳이 함께 가자며 집으로 나를 찾아왔었다. 금순이는 제 어머니가 눈물로 지은 동생의 법의法衣를 들고 앞장섰고, 나는 맡길 데 없는 딸을 앞세워 길을 나섰다.

어린 딸은 산길을 잘도 걸었다. 애들은 곤두박 내리막보다 오르막 깔딱고개가 더 재밌는지, "어이구, 우리 애기, 잘 가네, 잘 가." 이렇게 뒤에서 추임새만 넣어주면 어른 걸음이 따라잡지 못했다.

절의 초입에 당도했다. 여기서부터는 계단 길이었다. 계단 참이 높아 딸을 화물용 곤돌라에 태워 보내고, 우리는 계단을 걸어서 올라갔다. 대웅전 앞에 당도해 무릎 짚어 가쁜 숨을 다스린 후 산 아래를 내려다보았다. 절경이었다. 음영을 반감하며 켜켜이 멀어져가는 산록이 바라밀처럼 펼쳐져 있었다. 구름 붓이 흘린 비백飛白 사이의 골짜기와 산마루 정경이 속계를 떠난 듯했다. 운무에 가려진 아랫녘 풍경에도 취했거니와, 절집 앉은 자리도 가피를 입은 듯 아늑해 보여 까대기의 부엌데기라도 좋으니 이 절에서 딸과 함께 살고 싶었다.

요사채에 며칠 머무르는 동안, 나는 주지 스님께 청을 넣어 공양주 자리를 알아보았다. 그러자 스님은 달라는 공양주 대신 딸에게 피아노를 사주었다. 영창 피아노. 딸의 두상이 꼭 불두佛頭를 닮았다면서.

주지 스님이 나는 젖혀두고 딸에게, 칠 줄도 모르는 피아노를, 손풍금도 아닌 건반 피아노를 사주었다. 태고사와 피아노, 스님과 피아노, 어린애와 피아노, 불두와 피아노, 어느 것 하나 어울리지 않는 조합의 물건이 내 방을 비집고 들어왔다. 가장 어울리지 않았던 건, 원룸과 피아노였다.

출입구가 좁아 현관문을 떼고서야 들여올 수 있었다. 위아래 집에서 시끄럽다고 할까봐 낮에만 잠깐씩 치고, 밤에는 뚜껑을 닫아두었다. 집이 좁아 피아노 아래까지 요를 깔아야 했기에 자다 보면 페달이 옆구리에서 맞혔다.

내가 일 나간 사이 딸아이 친구들이 피아노를 구경하러 왔다.

"아는 거 쳐봐."

"없어."

"배운 거 쳐봐."

"그것도 없어."

"그럼 내가 쳐볼까?"

"그래."

칠 줄 모르기는 친구들도 마찬가지였다. 그날 이후 피아노는 아이들의 비싼 장난감이 되어버렸다. 어른들이 일하러 나간 사이 가난한 원룸 주택에서 매일 꼬맹이들의 피아노 연주회가 열렸다.

"퉁탕쿵쾅 띵똥픽폭 우르릉쾅."

딸은 레슨비가 싼 변두리 피아노 학원에 다녔다. 바이엘만 퉁탕거리다가 체르니도 못 들어가고 두 달 만에 그만두었다.

3층짜리 원룸주택의 소문은 빨랐다. 동네 아낙들이 한자리에 모여 돌려댄 입소문을 정리하면 이랬다.

'스님 딸인가?'

　한참을 걷자 지팡이의 옹이가 손바닥을 찔렀다. 한 칸을 낮춰 잡았다. 좀 나아졌나 싶었는데 두 모퉁이도 못 돌아 다시 새 옹이가 파고들었다. 쇠에 불을 먹여 두드리듯, 모난 돌에 지팡이를 얹어 두드리고 문질러 매끄럽게 다듬었다. 손잡이 부분이 훨씬 부드러워졌다. 그러나 세 모퉁이도 못 돌아 다시 불편해졌다. 옹이를 피해 위아래로 손을 옮겼지만, 지팡이는 여전히 불편했다. 결국 지팡이를 버렸다. 많이 다듬었는데도 영 만만치가 않아 버리기로 했다. 쓰면 쓸수록 손에 익어야 애틋한 마음이 생길 텐데 이리 뻗대니 버릴 수밖에 없었다.

　더 걷다가 다른 가지 하나를 찾았다. 느티나무 곁가지였다. 가늘고 길이는 짧았어도 짚을 만했다. 무엇보다 옹이가 없어 손가락이 아프지 않았다.

　절의 초입이 가까워진 모양이었다. 봉고차가 돌아나가는 게 보이고 차에서 내리는 사람들의 말소리도 들렸다. 포장된 길은 여기에서 끝났다. 전에도 그랬듯이 여기서부터 절까지는 계단을 걸어 올라가야 한다. 길가에 폐목 더미 쌓아둔 게 보였다. 비닐을 꼼꼼히 둘러친 것으로 보아 새집을 지을 때 골라 쓸 모양이었다. 어딘가에 지었던 집을 헐어낸 재목 같았다. 나무는 썩지만 않으면 쓸모가 있다. 썩으면 쓸모도 없고 불땀도 약하다.

　가파른 나무계단과 우암尤庵 필적의 석문石門을 지났다. 쇠 난간 돌계단이 끝난 곳에 지장전地藏殿이 나타났다. 전에도 보았을 풍경일 텐데 오늘 다시 보니 더욱 돌올했다. 지장전 앞을 지나 범종루

쪽으로 다가가자 낯익은 게 보였다. 딸이 탔던 화물용 곤돌라였다. 다른 건 모두 생소한데 이것만은 또렷이 기억났다.

사진을 찍어 딸에게 전송했다. 문자 대신 전화가 왔다.

"이게 뭐야?"

"곤돌라, 기억 안 나?"

"전혀."

"네가 다리 아프다고 해서 이거 타고 올라갔었잖아?"

"그랬어? 내가?"

"피아노는 기억나?"

"기억나지. 할아버지 스님이 사주셨지."

아차 싶었다. 피아노 얘길 꺼내지 말걸. 피아노는 내 아픈 기억과 엉켜 있는 물건이었다. 기억이 바랜 걸까? 세월이 흘러 이제는 아프지 않은 기억으로 풍화된 것일까? 사람은 자기가 기억하고 싶은 쪽으로 기억한다고 하는데 맞는 말인가 싶었다.

머리를 흔들어 화제를 돌리려는데 딸이 잠투정하는 찰떡이를 도닥이다 말고 말했다.

"그거 엄마가 팔았잖아?"

'딸도 나처럼 꺼내지 말아야 할 옛일을 풍화된 기억법으로 말하는 것일까?'

"네가 안 치니까 팔았지."

"그랬나? 내가 안 쳐서 팔았나?"

딸은 기억이라고 할 수도 없는, 피아노 안 치던 기억을 더듬어냈

단편선

다. 치던 기억은 쉬웠을 텐데.

"집이 좁아서 둘 곳도 없었고."

내가 일부러 큰 소리로 말했다. 내 기억은 분명하고 또렷했다. 이사 때마다 끌고 다니던 애물단지. 자주 치지도 않고, 어울리지도 않고, 둘 곳도 마땅치 않았던 그것.

나는 자주 치지도 않고, 집이 좁아 둘 데도 없는 피아노가 거추장스러워 팔았다고 말했지만, 돈이 없어서 팔았다고 말할 수는 없었다. 딸은 안 쳐서 판 것이라 말했고, 나는 집이 좁아서 팔았다고 말했다. 그러나 우리는 안다. 피아노는 생활비가 모자라 팔았다는 사실을. 가난은 피아노처럼 반짝이지 않았다. 애초에 피아노는 어울리지 않는 선물이었다.

통화가 끊어진 것을 누차 확인한 후, 나는 딸과 계속 통화하는 것처럼 전화기에 대고 말했다.

"너 그거 몰랐지? 내가 그때 태고사에 간 건 금순이 아줌마 큰동생을 만나러 간 게 아니라, 머리 깎고 절에 들어가려고 했던 거? 정말이지 사는 게 너무 힘들었어. 모든 게 다 부질없다는 생각이 들었어. 오죽하면 너를 사미니계沙彌尼戒 받게 해 동자승 만들고, 나도 연비燃臂 찍어 비구니 되려 했을까. 그래서 내가 금순이 아줌마를 졸라서 태고사에 갔던 거야. 주지 스님께 매달렸지. 중이 되고 싶은데 어떻게 하면 되느냐고. 그랬더니 스님이 뭐랬는지 알아?

하이고 야야. 애 하나 키우는 게 중 열 만드는 것보다 곱절은 힘들다. 머리 깎고 중 되면 니 맘이 편해지고 애도 잘 클 성싶으냐?
아서라 아서. 너도 잡고 애도 잡는다. 네 까르마를 보니 중 되긴 글
렀다. 내 눈에 훤히 보인다.

이렇게 말씀하셨지. 그 말이 어찌나 날 선 비수처럼 야속하게 들
리던지. 스님이 네 두상을 보고 불두니 어쩌니 하면서 피아노 사준
것도 딴생각 말고 애나 잘 키우라는 소리였어. 너 그거 몰랐지? 그
게 꼭 20년 전 일이란다.”

극락보전을 지나 관음전에 시주하고 공양간으로 향했다. 절밥
짓는 사람 중 아는 얼굴이 있나 찾아보았다. 강산이 두 번 변하는
동안 스님은 물론이고, 보살님도 전부 바뀌었다.

절 마당에 줄을 서서 비빔밥과 미역국을 받아들었다. 비빔밥은
처사님 말대로 맛있었지만, 미역국은 아무 입맛에나 맞으라고 맹
숭맹숭했다. 부처님 나신 날이라고 절에서 미역국을 끓였다니 속
으로 쿡 우스웠다. 나도 딸을 낳고 미역국을 먹었었지.

미역국 속으로 빗물이 떨어졌다. 주차장 처사의 말이 반은 맞고
반은 틀렸다. 지장전 밑으로 자리를 옮겼다. 처마 끝이 짧아 들이
치는 비를 다 막지 못했다. 추녀에서 떨어진 물이 바짓단을 적셨
다. 쉽사리 그칠 비가 아니었다. 금강문 아래쪽에 몰려 있던 비구
름이 치달아 올라왔다. 쏟아지는 비를 보자 밥 배달 쟁반을 이고 6
차선 도로를 넘던 기억이 났다. 아스팔트에 나뒹굴 밥그릇, 찌개
냄비가 달리던 트럭에 짓밟혀 으스러지던 소리도 들렸다.

태고사 주지 스님에게 등 떠밀려 쫓겨난 뒤, 나는 구청에서 무료로 운영하는 어린이집에 딸을 맡겨두고 식당 일을 하러 다녔었다. 하루에 점심 한 끼만 장사하는 밥집에서의 아르바이트. 스님이 절간에서의 공양주 대신 일자리로 소개해준 한식당이었다. 메뉴는 된장찌개 한 가지. 찌개가 맛있어서 손님이 많았다. 오는 손님보다 배달 주문이 더 많았다. 내가 맡은 일은 쟁반에 담은 음식 배달과 설거지.

하루가 멀다고 주인 할머니에게 혼났다. 신호등 파란불 다 지키면 배달은 언제 할 거냐? 그릇은 한두 번만 헹구면 되지 몇 번을 씻느냐? 남은 반찬 다 버리면 돈은 언제 버느냐? 하는 일마다 지청구였다. 그래서 똬리 없는 양은 쟁반을 이고 신호등 건널목 대신 왕복 6차선 대로를 곧장 가로질러 달렸다. 그 바람에 된장 국물이 속옷까지 스며들었다. 배달이 끝나면 빈 그릇을 걷어와 늦은 점심을 먹은 후 설거지했다. 뒤통수에 얹히는 할머니의 지청구를 들으면서도 설거지는 눈처럼 깨끗이 했다. 남은 반찬은 아낌없이 버렸다.

어린이집 원아들은 내가 묻혀다 준 냄새로 딸의 별명을 된장찌개라고 불렀다. 어린이집이 끝나면 딸은 빈집에 돌아와 된장 냄새 나는 손으로 피아노를 치며 혼자 놀았다. 내가 귀가할 때쯤 되면 딸은 버스 길까지 걸어 나와 목에 걸린 열쇠로 땅바닥에 엄마 얼굴을 그리며 기다렸다.

비가 오던 어느 날, 큰길 건너 삼성 철공소에서 된장찌개 4인분 배달 주문이 들어왔다. 우산은 쟁반이 대신했다. 당연히 신호등 건널목을 버리고 6차선을 가로지르는 지름길을 택했다. 빗속에 가려졌던 덤프트럭이 느닷없이 나타나는 바람에 질러가던 길을 다 못 건너고 도로 한복판에서 물벼락을 맞았다. 아스팔트에 고여 있던 흙탕물이 얼굴을 때렸다. 트럭 적재함이 일으킨 와류에 휘말려 쟁반을 놓쳤다. 쟁반은 바퀴처럼 길을 따라 굴렀고, 도로 한복판에 된장찌개, 공깃밥, 신김치, 콩나물, 오뎅, 깍두기가 뒤섞인 비빔밥 밥상이 차려졌다. 깨진 뚝배기가 차 바퀴에 갈려 뼈 으스러지는 소리를 냈다. 밥공기는 밟혀 납작해졌고, 노란 콩나물은 순식간에 검은콩이 되었다.

나는 왕복 6차선 도로 한복판에 비를 맞고 서서, 얼굴을 스치며 지나가는 시취屍臭를 맡았다. 뚝배기보다 더 잘게 쪼개져 흩어질 질그릇 목숨. 혼자 남겨질 딸을 생각했다. 통행이 뜸해진 틈을 타 도로 가장자리로 걸어 나왔다. 비가 대신 울어주는 울음소리를 들으며, 나를 부추겨 울지도 못한 체, 깨진 보도블록 난간에 주저앉아 하염없이 비를 맞고 있었다.

올 시간이 지나도 돌아오지 않자 주인 할머니가 우산을 들고 나를 찾으러 나왔다. 할머니는 젖은 나를 우산 씌워 데려갔다. 다음부터는 배달 시간이 늦는다고 혼나지 않았다.

법요식이 끝났는지 대웅전 앞이 소란스러워졌다. 사람들이 일어선 자리에 빗방울이 대신 몰려들었다. 빈 그릇을 버리려고 일어섰다. 지금은 세상이 변해 그릇을 씻지 않아도 된다. 일회용 플라스틱 용기가 이를 대신했다. 그릇을 버리면서 20년 전에 내리던 비와 트럭과 뚝배기와 시취를 떠올렸다.

남편은 추곡 수매가 끝나면 노름을 하기 위해 사흘돌이로 집을 나갔다. 나갔다 들어와선 땅문서, 논문서를 찾아들고 다시 나갔다. 무서운 시어머니도 아들을 붙잡지 못했다. 환갑 전에 돌아가신 시아버지가 평생 일궈놓은 문전옥답이 아들의 노름 첫해에 반으로 줄고, 다음 해에 다시 반으로 줄어 삼 년이 지나자 안 팔리는 자갈논 두어 마지기만 남았다.

땅이 없어지자 남편은 술로 지새웠다. 깨었다가 다시 취했다. 술에 취해 부엌살림을 부수고 세간을 뒤엎었다. 살림만 부수는 게 아니라 처자식도 몰라보고 주먹을 휘둘렀다. 폭력은 나날이 강도를 더해갔다. 나를 도망 못 가게 골방에 가둬 머리칼을 자르고 식칼을 휘둘렀다. 창문으로 도망쳐 뛰어내리다가 다리가 꺾여 구급차에 실려 갔다.

결혼생활 6년 만에 이혼하고 나왔다. 딸 하나만 남았다. 사글셋방 하나를 얻었다. 딸을 굶길 수는 없었다. 아이를 잃으면 모든 것이 끝장이다. 딸이 마지막 희망이자 절망의 시작이었고, 디딤돌이자 걸림돌이었다. 아이를 업고 일을 다녔다. 애를 데리고 다니며 일할 수 있는 곳은 많지 않았다. 마지막 찾아간 곳이 태고사였다. 그곳이 최후의 희망이었고, 절망의 시작이라 해도 어쩔 수 없었다.

밥집 할머니는 원래 공양주였다. 다는 믿지 못하지만, 오신채五
辛菜를 잊지 못해 환속했다고 했다. 할머니는 부처님 공양하던 원
력을 발휘해 매운맛을 내는 오신채를 재료로 최고의 된장찌개를
끓여냈다. 파, 마늘, 부추에 할머니의 숨은 비법이 더해져 할머니
표 된장찌개는 천상계의 맛을 냈다. 일 년 장사에 십 년 입소문이
퍼졌다.

"애기엄마는 잘하는 게 머시당가?"

"……할 줄 아는 게 없습니다."

"여자는 음식 한 가지만 잘해도 살 수 있당께."

할머니가 짬짬이 조리법을 가르쳐주었다. 겉보기엔 별다를 게
없었다. 우린 멸칫국물에 된장을 풀고, 채소와 양념을 듬뿍 넣었
다. 불땀 살피는 기색을 살폈으나 유난스럽지도 않았다. 다른 게
있다면 시골 장을 발품 팔아 돌아다니며 매매 고른 고추와 토종 메
주를 사서 된장, 간장, 고추장을 직접 담갔다. 채소는 당일 새벽에
밭에서 따 오는 단골 농부의 것만 썼다. 제철 식재료에 손맛뿐인
음식이지만 맛은 그만이었다.

"맛을 내는 비결이 뭐죠?"

"나랑 삼 년은 살아봐야 알겠제."

할머니는 대답 대신 무문관 선문답으로 말을 돌리며, 부엌에 딸
린 방 한 칸을 내주었다. 나는 그 방으로 이사해 들어가 거기에서
먹고 자며 식당 일을 했고, 딸은 그 방에서 혼자 레고 놀이를 하며
학교에 다녔다. 나는 여전히 큰길 건너 철공소, 가구공장으로 쟁반

을 날랐고, 설거지하고, 장을 담그고, 채소를 씻고, 멸치 똥을 발랐다. 다시 삼 년이 지났다.

"정말 맛의 비결이 뭐죠?"

"아무래두, 조화 아니겠어?"

할머니는 조미료를 쓰지 않는 대신, 각각의 식재료가 가진 고유의 맛이 한데 어우러지는 조화調和를 말했다. 설명은 알아들을 만했다. 재료가 잘 섞이되 정갈하고 담백할 것, 죽지 않고 살아 있는 맛이어야 할 것, 제철의 풍미를 온전히 느낄 수 있어야 할 것.

내가 허드렛일 대신 주방 일을 거들면서 식당 운영 방식이 바뀌었다. 손님이 늘자 배달 주문은 받지 않았다. 이제는 쟁반을 이고 큰길을 건너지 않아도 되었다. 내 손도 재빠르고 야무져졌다. 산더미처럼 쌓인 설거지를 하고 나서도 고무장갑 속이 젖지 않았다. 삼 년이 또 지났다.

"맛은 어디에서 나오죠?"

"폭력을 쓰지 않는 것."

"……네?"

"정이 담겨야 한다는 뜻이여. 절에서 고기를 쓰지 않는 이유가 바로 고것이여. 함부로 죽이지 말 것. 채소를 썰 때도 정성으로 다듬고, 된장을 치댈 때도 부처님 몸피 만지듯 조심스럽게, 하다못해 멸치 대가리 하나라도 비틀어 따지 말아야 하지. 음식은 먹는 게 아니라 정을 나누는 것이닝께."

할머니가 가르쳐준 맛의 비결은 조화와 비폭력이었다. 각각의 맛이 어떻게 어우러지는가를 살피는 게 중요하고, 음식을 다루는 과정도 폭력적이지 않아야 한다는 말이 깊게 새겨졌다. 그 말을 들으면서 이혼한 남편을 생각했다. 폭력으로 가족을 대하는 사람과 함께 살 수 없듯이, 식재료 하나에도 정성을 다해야 한다는 말은 지극히 온당했다.

할머니의 조리법을 터득한 후 나는 할머니와는 다른 조리법을 개발했다. 합치고 더하는 맛이 아니라, 나누고 빼는 방식이었다. 오신채가 들어가지 않은 사찰음식이 내 적성에 맞았다. 할머니는 오신채나 향신료를 사용해 맛을 냈지만, 나는 오신채 없이 각각의 재료가 가진 고유의 맛을 찾는 데 골몰했다. 제철 음식을 만들기 위해 식당 뒷마당에 채소도 길렀다. 매일 배달 오는 농부에게 거름 주는 방법, 물 대기, 땅의 소리를 어떻게 듣는지도 물어 채소 농사를 배웠다.

식단이 둘로 나뉘었다. 할머니의 손님은 찌개가 주류였고, 내 손님은 나물 반찬 위주의 백반이었다. 손님이 두 패로 갈렸어도 찾는 사람은 배로 늘었다. 그러는 동안 사찰음식 책도 읽고, 소문 듣고 찾아오는 사람들을 위해 둘이 번갈아 요리 실습도 열었다. 가게는 날로 번창해 사람을 셋이나 더 썼다.

비가 그쳤다.

올 때처럼 걸어서 내려가기로 했다. 어느 중년 부부가 반야심경을 독송하며 앞서 걸어 내려가고 있었다.

“아제아제 바라아제 바라승아제 모지사바하.”

그 뒤를 멀찍이 따라 걸었다. 피안彼岸에 이르는 길처럼 아늑하게 느껴졌다.

짚던 지팡이가 헐거웠다. 내리막이라 아래로 내려 짚으려니 짧은 지팡이가 오히려 거추장스러워졌다. 지팡이를 놓아주기로 했다. 석물 조족등 옆에 대나무 빗자루 몇 개가 가지런히 놓인 게 보였다. 그 곁에 포개 놓으니 키 다른 형제처럼 자연스러웠다.

집에 도착하기 전에 딸네 집에 전화했다. 길게 신호가 이어진 후 연결되었다.

“찰떡이가 자서.”

“그럼 나중에 통화하자.”

“아니. 괜찮아. 방에다 눕히고 나왔어.”

“태고사 갔다 왔다.”

“잘했네. ……이따가 시간 있어?”

“얼마나?”

“두 시간쯤.”

“왜?”

“애기 좀 봐 달라고.”

“사위 쉬는 날 아닌가, 오늘?”

“같이 좀 갈 데가 있어서.”

“알았어.”

저녁 무렵이 다되어 전화가 왔다. 서둘러 딸네 집으로 향했다. 아기를 포대기에 받아 업으면서 행선지를 물어볼까 하다가 그만두었다. 딸의 시선이 내게로 쏠리지 않았기 때문이었다. 무슨 말 못할 사정이 생겼을 때마다 딸의 시선은 늘 이랬다. 회식 모임은 아닐 것이다. 석가탄신일에 모이는 모임은 없다. 모처럼 연휴를 맞아 애 없이 둘이서 편하게 밥이라도 먹고 오려는가 했는데 그것도 아닌 모양이었다. 목소리에 설렘이 실리지 않았다.

딸 키울 때는 잘 몰랐는데 손자 보는 일이 쉽지 않았다. 금방이라도 넘어져 다칠 것도 같고, 날카로운 것에 찔릴까 싶어 한시도 눈을 뗄 수 없었다. 백 번 잘해도 한 번 잘못하면 모두 허사인 게 육아다. 어떻게 딸을 키워 시집까지 보냈는지 스스로도 놀라웠다. 그런 딸이 애까지 낳았다는 게 더 신통했다.

딸은 제시간에 돌아왔다. 사위가 먼저 아이를 받아 안았다. 딸의 시선이 나갈 때와 마찬가지로 내게로 향하지 않았다.

'어딜 갔다 왔길래 저럴까?'

조급증이 일었으나 묻지 않았다. 현관문을 열고 나오려는데 딸의 숨결이 가깝게 따라왔다.

"사실은, 이틀 전에 전화가 왔었어."

"어디서?"

"병원에서…… 위독하다고."

"누가?"

“누구긴?”

딸이 내 눈을 피해 말할 사람은 한 명뿐이었다. 딸의 아버지. 나와는 진즉에 끊어진 관계지만 딸과는 끊어질 수 없는 인연. 위독한 사람은 전 남편일 것이다. 말은 안 했어도 딸은 가끔 제 아버지와 통화하는 눈치였다. 나는 모르는 체했다. 내가 알고도 모르는 체한다는 걸 딸도 알고 모른 체했다. 딸이 내게 태고사에 가보라고 했던 이유를 알 것만 같았다.

“그래서?”

“오늘 또 전화가 왔어.”

“……?”

묻지 않았어도 바라보는 내 표정에, 답하지 않았어도 마주 보는 딸의 표정에 대답이 담겨 있었다.

사위가 아기를 어르며 얼버무렸다.

“장례는 저쪽에서 알아서 치른다고 하네요.”

저쪽은 전 남편의 새로운 가족들일 것이다. 딸이 현관문을 열어주었다.

“말 안 하려고 했는데…… 어차피 죽었으니까. 오늘 태고사에 갔다 왔으면 됐어…….”

딸의 얼굴은 연기에 집중하지 않는 대역 배우처럼 무표정했고, 목소리에도 높낮이가 없었다. 아주 큰 일을 겪었거나 아무 일도 없을 때 언제나 그랬다. 나는 엘리베이터 안에서 딸을 마주 보며 돌아섰고, 딸이 아이를 어르며 희미하게 말꼬리를 흐렸다. 아기가 처음 배운 손짓으로 '함무니'하며 단풍손을 흔들었다.

밖은 이미 밤이었다. 가로등에 는개가 흩어지고 있었다. 20년 전에도 석가탄신일은 있었고, 20년이 지난 지금 다시 석가탄신일이다. 비는 저녁나절 오다 말다 했다. 한 구름에 내리는 비가 같은 땅을 적셔도 저마다 다른 초목으로 자라듯, 어떤 건 독초가 되고 어떤 건 길상초吉祥草가 되기도 한다. 오온五蘊이 공空한 이치였다.

밤이 깊도록 비가 내렸다. 꿈에서도 비가 왔다.

하얀 혁명

초판 1쇄 인쇄일 2025년 7월 7일
초판 1쇄 발행일 2025년 7월 15일

지은이	김현종
펴낸이	한선희
편집/디자인	정구형 이보은 박재원 안솔비
마케팅	정찬용 정진이
영업관리	한선희 근지은
책임편집	이보은
인쇄처	으뜸사
펴낸곳	국학자료원 새미(주)
등록일	제 395-3240000251002005000008 호
	경기도 고양시 덕양구 권율대로 656 원흥동 클래시아 더 퍼스트 1519, 1520호
	Tel 02)442-4623 Fax 02)6499-3082
	www.kookhak.co.kr
	kookhak2010@hanmail.net
ISBN	979-11-6797-240-8 *03810
가격	15,000원

하얀 혁명

초판 1쇄 인쇄일 2025년 7월 7일
초판 1쇄 발행일 2025년 7월 15일

지은이	김현종
펴낸이	한선희
편집/디자인	정구형 이보은 박재원 안솔비
마케팅	정찬용 정진이
영업관리	한선희 근지은
책임편집	이보은
인쇄처	으뜸사
펴낸곳	국학자료원 새미(주)
등록일	제 395-324000025100200500008 호
	경기도 고양시 덕양구 권율대로 656 원흥동 클래시아 더 퍼스트 1519, 1520호
	Tel 02)442-4623 Fax 02)6499-3082
	www.kookhak.co.kr
	kookhak2010@hanmail.net
ISBN	979-11-6797-240-8 *03810
가격	15,000원

* 저자와의 협의하에 인지는 생략합니다.
  국학자료원·새미·북치는마을·LIE는 국학자료원 새미(주)의 브랜드입니다.
* 이 책 내용의 전부 또는 일부를 재사용하려면 반드시 저작권자의 동의를 받아야 합니다.